Rebekah L. Purdy

BACKSTAGE · Bühne frei für Daisy

DIE AUTORIN

Rebekah Purdy wuchs in Michigan auf, wo sie viele Nächte, bewaffnet mit einer Taschenlampe, durchlas. Am liebsten versteckt sie sich am PC und verliert sich in ihren Geschichten. Sie hat all die Bücher aus ihrer Kindheit aufgehoben und ist möglicherweise süchtig nach Schokolade. Heute lebt sie mit ihrem Mann, ihren Kindern und unzähligen Haustieren in Michigan.

Bei cbt sind außerdem erschienen:

BACKSTAGE – Ein Song für Aimee
(Band 1, 31188)
BACKSTAGE – Mia auf Tournee
(Band 2, 31189)

Mehr über cbj/cbt auf Instagram unter @hey_reader

REBEKAH L. PURDY

BACKSTAGE
Bühne frei für Daisy

Aus dem Englischen
von Michaela Link

Sollte diese Publikation Links auf Webseiten Dritter enthalten, so übernehmen wir für deren Inhalte keine Haftung, da wir uns diese nicht zu eigen machen, sondern lediglich auf deren Stand zum Zeitpunkt der Erstveröffentlichung verweisen.

 Dieses Buch ist auch als E-Book erhältlich.

Verlagsgruppe Random House FSC® N001967

1. Auflage 2019
Deutsche Erstausgabe Oktober 2019
Copyright © 2015 by Rebekah L. Purdy
Die Originalausgabe erschien 2015
unter dem Titel »Daisy and the Front Man.
A Backstage Pass Novel« bei Crush,
an imprint of Entangled Publishing LLC,
Fort Collins, USA.
© 2019 für die deutschsprachige Ausgabe
cbj Kinder- und Jugendbuchverlag
in der Verlagsgruppe Random House GmbH,
Neumarkter Straße 28, 81673 München.
Aus dem Englischen von Michaela Link
Lektorat: Katrin Mühlbacher
Umschlaggestaltung: Suse Kopp, Hamburg,
unter Verwendung mehrerer Motive von Gettyimages/
oxygen; Trevillion Images/Nicola Smith
he · Herstellung: eR
Satz: KompetenzCenter, Mönchengladbach
Druck und Bindung: GGP Media GmbH, Pößneck
ISBN 978-3-570-31190-5
Printed in Germany

www.cbj-verlag.de

Trevin Jacobs

Alter: *Achtzehn*
Haarfarbe: *Dunkelbraun, fast schwarz*
Augenfarbe: *Braun*
Heimatstadt: *Topeka, Kansas*
Lieblingssong auf dem Debütalbum: *The One*
Steht auf: *Irres Talent beim Gamen und schöne Augen*
Sein Traumdate:
Lange Spaziergänge am Strand, wo er sein Mädchen unter den Sternen mit einem Lied verzaubern kann
Motto:
»Nein! Nicht versuchen. Tu es oder tu es nicht. Es gibt kein Versuchen.«
– Yoda

Prolog

Daisy strich sich ihr dunkelblaues Kleid glatt, während um sie herum die Blitzlichter der Kameras aufflammten. Die ganze Stadt war erschienen: örtliche Fernsehteams, die Zeitung, Leute aus der Schule und sogar eine der Moderatorinnen von *Entertainment Tonight*. In schätzungsweise fünfzehn Minuten würde Trevin Jacobs eintreffen, um sie zum Homecoming-Ball abzuholen. *Der* Trevin Jacobs, Mitglied der berühmten Boyband *Seconds to Juliet* und unfassbar heiß. Vor zwei Monaten hatte sie einen landesweiten Wettbewerb der Zeitschrift *Girls for Change* gewonnen, weil sie in ihrer Heimatstadt ein Recycling-Programm ins Leben gerufen hatte. Sie konnte immer noch nicht glauben, dass die Wahl ausgerechnet auf sie gefallen war – unter Tausenden von Mädchen, die teilgenommen hatten. Obwohl ihr Recycling-Plan toll war, vermutete sie, dass ihr Grandpa vor seinem Tod noch seine Beziehungen zur Musikindustrie hatte spielen lassen, damit es auch wirklich klappte. Und der willkommene Lohn für ihre harte Arbeit? Ein Date ihrer Wahl mit einem der Jungs von *Seconds to Juliet*.

Ihr Magen brodelte wie ein Vulkan. Gott, sie hoffte, dass sie sich nicht vor allen übergeben würde. Wenn sie es schon in die Schlagzeilen schaffte, dann hoffentlich nicht mit einem Foto, auf dem sie in die Rosenbüsche ihrer Mom reiherte.

Mädchen kreischten und hielten Poster mit der Aufschrift ICH LIEBE SECONDS TO JULIET hoch, während mehrere Autos vor Daisys Haus auf dem Rasen hielten. *Bleib einfach ruhig. Er ist wahrscheinlich ein ganz normaler Typ. Kein Grund auszuflippen.*

»Es ist gleich so weit«, flüsterte ihre Mom ihr ins Ohr und drückte ihre Schulter. »Das ist ja so aufregend.«

Mom war mit einer Kamera bewaffnet, um die obligatorischen Homecoming-Fotos zu machen, die wahrscheinlich auf ewig ihre Wände schmücken würden. Sie hatte einen Kuchen gebacken und eine professionelle Reinigungskraft kommen lassen, damit das Haus picobello aussah. Nicht, dass Daisy daran glaubte, Trevin Jacobs würde tatsächlich zu ihnen hereinkommen. Aber sie hatten auf alles vorbereitet sein wollen.

Der heutige Abend würde für Daisy voller Premieren sein. Ihr erstes Date. Ihr erster Highschool-Ball. Ihre erste Begegnung mit einem Promi. Es kam ihr vor, als hätte das Schicksal allein auf diesen Moment hingearbeitet. Ein Grund mehr, dafür zu sorgen, dass alles perfekt war.

Die Zeit verging quälend langsam, und jede Sekunde gab Daisy eine neue Gelegenheit, sich Sorgen zu machen: wegen ihres Kleides, ihrer Haare, ihres Make-ups, ihres Atems... Die Liste war endlos.

Daisys Mom schaute erneut auf ihre Armbanduhr und runzelte die Stirn. »Sieht aus, als würde er sich verspäten.«

»Er steht wahrscheinlich im Stau.« Daisy lachte und hielt nach einer Limousine Ausschau, aber stattdessen parkte jetzt ein Lieferwagen auf dem Rasen. Einen Augenblick später stieg ein Kurier aus und schob sich durch die Menge.

»Ich habe eine Sendung für Daisy Morris.« Er hielt einen großen Umschlag hoch.

»Das bin ich«, sagte sie.

»Sie müssen mir den Empfang quittieren.« Er förderte ein Tablet zutage und sie kritzelte hastig ihren Namen darauf.

Ihre Mom spähte ihr über die Schulter. »Von wem ist es?«

»Keine Ahnung. Vielleicht sollte ich mit dem Öffnen bis nach dem Ball warten.«

»Komm schon.« Mom grinste. »Irgendjemand hat sich die Mühe gemacht, es mit einem Overnight-Kurier zu schicken.«

Oh Gott, vielleicht war es von Trevin. So was wie eine geheime, romantische Notiz, um ihre Nerven zu beruhigen, bevor er sie abholte. Sie riss den Pappkarton auf und griff hinein. Da war er, ein Brief von Trevin Jacobs. Sie lächelte und schaute auf den Briefkopf der Band. Aber ihr Lächeln gefror schnell. Ihre Finger zitterten.

Liebe Daisy,
es tut mir leid, aber ich werde es heute Abend nicht

*schaffen. Jemand hat in letzter Minute bei den Video Music Awards abgesagt und ich muss als Moderator einspringen. Du findest ein signiertes Porträtfoto von mir in dem Umschlag, um es wiedergutzumachen.
Mit herzlichen Grüßen
Trevin Jacobs*

Daisy starrte auf den Brief, Tränen schossen ihr in die Augen. Das Foto glitt aus dem Umschlag. Ein signiertes Porträtfoto? Ernsthaft? Es war nicht einmal eine echte Unterschrift, sondern eine dieser blöden, vorgefertigten Autogrammkarten. Das Gleiche galt für den Brief: Er war nicht von Hand geschrieben, bloß mit einer eleganten Computerschrift getippt, damit es nach was aussah, damit es aussah, als wäre Daisy wichtig. Er hatte sich nicht einmal die Mühe gemacht, das verdammte Ding persönlich zu unterschreiben.

»Daisy?« Ihre Mom berührte sie am Arm.

»Er kommt nicht. Oh Gott, er kommt nicht.«

Einer der Reporter im Garten näherte sich der Veranda. »Hat Trevin Jacobs dich versetzt?« Er stieß ihr das Mikrofon vor die Nase.

»Oh mein Gott, er hat sie eiskalt sitzen lassen. Das ist ja episch«, sagte Emma Lassiter vom Rasen aus und hielt ihr Telefon hoch, um ein Bild von Daisy zu machen. »Oder hat sie das Ganze etwa nur erfunden, um Aufmerksamkeit zu erregen?«

Um sie herum gingen Kamerablitze los. Daisy versuchte, sich aus der Schusslinie zu bringen, indem sie sich duckte. Ihre Lippen zitterten, als sich ein weiterer Reporter näher an die Veranda schob. Sie wünschte sich nichts mehr, als im Erdboden zu versinken.

»Kannst du uns erzählen, wie es gerade in dir aussieht?« Eine Frau mit einem Aufnahmegerät stöckelte näher heran.

Wie es in ihr aussah? Sollte das ein Witz sein? Was dachten diese Leute, wie es in ihr aussah? Ohne zu antworten, drehte Daisy sich um und rannte ins Haus.

Das konnte doch alles nicht wahr sein. Was sollte sie in der Schule sagen? Was war mit den Reportern und den Nachrichten-Teams? Scheiße. Morgen würde sie das Gespött der ganzen Stadt sein. Vielleicht sogar der ganzen Welt. Alle hatten erwartet, Trevin zu sehen. Und er war nicht aufgetaucht. Was, wenn sie Emma glaubten und dachten, Daisy hätte das Ganze nur erfunden?

Im Wohnzimmer angekommen ließ Daisy sich gegen die Wand sinken und starrte das Foto von Trevin finster an. Wie hatte sie nur je denken können, er wäre heiß? Besser noch, warum hatte sie auch nur für eine Sekunde geglaubt, dass er sie wirklich zum Homecoming-Ball begleiten würde?

»Es wird alles wieder gut.« Ihre Mom war ihr gefolgt und versuchte, sie zu umarmen.

»Nein, wird es nicht. Hast du nicht die ganzen Leute da draußen gesehen? Weißt du, wie peinlich mir das ist? Er hat alles ruiniert.« Ein Schluchzen schüttelte sie, und sie rieb sich mit den Handrücken über die Augen. Sie hätte wissen müssen, dass jemand wie er nicht wirklich mit jemandem wie ihr würde ausgehen wollen. Er hatte wahrscheinlich ein Foto von ihr gesehen und war zu dem Schluss gekommen, dass sie nicht hübsch genug war.

»Vielleicht macht er es ja wieder gut«, sagte ihre Mutter.

Daisy schluchzte auf. »Das hat er bereits getan, oder hast du das Foto nicht gesehen, das er mir geschickt hat?!« Die Hände zu Fäusten geballt rannte sie in ihr Zimmer und schlug die Tür zu. Trevin Jacobs' kackbraune Augen starrten sie von allen Seiten mit spöttischen Blick an. Sie war hier, um ihm zu entfliehen, und jetzt war sie von seinen verdammten Bildern umzingelt. Ihre Poster, Zeitschriften, Bettwäsche – alles schrie ihr entgegen, dass sie versetzt worden war. Genau wie Dad es letztes Weihnachten und im Jahr davor mit ihr gemacht hatte. Wie anscheinend alle Männer in ihrem Leben es mit ihr machten. Die Tränen brannten auf ihren Wangen. Was für ein Arschloch. Was für ein verdammtes, widerliches Arschloch. Daisy riss die Poster von *Seconds to Juliet* von den Wänden und warf sie zu Boden.

Sie schrie und trampelte darauf herum, als wären sie ein Haufen Ungeziefer, das es auszulöschen galt. Sie schaute noch einmal auf das signierte Foto und zerriss es dann. Er hatte nicht einmal den Mumm gehabt, sie anzurufen. Er hatte seit gestern gewusst, dass er es nicht schaffen würde, und trotzdem zugelassen, dass sie sich in Schale warf. Anstatt sie sofort anzurufen, hatte er ihr nur diesen Brief geschickt, den wahrscheinlich sein Pressesprecher oder Agent oder sonst wer getippt hatte. Sie hatte sich ein Kleid gekauft, das sie sich eigentlich gar nicht hatte leisten können – ihre Mutter hatte etwas dazugegeben, damit der Abend zu etwas Besonderem wurde. Und er hatte alles ruiniert. Es tat so schrecklich weh. Vielleicht stimmte irgendetwas nicht mit ihr, dass alle Jungen einen Bogen um sie machten? War sie als Date völlig unbrauchbar?

Sie zog ihr Kleid aus und ließ es auf den Boden fallen. Dann sank sie auf ihr Bett, umschlang sich mit den Armen und wiegte sich hin und her, als würde es dadurch besser werden. Aber nichts würde dadurch besser werden. Jetzt hatte es keinen Sinn mehr, zum Homecoming-Ball zu gehen. Sie hatte kein Date, ganz zu schweigen davon, dass sie nicht den ganzen Abend Emmas Zielscheibe sein wollte.

Niemals wieder würde sie sich in einen Jungen verlieben. Weder in Trevin Jacobs noch in sonst irgendeinen.

»Trevin Jacobs, ich werde dich vernichten.« Sie hatte zwar noch keine Ahnung, wie sie das anstellen sollte, aber sie würde mit der gleichen Entschlossenheit zu Werke gehen, die ihr überhaupt erst das Date mit ihm beschert hatte.

Und wenn sie so weit war, würde diese Null sich wünschen, sie nie derartig verarscht zu haben.

Kapitel 1

Neun Monate später ...

Lichter pulsierten auf der Bühne, während Hunderte Mädchen Trevins Namen schrien. Er lächelte und deutete auf eine Brünette in der ersten Reihe. »Girl, I just want you to know ... you can kiss this«, sang er und deutete auf seinen Mund.

Das Mädchen reckte sich, um ihn zu berühren, und er bückte sich und streifte ihre Hand mit den Fingern. Sie schrie noch lauter, Tränen stiegen ihr in die Augen. Als er zurücktrat, spürte er etwas in seiner Hand und schaute es an. Ein Slip baumelte an seinen Fingern. *Verdammt. Nicht schon wieder.* Sein Gesicht brannte. Irgendjemand würde wahrscheinlich mal ein Buch über seine Wangen schreiben mit dem Titel *Fifty Shades of Red*.

Ryder schlitterte auf den Knien über die Bühne zu ihm und warf einen grinsenden Blick auf die Unterwäsche. Das würde Trevin noch ewig aufs Brot geschmiert bekommen. Schnell stopfte er sich das Ding in die Tasche. Der Schlagzeuger trommelte wie wild, Ryder sprang wieder auf die Füße, stieß sein Becken nach vorn und sang: »Kiss This.«

Der Song endete und Will trat an den Bühnenrand. »Gute Nacht, alle miteinander. Danke, dass ihr hier wart!«

Sie stellten sich in einer Reihe auf und verbeugten sich, Trevin in der Mitte zwischen Ryder und Miles. »Du wirst rot.« Ryder stupste Trevin an. »Wenn du den Slip nicht willst, kannst du ihn ja Nathan schenken.«

Trevin verdrehte die Augen. Nathan war der Jüngste von ihnen und der Unschuldigste. Außerdem wäre er lieber tot umgefallen, als irgendjemandes Slip in der Hand zu haben. Trevin beobachtete, wie Nathans Ohren sich rosa färbten, und sah Ryder kopfschüttelnd an.

»Habe ich was Falsches gesagt?« Ryder kicherte.

»Da musst du noch fragen?« Trevin eilte von der Bühne. Sie hatten gerade genug Zeit, es zur Tür hinaus und in den Tourbus zu schaffen. Schon jetzt rannten kreischende Fans aus dem Stadion. Einige Mädchen hielten auf sie zu, aber Beau, ihr Leibwächter, versperrte den Fangirls schnell den Weg.

»Beeilt euch, Jungs, die Mädels hier meinen es ernst heute Abend.« Beau streckte die Arme aus und scheuchte sie vorwärts.

»Bin ich der Einzige, der sich jedes Mal vor Scham windet, wenn er unseren Tourbus sieht?«, fragte Will, der zu Trevin aufschloss.

Trevin betrachtete die riesigen Bilder von sich und den Jungs, wie sie mit nackten Oberkörpern dastanden und

posierten, als wären sie megacoole, knallharte Typen.
»Nein. Ich will mir nur immer ein Hemd aufsprühen. Meine Brustwarzen sehen erfroren aus.«

»Und dieses wunderschöne Sixpack verdecken? Da steh'n die Mädels doch drauf.« Ryder riss sich sein T-Shirt über den Kopf und die Mädchen in der Menge drehten durch. Der Mob drängte nach vorn und warf Beau beinahe um. »Bitte schön«, rief Ryder und warf das T-Shirt in die Menge.

Das Kreischen wurde lauter. Es war, als würden Piranhas Blut wittern. Nach einigem Schubsen und Drängeln stiegen die Jungs endlich in den Bus.

»In Ordnung, Leute, auf geht's, die nächste Stadt wartet schon«, verkündete Beau.

»Für den Fall, dass ihr anderen es übersehen habt, Trevin hat heute Abend ein weiteres Paar Höschen bekommen«, sagte Ryder.

»Wie viele sind das jetzt insgesamt?« Miles schleuderte seine Schuhe von den Füßen und legte seinen Gürtel ab.

»Zu viele.« Trevin versuchte, sich mit einer Hand durch das dunkle Haar zu fahren. Aber die drei Tonnen Haargel, die seine Stylistin benutzt hatte, ließen das nicht zu.

»Zeig mir den Slip«, bat Ryder. »Ist es ein sexy schwarzer Tanga oder reden wir hier über einen Oma-Schlüpfer?«

»Keine Ahnung.«

»Ich frage mich, ob die Kleine ihn getragen hat, bevor sie ihn dir gegeben hat.« Ryder wackelte mit den Augenbrauen.

»Du bist krank, weißt du das?« Trevin riss die Unterwäsche aus der Tasche und warf sie in den Müll. Dann eilte er in das Badezimmer im hinteren Teil des Busses, um sich alle möglichen Keime abzuwaschen, die jetzt vielleicht an seiner Hand klebten. Was hätte er nicht darum geben, den stillen, ätzenden Jungen zurückzuhaben, der allen aus dem Weg ging. Aber seit Ryder mit Mia zusammen war, hatte er sich ihnen mehr und mehr geöffnet.

Als Trevin wieder aus dem Bad kam, stand Beau wie ein riesiger Schrank da und musterte alle. Seine kurzen roten Haare standen ihm in stacheligen Dornen vom Kopf ab. Er räusperte sich. »Vergesst nicht, morgen hol ich meine Tochter vom Flughafen ab. Sie wird uns auf dieser Tournee begleiten.«

»Ist sie heiß?«, fragte Ryder.

Beau kniff die Augen zusammen. »Du wärest gut beraten, bei ihr nichts zu versuchen.«

»Hey, ich hab nur einen Witz gemacht.« Er hob die Hände. »Ich habe eine feste Freundin, weißt du noch?«

»Um deinetwillen hoffe ich, dass du tatsächlich nur einen Witz gemacht hast«, gab Beau zurück, bevor er durch den Bus ging, um sich vorn neben den Fahrer zu setzen.

»Fünf Dollar, dass sie hässlich ist.« Ryder grinste Trevin an.

»Sei kein Arsch.« Wenn Ryder Beau wütend machte, würde ihr Bus sich in einen riesigen Boxring verwandeln.

Ryder trank einen Schluck Wasser, setzte sich, legte

die Füße auf den Couchtisch und sagte dann mit gedämpfter Stimme: »Glaubt mir, sie wird wahrscheinlich ihren Dad benutzen, um sich an einen von uns ranzuschmeißen.«

Trevin runzelte die Stirn. »Warum gehst du davon aus, dass jedes Mädchen es auf uns abgesehen hat?« Okay, Ryder hatte Probleme, anderen zu vertrauen, und in diesem Geschäft konnte man nie wissen, wer vielleicht versuchen würde, irgendetwas abzuziehen, aber die Tochter ihres Leibwächters? »Wir reden hier von Beaus Tochter, Alter. Die wird auf keinen Fall so sein.« Er schaltete die Xbox ein und reichte Miles einen der Controller. »Wie wär's mit ein bisschen Black Ops Zombie-Modus?«

Miles schnaubte. »Klar, Kumpel. Aber du weißt noch, wie grandios wir letztes Mal gescheitert sind, ja?«

Mit einem Lächeln klickte Trevin auf die Karte des Videospiels. »Ja, aber diesmal ist Ryder nicht in unserem Team.«

»Fick dich.« Ryder warf Trevin ein Kissen an den Kopf.

Will schnappte sich einen der übrigen Controller. »Ich bin dabei.«

Trevin beobachtete ihn einen Moment lang. Will war in letzter Zeit viel gesprächiger geworden und außer Trevin ahnte keiner, warum.

Trevin schüttelte den Kopf und wandte sich zu Nathan um. »Willst du auch mitspielen?«

»Nö. Ich sehe euch nur zu.«

»Ist unser Baby überhaupt schon alt genug für dieses

Spiel?« Ryder warf seine leere Wasserflasche nach Nathan. »Ist das Spiel nicht erst ab 18?«

»Wenn es erst ab 18 ist, dann scheidest du sowieso aus!« Lachend ließ sich Trevin zurück auf das Sofa sinken und entspannte sich zum ersten Mal seit Tagen. Sie hatten den Rest des Sommers vor sich. Alle paar Tage eine neue Stadt. Mit Freunden und Bandkameraden abhängen. Tun, was er am allerliebsten tat. Das war der Stoff, aus dem Träume gemacht waren.

Auch wenn er eigentlich von etwas anderem träumte. Er hatte gehofft, mehr von *seiner* Art Musik schreiben zu können. Boybandsound nach Schema F war nicht wirklich sein Ding. Aber ihre Platten verkauften sich wie verrückt und sie waren im Moment die angesagteste Band weit und breit. Man brauchte sich nur anzusehen, wie gut die Dinge in den letzten neun Monaten gelaufen waren. LJ, ihr Manager, hatte für sie einen Auftritt bei den *Video Music Awards* organisiert. Er hatte sie an dem Tag total überrascht und sie nach L.A. fliegen lassen. Ganz zu schweigen davon, dass er ihre Gesichter auf das Cover des *Rolling Stone* gebracht hatte. Alles hatte sich ganz wunderbar gefügt.

Sie brauchten nur auf diesem Kurs zu bleiben und sich weiter den Arsch aufzureißen.

Der Duft von Tofu-Burgern schlug Daisy entgegen, als sie ins Haus trat. Sie war froh, dass sie ihre letzte Recycling-Tour hinter sich hatte. Es war heute höllisch heiß gewesen, und sie wollte sich nur noch vor einen Ventilator fallen lassen und zwanzig Liter Eiswasser trinken. Sie nahm einen zerknüllten Zeitungsartikel aus der Hosentasche und warf ihn in den Müll. Emma hatte ihn außen an ihr Schließfach geklebt. Ein kleines Abschiedsgeschenk zum letzten Schultag, davon war Daisy überzeugt. Es war eine Kopie der Story aus dem letzten Herbst, als Trevin sie versetzt hatte.

Das ganze Schuljahr war es so gelaufen. Die Mobber hatten ihr immer wieder dumme Notizen, Fotos und Zeitungsausschnitte des schrecklichen Abends zugeschustert. Eine nicht enden wollende Erinnerung. Auf den Seiten ihrer sozialen Netzwerke waren sogar Videos gepostet worden. Daisy hatte sie sofort gelöscht, aber sie wurden immer wieder neu gepostet. Daisy hatte gedacht, dass nach einigen Wochen Gras über die Sache gewachsen sein würde, dass ein anderes Gesprächsthema in den Fokus rücken würde, aber in ihrer kleinen Stadt blieb sie weiterhin die größte Sensation.

Einer der dumpfbackigen Schulathleten hatte ihr sogar den Spitznamen Müllkippe gegeben, der sich verbreitet hatte wie ein Lauffeuer. Aber Gott sei Dank war jetzt Sommer. Vielleicht würden die Dinge während der Ferien endlich in Vergessenheit geraten.

»Hey, Schätzchen«, kam die Stimme ihrer Mutter von der Terrasse.

»Okay, was hast du mit meiner Mom gemacht?«, rief Daisy aus dem Wohnzimmer.

Das Lachen ihrer Mutter schallte durchs Haus. »Was meinst du damit?«

»Ähm ... du kochst sonst nie, also, gibt es einen besonderen Anlass?«

Daisy schleuderte ihre Flipflops von den Füßen und marschierte auf die Terrasse hinaus, wo ihre Mom am Grill stand.

Deren Gesicht leuchtete auf und sie warf die Pattys auf einen Teller. »Darf ich dir nichts zum Abendessen machen, ohne dass du gleich misstrauisch wirst?« Sie hatte weder die Frage beantwortet, noch sah sie Daisy in die Augen.

»Ernsthaft, was ist los?« Daisy folgte ihrer Mom zurück ins Esszimmer.

Ihre Mutter stellte den Teller auf den Tisch. »Du magst Dr. Bradley doch, richtig?«

»Ja, ich schätze schon, aber du bist erst seit ein paar Monaten mit ihm zusammen, deshalb kenne ich ihn nicht *so* gut.«

Mom quietschte und hüpfte auf und ab wie ein Springteufel auf seiner Sprungfeder.

»Oh Gott, du hast dich doch nicht etwa verlobt, oder?« Daisys Mund wurde trocken. Sie waren so lange nur zu zweit gewesen. Nicht, dass sie Dr. Bradley nicht gemocht hätte. Er war nett, wenn auch ein wenig nerdig, aber sie hatte bereits einen Dad, der sie links liegen ließ. Sie brauchte nicht noch einen.

»Nein. Es ist nur so, na ja, er ... er hat mich gefragt, ob ich für ein paar Wochen mit ihm nach Italien reise, damit ich seine Eltern kennenlernen kann. Aber ich kann auch noch absagen.«

»Moment mal, du meinst, nur ihr zwei?«

Mom ließ den Kopf hängen. »Es ist nicht so, dass er dich nicht mag – das tut er –, wir dachten einfach, es wäre eine schöne Gelegenheit für uns, einander besser kennenzulernen. Wir hatten einige wirklich tolle Dates. Aber wenn du nicht willst, dass ich nach Italien fliege...«

Na toll. Daisy wusste, dass ihre Mutter sonst immer zurücksteckte. Und sie war nicht gerade häufig ausgegangen, seit sie sich vor vielen Jahren hatte scheiden lassen. Wie hätte Daisy es ihr da übel nehmen können, dass sie verreisen wollte? Mit einem Seufzen eilte Daisy zu ihr und umarmte sie. »Das ist toll. Ich meine, was für eine umwerfende Chance. Ich kann fragen, ob Lenas Eltern mich solange aufnehmen können. Oder vielleicht kann ich einfach allein hierbleiben und Ms Bennett von nebenan bitten, nach mir zu sehen.«

Moms Lächeln erstarb und sie setzte sich. »Was das betrifft...«

Oh. Nein. Daisy kannte diesen Blick. Was immer Mom sagen würde, es würde ihr nicht gefallen.

»Ich habe heute deinen Dad angerufen. Und, nun, er sagte, er würde dich liebend gern für den Sommer aufnehmen.«

»Was? Du redest sonst nie mit Dad. Außerdem dachte ich, er hätte irgendeinen Job als Leibwächter.«

»Ha-hat er auch. Aber er hat bereits die Erlaubnis eingeholt, dass er dich mitnehmen darf. Ich glaube, du wirst eine Menge Spaß haben.«

»Für wen arbeitet er denn?« Ihr Herz hämmerte. Das

durfte alles nicht wahr sein. Der Plan, den Sommer über an ihrem Recycling-Programm für die Stadt zu arbeiten, flog gerade im hohen Bogen zum Fenster hinaus.

»Ehrlich gesagt«, Mom rieb sich den Nacken und fühlte sich sichtlich unwohl, »reist er mit *Seconds to Juliet*.«

»Ist das dein Ernst?« Daisy starrte sie an und wartete auf die Pointe.

»Ja. Ich weiß, du hältst es wahrscheinlich für eine schlechte Idee, aber du musst wieder eine Beziehung zu deinem Vater aufbauen.«

Eine schlechte Idee? Himmel, nein, gar nicht. Ihr Dad arbeitete für *Seconds to Juliet*. Das bedeutete, dass er Zugang zu Trevin Jacobs hatte, *Dem* Trevin Jacobs, der sie versetzt und komplett zum Affen gemacht hatte. Der die Schuld daran trug, dass sie ein Jahr lang von ihren Klassenkameraden gedemütigt und gehänselt worden war. Sie hatte monatelang von ihrer Rache geträumt, aber keine Möglichkeit gehabt, sie irgendwie in die Tat umzusetzen.

Bis jetzt.

Daisy lächelte. »Mom, das ist in Ordnung, wirklich. Und du hat recht; ich muss mehr Zeit mit Dad verbringen. Das wird alles super. Du solltest definitiv mit Dr. Bradley nach Italien reisen. Ich kann Dad sogar selbst anrufen, um ihn wissen zu lassen, dass ich die Idee klasse finde. Dann kann er mir gleich Genaueres sagen.«

»Wirklich?« Mom sah sie mit offenem Mund an. »Du bist nicht böse?«

»Nein, glaub mir, es gibt keinen Ort, an dem ich in diesem Sommer lieber wäre.« Und Daisy meinte jedes einzelne Wort. Mit diesem Geschenk brachte das Schicksal die Dinge wieder in Ordnung. Gutes altes Karma. Jetzt brauchte sie nur noch ihre beste Freundin Lena anzurufen und einen bombensicheren Plan zu schmieden.

Daisy sank tiefer in ihren Sitz und schob ihre Sonnenbrille wieder dahin, wo sie hingehörte. Ein Popsong tönte aus dem Radio und sie stöhnte. Musste der Sender wirklich immer wieder *Kiss This* spielen? Sie konnte es gar nicht erwarten, die Idioten kennenzulernen, die diesen Haufen Müll geschrieben hatten, damit sie ihnen etwas zum Küssen hinhalten konnte. Daisy drehte an dem Rädchen und suchte nach irgendetwas anderem, um den nervigen Song loszuwerden.

Ihre Mom sah sie kurz an und schaute dann auf das Schild, das ihnen die Abfahrt zum Flughafen wies. »Ich dachte, du magst Boybands.«

»Ha ha. Witzig. Nach dem, was mit Trevin Jacobs passiert ist, bin ich mit Boybands so was von durch. Tatsächlich waren die Beatles die einzige gute Boyband, die es je gegeben hat. Und die waren nicht mal eine richtige Boyband.«

»Sei nicht so zynisch. Jede Musik hat ihre Berechtigung, selbst diese modernen Popsongs«, wiederholte Mom die Worte von Daisys verstorbenem Großvater. »Bist du dir sicher, dass es dir recht ist, den ganzen Sommer mit ihnen zu verbringen?«

»Nur weil ich ihre Musik nicht mag, bedeutet das nicht, dass ich keinen Spaß haben werde. Außerdem geht es diesen Sommer um Dad und mich, stimmt's?« Daisy band sich ihr kastanienbraunes Haar mit einem Gummiband zurück. Gott, es war schwer, ihre Mom zu belügen und so zu tun, als wäre sie mit dieser ganzen Vater-Tochter-Beziehungskiste einverstanden.

Bald bogen sie auf den Parkplatz ein und parkten den Wagen, und ihre Mom half ihr, den Koffer aus dem Kofferraum zu wuchten. Dann drückte sie ihr das Flugticket in die Hand.

»Ruf mich an, wenn du mich brauchst.«

»Ich werde schon klarkommen. Mach dir keine Sorgen.«

Ihre Mom wartete mit dem Gehen, bis Daisy durch die Security war, als hätte sie Angst, dass Daisy ihre Meinung noch ändern würde. Und zwei Anschlussflüge später landete Daisy mit einem Bauch voller Schmetterlinge in Atlanta.

Sie trottete in die Empfangshalle, um nach ihrem Dad Ausschau zu halten. Stattdessen sah sie nur Fremde herumlaufen, in Telefone sprechen und ihre Lieben mit lauten Rufen auf sich aufmerksam machen.

Daisy wartete. Und wartete. Dann wartete sie noch ein wenig länger.

Sie sah auf die Uhr. Mist. Hatte er ihre Ankunftszeit vergessen? Nicht, dass es sie überraschte; er war nicht gerade der Vater des Jahres. Himmel, meistens vergaß er sogar, sie an ihrem Geburtstag anzurufen. Sie erwartete inzwischen von ihm, dass er sie enttäuschte, dass er nicht auftauchte. Aber warum ausgerechnet jetzt? Musste er ihren gemeinsamen Sommer so anfangen lassen? Sie schob Panik. Was, wenn er sie ganz vergessen hatte und sie allein in Atlanta gestrandet war?

Daisy drängte die Tränen zurück, die ihre Wangen zu benetzen drohten. Okay. Sie musste sich zusammenreißen und durfte nicht gleich die Krise kriegen. Es war ja nicht so, als käme er zum ersten Mal zu spät.

Endlich beobachtete sie, wie ein hochgewachsener rothaariger Mann in schwarzer Kleidung – ihr Dad – auf sie zueilte.

»Daisy! Tut mir leid, dass ich mich verspätet habe, Kleines. Hab im Stau gesteckt.« Er grinste und breitete die Arme aus. »Wow, du bist wirklich groß geworden.«

»Ja, ich bin nicht mehr vierzehn«, erwiderte sie. Vierzehn, da hatte er sie das letzte Mal gesehen. Bei der Gelegenheit hatte er geschworen, dass er sich bessern und öfter zu Besuch kommen würde, aber Daisy hatte früh gelernt, seinen leeren Versprechungen nicht zu glauben.

Er kicherte und zerzauste ihr das Haar. »Nein, definitiv nicht vierzehn. Komm, lass uns verschwinden.«

»Und, wohin fahren wir?«

»Na ja, die nächsten paar Tage werden wir hier in Atlanta sein, danach geht's nach Florida. Ich bin so aufgeregt, dass du die Jungs kennenlernen wirst. Aber wir werden einige Regeln festlegen müssen.«

»Klasse, ich kann's gar nicht erwarten.«

»Hoffentlich wird dich das dafür entschädigen, dass

ich letztes Weihnachten nicht da war und ... tja, vorletztes auch nicht.«

»Klar, egal.« Daisy zuckte die Achseln und tat so, als spiele es keine Rolle. Dabei erinnerte sie sich an jede einzelne Träne, die sie geweint hatte, wenn er zu den Besuchsterminen nicht aufgetaucht war. An jeden Tag, den sie an der Tür auf ihn gewartet hatte. An jeden vergessenen Geburtstag, jeden Feiertag. Sie schluckte hörbar und versuchte, die schlechten Erinnerungen auszublenden. Auf keinen Fall wollte sie anfangen zu weinen. Nicht schon wieder.

Sie gingen hinaus zu einem schwarzen Chevrolet Suburban mit getönten Scheiben. Ihr Dad legte ihr Gepäck auf die Rückbank und sie stiegen ein. Dann fuhren sie quer durch die Stadt, bis sie schließlich auf einen Parkplatz bogen.

»Bist du bereit, die Band kennenzulernen?«

»Ähm, natürlich.« Daisys Magen krampfte sich zusammen. Sie würde gleich dem Jungen gegenüberstehen, der dafür verantwortlich war, dass ihr letztes Jahr die Hölle gewesen war. Sie versuchte, im Geiste bis zehn zu zählen, um sich abzulenken. Nur weil er sie versetzt hatte, hieß das nicht, dass sie nicht neugierig war, ihn persönlich kennenzulernen.

Daisy zockelte hinter ihrem Dad her, der sie um das Stadion herum zum Tourbus führte. Die Fotos, mit denen er plakatiert war, schienen dem feuchten Traum einer Halbwüchsigen entsprungen: Die barbrüstigen Mitglieder von *S2J* blickten zu Daisy herab – und vorn in der

Mitte stand ihr Frontmann, Trevin Jacobs. Seine mandelförmigen braunen Augen sahen auf dem riesigen Foto noch größer und erotischer aus. Seine Lippen luden zum Küssen ein. Und Himmel, hatte er tolle Bauchmuskeln. Ihr Blick wanderte über das Yin-Yang-Tattoo an seiner Schulter. Verdammt, sie hatte vergessen, wie heiß er war. Ihr Mund wurde trocken. Okay, kein Grund, durchzudrehen. Sie konnte das schaffen. Sie hatte sich nicht umsonst nächtelang seinen Untergang ausgemalt.

»Du wirst diesen Sommer den Traum eines jeden Mädchens leben.« Das Lächeln ihres Dads wurde noch breiter. »Du weißt, dass sie normalerweise keine Mädchen in ihre Tourbusse lassen, daher darfst du dich glücklich schätzen, dass ich die Erlaubnis dazu von Lester Pearl bekommen habe.«

Tja, offensichtlich kannte er *ihren* Traum nicht, denn darin kamen diese Mistkerle definitiv nicht vor. Sie stand einige Zeit da und versuchte, die Absurdität des Ganzen zu begreifen. Einen Sommer lang würde sie auf Tuchfühlung mit dem Jungen sein, den sie mehr verabscheute als jeden anderen auf der Welt. Aber sie durfte nicht vergessen, dass dies ihre einzige Chance war, sich zu rächen. Jetzt gab es kein Zurück mehr. Nach den vielen Sticheleien und Demütigungen, die sie in der Schule hatte durchstehen müssen, war sie bereit, ihn dafür zahlen zu lassen.

Sie würde mit ihnen auf Tournee gehen. Chaos stiften. Und dann abhauen.

»Du brauchst nicht nervös zu sein, das sind ganz normale Jungs.« Er nahm Daisy am Arm und zerrte sie fast zum Tourbus hinüber.

Beau klopfte an die Tür, öffnete sie und zog Daisy hinter sich her die Stufen hinauf. »Wir sind da«, brüllte er.

Fünf Augenpaare musterten sie und schienen die Arroganz einer Flasche teuren Herrenparfums zu verströmen.

Daisys Blick wanderte zu Trevin. Puh. Der war in echt ja noch heißer. Trevin überragte sie mit seinen ein Meter dreiundachtzig. Sie sah zu ihm hoch. Seine mandelförmigen braunen Augen erinnerten sie an frisch gebrühten Kaffee. Sein dunkles Haar war zerzaust, als käme er direkt aus dem Bett. Das T-Shirt, das er trug, spannte sich über seiner Brust und verhüllte den muskulösen Oberkörper, den sie auf dem Foto draußen gesehen hatte.

Okay, sie musste aufhören, ihn anzustarren. Schließlich war er das Arschloch, das sie versetzt hatte. Sie suchte nach irgendeinem Zeichen des Wiedererkennens in seinem Gesicht. Wenn er sich jetzt entschuldigte, würde sie ihm *vielleicht* verzeihen ... aber er unterzog sie nur einer schnellen Musterung, als wäre es ihm zu viel, sich an das Mädchen zu erinnern, das er vor Hunderten, wenn nicht Tausenden von Menschen total blamiert hatte.

Voller Zorn verschränkte sie die Arme vor der Brust und wandte sich den anderen zu. Nathan, der Jüngste, errötete und blickte zu Boden, Miles fuhr sich mit einer Hand durch sein blondes Haar, schnappte sich dann ein T-Shirt und zog es sich über den Kopf, als befürchtete er, sie könne ihm etwas weggucken. Will lehnte neben Trevin an der Wand und beobachtete alle.

Ryder grinste. »Tja, sie ist definitiv heißer, als ich gedacht habe. Stimmt's, Trevin? Könnte genau dein Fall sein.«

»Verdammt, sie ist tabu!« Ihr Dad schob sich vor sie und schirmte sie vor den Blicken der Jungen ab.

»Das wissen wir, Ryder hat nur Spaß gemacht.« Trevin trat zwischen die beiden.

»Keine Sorge, Dad, ich stehe nicht auf Boybands«, blaffte sie, ihre Stimme kalt und beherrscht.

Trevin zog eine Augenbraue hoch und sah Daisy durchdringend an. »Du magst keine Boybands?«

Daisy richtete sich stolz auf. »Nein. Also erwarte nicht von mir, dass ich kreische oder in Ohnmacht falle oder euch bitte, meine Körperteile zu signieren.«

»Du magst keine Boybands?«, wiederholte er, als hätte er sie beim ersten Mal nicht richtig verstanden.

»Ist der da taub?« Daisy sah ihren Dad an.

Miles kicherte. »Nein, aber ich denke, du hast ihn geschockt. Trevin ist nicht an Mädchen gewöhnt, die ihm nicht gleich ihr Höschen zuwerfen.«

»Miles!« Das Gesicht ihres Dads nahm eine fiese Rotschattierung an.

»Tut mir leid.« Miles hob abwehrend die Hände.

»Tja, gewöhnt euch besser daran. Ich bin nicht jemand, der auf Jungs steht, die mehr Geld für ihre Schuhe ausgeben, als meine Mom in einer Woche verdient. Ganz zu schweigen davon, dass eure Tourbusse mit den ganzen Dieselabgasen die Luft verschmutzen.« Daisy funkelte in die Runde.

Trevin runzelte die Stirn. »So sind wir aber gar nicht.«
»Na sicher.«

»Tja, vielleicht solltest du mal mit mir abhängen, dann würdest du selber sehen, dass du auf dem Holzweg bist«, sagte Trevin. Seine Mundwinkel verzogen sich zu einem frechen Grinsen. Einem Grinsen, mit dem er perfekte, funkelnde Promi-Zähne entblößte. Sein Lächeln ließ ihr das Herz bis in den Hals hüpfen. »Außerdem finde ich es unfair, dass du über uns urteilst, ohne uns zu kennen. Wir tun eine Menge wohltätiger Dinge.«

Daisy versteifte sich. »Das glaube ich kaum. Ich habe genug Artikel über euch Jungs gelesen.«

Etwas funkelte in seinen Augen, so als hätte sie ihn herausgefordert. Aber das war ihr egal. Nach dem beschissenen Jahr, das sie dem Umstand zu verdanken hatte, von Trevin versetzt worden zu sein, brachte das Schicksal endlich alles wieder in Ordnung. Endlich bekam Daisy die Gelegenheit, sich an Trevin zu rächen. Sie war mit ihm auf Tournee. Sie würde den Jungen, der ihr das Herz gebrochen hatte, in Grund und Boden stampfen … und als Tourmitglied verfügte sie über zahllose Möglichkeiten, das zu bewerkstelligen.

Kapitel 2

»Wer hätte gedacht, dass jemand, der so bullig und hässlich ist, eine Tochter haben kann, die so aussieht?«, flüsterte Ryder, nachdem Beau und Daisy gegangen waren. »Du solltest an ihr dranbleiben.«

Trevins Augen wurden schmal. »Ich sollte wohl eher die Finger von ihr lassen, wenn ich nicht will, dass Beau mein Gesicht als Zielscheibe für seine Schießübungen benutzt.«

Ryder lachte und lehnte sich auf dem Sofa zurück, die Hände hinter dem Kopf verschränkt. »Wäre das nicht ein Interessenkonflikt, wo er uns doch beschützen soll?«

»Ich will es nicht darauf ankommen lassen.«

»Bist du dir sicher? Solche Herausforderungen sind doch genau dein Ding.« Ryder wackelte mit den Augenbrauen.

»Kein Interesse«, sagte Trevin. »Außerdem habt ihr sie gehört. Sie steht nicht auf Boybands.«

»Und das macht dir zu schaffen, hm?« Miles zwinkerte ihm zu. »Du weißt, dass sie den ganzen Sommer hier sein wird.«

Trevin seufzte. »Na gut, ich gebe zu, dass sie atemberaubend aussieht, aber das war's. Also kommt nicht auf irgendwelche Ideen. Nur weil ihr beide inzwischen eine Freundin habt, heißt das nicht, dass der Rest von uns auch eine will.«

Doch warum konnte er dann nicht aufhören, an sie zu denken, an ihr langes kastanienbraunes Haar und ihre wunderschönen braunen Augen? Sie war klein, entzückend und frostiger als ein Gletscher. Es gefiel ihm nicht, dass sie ihn aburteilte, ohne ihn zu kennen. Nicht, dass es eine Rolle gespielt hätte. Er brauchte keine Freundin oder Dinge, die ihn von seinem Ziel ablenkten. Aber er wollte auch nicht, dass sie dachte, er sei ein arroganter, reicher Schnösel. Seine Eltern waren Bauern, verflucht. Er war nicht gerade mit einem silbernen Löffel im Mund geboren worden. Er hatte sich den Arsch aufgerissen, um bei *S2J* zu landen. Und warum schien es, als richte sich ihre Feindseligkeit nur gegen ihn?

Ihr Manager Lester Pearl, kurz LJ, watschelte die Stufen des Tourbusses hoch, die Deckenstrahler spiegelten sich auf seiner haarlosen, glänzenden Platte. »Ab in die Garderobe, Jungs. Hopp, hopp.« Er klatschte in die Hände. Anscheinend gab es heute keine PR-Sachen, mit denen er sich rumärgern musste.

Die anderen murrten, eilten jedoch zur Tür hinaus. Trevin machte Anstalten, ihnen zu folgen, aber LJ hielt ihn an der Schulter fest. Trevin versteifte sich. Er wusste bereits, was kam.

»Na, wie machen sich die Jungs? Du musst wirklich

dafür sorgen, dass sie auf Linie bleiben. Wir können uns keinen weiteren Zwischenfall wie den in Albuquerque leisten.«

Trevin nickte. In Albuquerque, einem ihrer ersten Tournee-Stopps überhaupt, hatte Ryder sich betrunken, und Miles hatte sich auf einen Streit mit einem Typen eingelassen, der Nathan blöd gekommen war. »Es geht allen gut. Die Jungs benehmen sich prima.«

LJ spielte mit der Manschette seines Hemdes. »Freut mich zu hören. Dann lass mich Folgendes fragen: Findest du, dass Will sich in letzter Zeit seltsam benimmt?«

»Eigentlich nicht«, log Trevin. Alle hatten bemerkt, dass Wills Reserviertheit fast über Nacht verschwunden war. Er hoffte, die anderen nahmen an Will habe es einfach satt, immer der Schüchterne zu sein.

»Du bist dir sicher, dass Ryder keinen Blödsinn mehr macht?« LJ durchbohrte Trevin mit seinem Blick. »Als ich dich unter Vertrag nahm, habe ich dir gesagt, dass du als der Älteste auf diese Jungs aufpassen müsstest. Du weißt, dass sie nicht immer tun, was sie sollen. Und da ich nicht von morgens bis abends bei euch sein kann, musst du für mich die Augen offen halten.« Er klopfte ihm auf den Arm. »Miles und Ryder haben auf dieser Tournee bereits genug angestellt. Also hängst du dich besser rein, damit sie brav die Regeln befolgen.«

»Ich hab es dir schon gesagt, es läuft prima.« Trevin trat einen Schritt zurück. Er konnte diesen Druck nicht gebrauchen. LJ saß ihm ständig im Nacken.

»Schön. Ich erwarte von dir, dass du dafür sorgst, dass

es auch so bleibt. Die Jungen schauen zu dir auf wie zu einem großen Bruder. Sie vertrauen dir.«

Als ob er das nicht wüsste. Wann immer irgendetwas schief ging, kam LJ zu ihm und drängte Trevin, Streitigkeiten oder Auseinandersetzungen zu schlichten. Er hatte frühzeitig klargemacht, dass der Erfolg der Band auf Trevins Schultern lastete. Dass er für den Zusammenhalt zu sorgen hatte. In letzter Zeit hatte LJ die Jungs ziemlich gegen sich aufgebracht, was bedeutete, dass sie nicht mehr auf ihn hörten. Deswegen hatte er Trevin zu seinem Handlanger gemacht, der ihm helfen musste, alle auf dem rechten Pfad zu halten.

»Ich weiß. Und wie ich dir schon letzte Woche gesagt habe, kommen wir prima klar.«

»Lass mich wissen, wenn irgendetwas vor sich geht.«

»Klar.«

LJ führte ihn zum Stadion und ließ ihn vor seiner Garderobe stehen.

»Und, was wollte LJ?«, fragte Ryder. Lässig warf er einen Football in die Luft.

Trevin zuckte die Achseln. »Es ist immer wieder dieselbe Leier. Du weißt schon, sorg für Frieden, wackle schön mit dem Hintern für die Mädels, schwängere aber keine von ihnen.« Ryder war der letzte, dem er von seinem Job als Babysitter erzählen wollte. Zum einen hasste Ryder Autoritäten, und zum anderen würde er sauer sein und wahrscheinlich irgendwelchen Mist bauen, nur um etwas zu beweisen. Andererseits waren die Jungs nicht auf den Kopf gefallen und hatten vermutlich eine ganz gute Vorstellung davon, was LJ von ihm gewollt hatte.

»Oh, also hat er auch mitgekriegt, wie du diese Rothaarige beäugt hast?« Ryder ließ den Football fallen und zog sich sein schwarzes T-Shirt aus, um gleich darauf ein anderes überzustreifen.

»Kannst du es bitte gut sein lassen? Ich will nicht über Daisy reden.«

»Daisy? Du hast dir also ihren Namen gemerkt. Ich wette, es ärgert dich extrem, dass sie dich hat abblitzen lassen, als du sie gefragt hast, ob sie mal mit dir abhängen würde. Aber vielleicht war das alles nur Show? Ich meine, du findest doch immer einen Weg, die Damen zu verzaubern«, neckte Ryder ihn.

»Nein, Alter, ich glaube, sie hasst unseren Jungen hier *wirklich*. Hast du den bösen Blick gesehen, den sie ihm zugeworfen hat?« Miles feixte.

Trevin verdrehte die Augen. »Wen schert das? Dann ist es eben das erste Mal, dass mich eine hat abblitzen lassen. Es gibt jede Menge andere Mädchen. Außerdem habe ich bloß versucht, nett zu ihr zu sein, weil sie Beaus Tochter ist.« Auch wenn das nicht die ganze Wahrheit war. Sie war so hübsch. Und es setzte ihm immer noch zu, dass sie ohne Grund eiskalt zu ihm gewesen war. »Glaubt mir, wenn ich mir dieses Mädchen schnappen wollte, könnte ich das.«

»Ach, wirklich?« Ryder verschränkte die Arme vor der Brust und beobachtete Trevin genau. »Bist du bereit, es zu beweisen?«

»Wie meinst du das?« Trevin versteifte sich. Scheiße. Worauf wollte Ryder hinaus?

»Ich wette, du kannst Daisy nicht dazu bringen, sich bis zum Ende des Sommers in dich zu verlieben.«

Trevin schnaubte. »Ernsthaft?«

»Ja, aber lass uns dafür sorgen, dass es richtig spaßig wird. Wie wäre es mit Folgendem: Wenn ich die Wette gewinne, musst du aufhören, LJs kleines Schoßhündchen zu spielen und mich jedes Mal zu verpetzen, wenn ich mich rausschleiche oder sonst irgendwas tue. Du weißt schon, mach es mir leichter, Zeit mit Mia zu verbringen.«

Trevin schluckte hörbar. Oh Mann. Das bedeutete, etwas von seiner Kontrolle aufzugeben, was letztendlich dazu führen konnte, dass die Band sich auflöste. Und das war sein schlimmster Albtraum. Die letzte Band, die von LJ gemanagt worden war, hatte sich heillos zerstritten. Er wollte nicht, dass *S2J* das Gleiche passierte. Aber wollte er, dass Ryder ihn für einen Loser hielt? »Und was bekomme ich, wenn ich gewinne?«

Ryder lehnte sich mit nachdenklichem Blick an die Wand. »Wie wäre es, wenn ich dir die Zusammenarbeit mit Pierce Mishler überließe? Eigentlich bist du derjenige, der von Anfang an mit ihm arbeiten wollte.«

»Du würdest die Gelegenheit sausen lassen, mit Mishler zu arbeiten?« Das war genau das, worauf Trevin gewartet hatte. Bisher hatte er gerade mal einen Song für ihre Alben schreiben dürfen, deshalb konnte dies der Durchbruch für ihn sein. Pierce war einer der besten Songwriter überhaupt.

Ryder hatte nach einer von *S2Js* Sessions im Tonstudio noch ein bisschen alleine an einem Song gearbeitet, und Pierce hatte ihn zufällig gehört. Ryders Stil hatte ihm gut genug gefallen, um ihn zu fragen, ob er ein bisschen mit ihm jammen würde. Und natürlich hatte LJ sich eingemischt und organisiert, dass die beiden zusammen an etwas arbeiten würden. Er dachte wahrscheinlich, dass ihm das bei Ryder ein paar Pluspunkte einbringen würde. Aber es war Trevin, der seinen kleinen Finger dafür gegeben hätte, mit Pierce arbeiten zu dürfen. Er war schon immer ein riesiger Fan von ihm gewesen. Und jetzt bot Ryder ihm seinen Traum auf dem Silbertablett an.

Aber konnte er Daisy wirklich so an der Nase herumführen? Es musste ja nicht von Dauer sein, sie würde ohnehin nur den Sommer über hier sein. Verdammt, er war nicht der Typ, der ein Mädchen so hinters Licht führte. Es war eine Sache, während der Tournee mit jemandem auf ein paar Dates zu gehen – aber das hier, na ja, es kam ihm nicht richtig vor. Andererseits konnte er sich diese Chance auf die Arbeit mit Pierce auf keinen Fall durch die Lappen gehen lassen. Und es würde vielleicht gar nicht so übel sein, Zeit mit Daisy zu verbringen. Sie war süß, und er war sich sicher, dass es Spaß machen würde, mit ihr abzuhängen, falls er ihre harte Schale knacken konnte.

»Klar«, antwortete Ryder. »Also, wie sieht's aus? Oder kneifst du?«

Trevin stöhnte. »Na schön, ich bin dabei. Aber nur dass du es weißt, Daisy wird sich garantiert schwer in mich verlieben. Hast du noch nicht mitbekommen, welche Wirkung ich auf Mädchen habe?«

»Miles, du bist unser Zeuge. Wenn er einen Rückzieher macht oder verliert, weißt du, was er mir schuldet.« Ryder beugte sich zu Trevin vor. »Geben wir uns die Hand drauf.«

»Na schön.« Trevin schüttelte Ryder kurz die Hand.

»Die Wette gilt.« Ryder grinste. »Ach, und übrigens, glaub nicht, dass ich es dir leicht machen werde.«

»Ich hoffe, du weißt, was du tust, Kumpel. Ryder benimmt sich einfach mal wieder wie ein Wichser.« Miles blickte von einem zum anderen.

»Du kleines Arschloch.« Ryder ging auf Miles los und jagte ihn direkt an Beau vorbei, der gerade den Flur entlangkam.

»Jungs, das reicht jetzt.« Beau packte beide hinten an ihren Shirts. »Ihr habt keine Zeit, rumzualbern. Ab in die Maske. Auf der Stelle. Deb wartet, um euch schön zu machen.«

»Wenn das Konzert zu Ende ist, nimmst du besser die Beine in die Hand«, drohte Ryder.

Miles winkte ihm grinsend zu. »Bis später.«

»Komm schon, Kilo, warum musst du ihn so ärgern?«, sagte Trevin, Miles bei seinem Spitznamen nennend.

»Keine Ahnung. Vielleicht weil es Spaß macht.«

»Schön, aber wir wollen nicht, dass in unserem Bus der dritte Weltkrieg ausbricht, okay?«

»Ach, ich hab doch bloß ein bisschen Spaß gemacht. Chill mal.«

Er sollte chillen? Miles hatte gut reden; ihm saß nicht dauernd LJ im Nacken und forderte, dass er die Band zusammenhalten solle. Und jetzt musste er noch diese blöde Wette gewinnen, sonst würde Ryder ihn in noch größere Schwierigkeiten bringen.

»Also, ich bin endlich angekommen«, sagte Daisy in ihr Telefon.

»Bitte sag mir, dass du Trevin eins auf die Nase gegeben hast«, erwiderte Lena am anderen Ende der Leitung.

»Schön wär's. Er hat mich ehrlich gesagt gefragt, ob ich morgen mit ihm abhängen will, damit er mir zeigen kann, dass die Band kein Haufen arroganter, herzensbrechender Umweltsünder ist. Kannst du das fassen? Außerdem hat er mich nicht mal erkannt. Was mich noch wütender gemacht hat.« Daisy legte sich eine Hand über ihr Ohr, um die kreischenden Mädchen im Hintergrund auszublenden. »Im Moment bin ich hinter der Bühne, was in etwa der Hölle entspricht.«

»Scheiße, du nimmst mich auf den Arm!«

»Nein. Schön wär's.«

»Wirst du bald anfangen, deinen Racheplan umzusetzen?«

»Ja, aber ich werde in ganz kleinen Schritten vorgehen. Das Ganze richtig aufbauen, bis zum großen Knall. Ich hab bereits das Video in meiner Handtasche, von damals, als er mich versetzt hat.«

»Tja, dann war es wahrscheinlich keine so gute Taktik, ihn abblitzen zu lassen. Es ist schwer, an ihn ranzukommen, wenn du die Eiskönigin gibst.«

Daisy seufzte. »Ich weiß. Es war ein Reflex.«

»Es wird dich nicht umbringen, ein paar Wochen lang so zu tun, als würdest du ihn mögen. Ich glaube, du solltest dich bald entschuldigen und dich bei ihm einschleimen, sonst wird dein Plan nicht funktionieren.«

Daisy spielte mit ihrem Armband. »Ich weiß, aber kann ich nicht wenigstens den heutigen Abend oder sogar noch ein paar Tage lang zickig bleiben? Das habe ich mir doch verdient, oder?«

»Na schön, nimm dir zwei Tage Zeit, um Dampf abzulassen. Aber wage es nicht, einen Rückzieher zu machen. Du planst das schon seit einer Ewigkeit. Ich will nicht unser letztes gemeinsames Wochenende völlig umsonst damit verbracht haben, einen Racheplan auszuhecken.«

Genau in dem Moment kamen die Jungen durch die Bühnentür. »Hör mal, ich muss Schluss machen.«

»Ruf mich bald an. Ich vermisse dich jetzt schon.«

»Ich vermisse dich auch. Bis bald.«

Nathan kam näher und nahm von einem der Stage Manager ein Mikrofon entgegen. »Hi«, sagte er.

»Hey.« Sie winkte ihm schwach zu.

Sein Gesicht färbte sich knallrot und er ging weiter. Trevin nahm schnell seinen Platz ein. Mit einem Grinsen schaute er zu ihr hinunter. »Mach dich darauf gefasst, vom Hocker gehauen zu werden.«

War das sein Ernst? »Tja, noch kann ich mir beim besten Willen nicht vorstellen, wie dir das gelingen sollte.« Sie lächelte honigsüß.

Er kicherte und seine braunen Augen funkelten. Der Duft seines Rasierwassers umgab ihn. Wenn er auch nur für eine Sekunde dachte, dass er sie mit ein bisschen Flirten für sich einnehmen konnte, würde er sich noch umgucken. Er mochte zum Anbeißen sein mit den wuscheligen dunklen Haaren und den trainierten Bizeps, die sich unter dem dunkelblauen T-Shirt abzeichneten, aber sie wusste, was für ein Typ er war. Er hatte sie komplett im Regen stehen lassen ohne mit der Wimper zu zucken. Jungen wie er änderten sich nicht über Nacht, falls sie es überhaupt jemals taten. Ganz zu schweigen davon, dass er wahrscheinlich in jeder Stadt ein anderes Mädchen hatte.

Trevin legte theatralisch eine Hand aufs Herz. »Ah, du hast mich tief getroffen.« Er beugte sich zu ihr vor. »Hat dir schon mal jemand gesagt, dass du ganz schön voreingenommen bist?« Sein warmer Atem kitzelte sie am Ohr.

Ihre Augen wurden schmal. »Hat dir schon mal jemand gesagt, dass Make-up was für Mädchen ist? Ach, und übrigens, dein Eyeliner ist verschmiert.«

Daisy trat einen Schritt zurück und prallte mit Miles zusammen, der in Gelächter ausbrach.

»Sie hat recht, Kumpel, dein Eyeliner ist tatsächlich verschmiert.« Miles blickte auf sie runter. Sein britischer Akzent war irgendwie süß. »Keine Sorge, meine Schöne. Ich werde aufpassen, dass er nächstes Mal präsentabler aussieht, wenn er dir über den Weg läuft. Beurteile ihn bitte nicht aufgrund deiner ersten Eindrücke.«

Trevin knuffte Miles, der zusammenzuckte. »Ich glaube, wir sollten auf die Bühne gehen.«

Als sie losgingen, schaute Trevin über die Schulter zu ihr zurück und grinste. »Bis später, Daisy. Ich hoffe, dass dir die Show gefällt.«

Wenn Weihnachten und Ostern an einen Tag fielen vielleicht.

Trevin benahm sich, als wäre er Gottes Geschenk an die Frauen, und er hatte offenbar keinen Schimmer, wie sehr er damit auf dem Holzweg war.

In dem Moment setzte die Musik ein. Die Menge drehte durch, als der Vorhang sich hob. Die Jungen stellten sich in einer Reihe auf und führten irgendeine komplizierte Tanznummer vor. Okay, sie wussten sich zu bewegen, das musste Daisy ihnen lassen. Aber diese Musik war nicht mehr ihr Ding.

Sie hätte sich am liebsten irgendwo verkrochen. Hier zu stehen und zuzuschauen, wie Trevin sang und tanzte, war Salz in ihrer offenen Wunde. Und als wäre diese Folter nicht genug, spielten sie jetzt *Kiss This*.

»Hey, geh da rauf, damit du besser sehen kannst.« Ihr Dad schob sie vorwärts.

»Ist schon gut. Ich kann von hier aus alles sehen.«

»Glaub mir, von da oben hast du eine viel bessere Sicht.«

Daisy bemerkte, dass sie direkt in Trevins Blickfeld geschoben worden war. Verflucht. Es war, als wolle ihr Dad sie quälen. Sie versuchte, an ihren alten Platz zurückzukehren, aber ihr Dad legte ihr eine Hand auf die Schulter und hielt sie fest. In dem Moment bemerkte Trevin sie und zwinkerte ihr zu. Er vollführte mit den Händen eine Bewegung, die seinen Herzschlag andeutete, und zeigte dann auf sie.

Wie uncool war das denn?

Einen Moment später drehte er sich wieder zur Menge um. Nahm diese Schmierenkomödie denn gar kein Ende? Gott, er war so unfassbar selbstverliebt. Es war, als erwarte er irgendeine Art von Reaktion von ihr. Als müsste sie ohnmächtig werden oder ihn anhimmeln oder ihm vielleicht sogar ihr Höschen zuwerfen, nur weil er ihr zugezwinkert hatte.

Sie grub sich die Nägel in die Handflächen. Sie würde reagieren, oh ja. Morgen würde sie anfangen, diesen eingebildeten Deppen zu demontieren. Ihm würde noch Hören und Sehen vergehen.

Kapitel 3

Trevin gähnte und rutschte auf den Stuhl neben Miles. LJ hatte im hiesigen Hotel einen Saal gemietet, damit die Band und die Crew ihre Mahlzeiten hier einnehmen konnten, statt hinter der Bühne oder im Bus essen zu müssen. Es war jedenfalls mal eine Abwechslung.

»Sieh zu, dass du mehr Eier isst, Miles«, sagte Marsha Carlisle, als sie an ihrem Tisch vorbei auf den mit den Erwachsenen zusteuerte.

»Ich komme schon zurecht, Mum.«

Trevin kicherte. Marsha Carlisle ging ab und zu mit der Band auf Tournee, seit Miles bei *S2J* aufgenommen worden war. Sie kümmerte sich gern um alle fünf Jungs, was Trevin nicht weiter schlimm fand, da seine eigene Familie so weit entfernt war. Seit er achtzehn geworden war, brauchte er keine elterliche Aufsicht mehr. Er war ein freier Mann – oder zumindest so frei, wie er das auf Tournee mit LJ im Nacken sein konnte.

»Ja, sei ein braver Junge und iss dein Frühstück«, sagte Trevin.

»Verzieh dich«, entgegnete Miles, »oder ich setze meine Mum auf dich an und verrate ihr, dass du gestern das Abendessen ausgelassen hast.«

Nathan stand in der Schlange und schaufelte sich Essen auf den Teller, als Ryder und Will angeschlendert kamen. Beide Jungen rieben sich noch den Schlaf aus den Augen. Die Mädchen aus ihrer Vorgruppe Cherry, Lexi und Paige, saßen zusammen mit einigen anderen Mitgliedern der Crew am einen Ende des Tisches. Aber es war die Rothaarige ihm gegenüber, die Trevins Aufmerksamkeit erregte. Im Gegensatz zu allen anderen schien Daisy hellwach zu sein. Vor ihr stand ein Teller mit Früchten und einfachem Weizentoast. Er fragte sich, ob sie eins dieser Mädchen war, die immerzu hungerten. Wenn ja, verstand er nicht, warum. Sie war wunderschön, so wie sie war, und brauchte auf keinen Fall abzunehmen. Nicht, dass es ihn scherte, ob sie etwas aß oder nicht.

Sie blickte auf und funkelte ihn an, als hätte er kein Recht, sie anzusehen. Aber statt den Blick abzuwenden, grinste er. Er musste eine Wette gewinnen, also konnte er auch gleich damit anfangen. »Guten Morgen, Sonnenschein, hast du gut geschlafen?«

»Jepp, aber mir ist plötzlich der Appetit vergangen.« Sie schob ihren Teller weg, trank einen Schluck Kaffee und rümpfte die Nase.

»Nicht nach deinem Geschmack?« Er deutete auf ihre Tasse.

»Nicht wirklich. Ich stehe eher auf Cappuccino oder Latte Macchiato.«

Ein Mädchen nach seinem Herzen. »Vielleicht kann ich schauen, ob das Hotelpersonal dir etwas anderes bringen kann. Ich bin mir sicher, wenn ich frage ...«

»Nein, ist schon gut.« Sie runzelte die Stirn. »Ich brauche niemanden, der das für mich regelt. Wenn ich etwas anderes möchte, kann ich auch selbst den Mund aufmachen.«

Touché. War sie immer so drauf? Trevin beobachtete, wie sie mit Lexi redete und lächelte. Ein richtiges, echtes Lächeln. Okay, das konnte zweierlei bedeuten. Entweder hasste sie Boybands wirklich, so wie sie behauptet hatte, oder sie mochte nur *ihn* nicht. Tatsächlich gefiel ihm keine der beiden Varianten. Falls sie ihn ablehnte, sollte sie das wenigstens tun, weil sie ihn kannte. Es störte ihn mehr, als er zugeben wollte, dass ihre Meinung allein auf dem basierte, was sie über ihn zu wissen glaubte. Da würde er alle Hände voll zu tun haben. Aber jetzt gab es kein Zurück mehr.

»Willst du nichts essen, Alter?« Miles stupste ihn an, das Telefon bereits in der Hand. Er schickte wahrscheinlich eine Nachricht an seine Freundin Aimee.

»Doch. Gibt es heute irgendwas Gutes am Büfett?«

»Na ja, nichts, dass mit dem Kimchi-Eintopf deiner Mum zu vergleichen wäre. Ah, bei dem bloßen Gedanken daran läuft mir das Wasser im Mund zusammen. Meinst du, sie kommt vielleicht noch mal her, um sich ein weiteres Konzert anzusehen, und kocht für uns?«

»Deine Mom macht Kimchi?« Daisy spähte über ihre Kaffeetasse zu ihm hinüber.

»Ja. Ich bin schließlich Koreaner, weißt du, das ist irgendwie unser Ding«, zog er sie auf.

Ihre Wangen färbten sich dunkelrot, und er bereute es sofort, so sarkastisch gewesen zu sein. »Meine Grandma hat es ihr beigebracht, als sie noch in Seoul lebten.« Trevin schnappte sich Miles' Serviette und riss sie in winzige Stücke. Besser, er besorgte sich etwas zu essen und hielt die Klappe. Aber gerade als er aufstand, um zum Büfett zu gehen, kam LJ herein.

»Okay, alle mal herhören, ich erkläre den heutigen Tag zu eurem freien Tag. Es ist Wochen her, seit ihr etwas Zeit für euch hattet. Genießt sie, solange ihr könnt, denn morgen um sechs müsst ihr zum Probe ins Stadion kommen. Ihr sollt eine neue Tanznummer lernen.«

»Im Ernst? Wir bekommen den ganzen Tag frei?« Ryder ließ sich mit einem Teller neben Trevin fallen, der vor Kartoffeln, Eiern, Schinken und Toast überquoll. Sein Blick wanderte zu Mia, seiner Freundin und neuestem Act im Vorprogramm. Er beugte sich über den Tisch, nahm ihre Hand und verschränkte seine Finger mit ihren.

Ryder war wirklich lockerer drauf, seit er mit Mia zusammen war. Er konnte immer noch ein Arschloch sein, aber er beschränkte es auf ein Minimum, wenn sie in der Nähe war.

»So ist es, also nutzt eure Zeit weise.« LJ machte sich auf den Weg zum Büfett.

»Gut, ich denke, ich gehe wieder ins Bett. Ich habe bestimmt seit drei Wochen nicht mehr als vier Stunden

Schlaf pro Nacht bekomme«, erklärte Will. »Was werdet ihr anderen tun?«

»Mit Aimee reden.« Miles hielt sein Telefon hoch. »Und dann haue ich mich für zehn Stunden ungestörten Schlafs in meine Koje.«

Nathan erwähnte etwas von einem Spaziergang, dann wollte er seine Fanpost beantworten. Er las jeden Brief persönlich durch.

»Wenn ihr rausgeht, will ich, dass ihr eure Bodyguards mitnehmt. Verstanden?«, rief LJ, bevor er sich einen freien Stuhl am Fenster mit Blick auf den Pool suchte. Der ekelige Bastard beäugte wahrscheinlich Frauen im Bikini beim Schwimmen.

Daisy schob ihren Stuhl zurück und ging zu ihrem Dad. Schnell stand Trevin auf, um sich Eier, Schinken und Toast zu holen. Während er das Essen auf seinen Teller türmte, spitzte er die Ohren. Er wollte unbedingt hören, worüber Daisy und Beau sprachen. Wenn er eine Chance haben wollte, sie für sich zu gewinnen, musste er herausfinden, was sie mochte.

»Darf ich bitte ein bisschen in die Stadt gehen? Ich hab online ein paar Secondhandläden gefunden, die ich mir ansehen will«, sagte Daisy.

»Ich weiß nicht, ob ich will, dass du alleine losziehst. Das hier ist eine große Stadt.« Beau fuhr sich mit der Hand durch seine kurzen Haare.

»Also soll ich einfach Tag für Tag in meinem Zimmer rumsitzen und gar nichts tun?«, fuhr Daisy Beau an.

Benahm dieses Mädchen sich bei allen so zickig? Oder

sprang sie so nur mit Männern um? Beau und Daisy gingen zurück an ihren Tisch, Trevin war direkt hinter ihnen.

»Ich könnte mit ihr in die Stadt gehen.« Trevin nippte an seinem Saft und nahm Platz.

Daisy fuhr zu ihm herum und funkelte ihn wütend an. »Was?«

»Ich wollte mir sowieso ein paar Dinge ansehen. Ich gehe mich nur schnell verkleiden, dann komme ich mit dir.«

Miles grinste ihn an, beugte sich vor und flüsterte ihm ins Ohr: »Ich durchschaue dich, Alter. Du willst mit ihr allein sein. Nur zu, sag, dass ich mich irre.«

»Du irrst dich.« Trevin biss von seinem Toast ab. Er hatte seine Hilfe angeboten, weil er dachte, dass Daisy ihm vielleicht eine Chance geben würde, sie kennenzulernen, wenn er etwas Nettes für sie tat. Wenn nicht, dann war er in Sachen Wette wohl ziemlich am Arsch.

Außerdem wollte Trevin ein wenig Zeit abseits von allem und jedem haben, ohne einen Bodyguard, der hinter ihm herzockelte und es noch offensichtlicher machte, wer er war. Er hatte normalerweise nichts dagegen, Trevin Jacobs, der Star zu sein. Aber manchmal war es schön, ein wenig Zeit für sich zu haben. Das Leben genießen zu können, ohne eine Horde schreiender Mädchen hinter jeder Ecke oder Paparazzi auf der Suche nach der nächsten großen Story fürchten zu müssen. Und auch wenn er es nur ungern zugab, Daisy würde nicht die einzige sein, die von dem gemeinsamen Ausflug profitierte. Er verbrachte so viel Zeit mit den Jungs, dass er sich manchmal eine Pause von der Band wünschte oder zumindest ein wenig Zeit mit jemandem, den er nicht andauernd sah. Und später konnte er vielleicht an einem Song weiterarbeiten, den zu schreiben er begonnen hatte.

»Ich bin mir nicht sicher, ob das eine gute Idee ist.« Beau sah ihn über seinen Protein-Shake hinweg an. »Da draußen laufen ne Menge Verrückter rum.«

»Ich verspreche, wenn jemand mich erkennt und die Hölle losbricht, rufe ich Verstärkung.« Trevin beendete seine Mahlzeit und schob seinen Teller weg.

»Na schön. Aber wenn Daisy irgendetwas zustößt, werde ich dich dafür zur Rechenschaft ziehen.«

»Wirklich, Dad?« Daisy verdrehte die Augen. »Du benimmst dich, als wäre ich fünf und wüsste nicht, wie man allein die Straße überquert. Vertrau mir, ich komme schon zurecht.«

»In Ordnung.« Beau hielt abwehrend die Hände hoch. »Aber nimm dein Telefon mit.«

Daisy ging zur Tür. »Ich bin in ein paar Minuten wieder da. Ich muss nur meine Handtasche holen.«

Trevin folgte ihr. »Wir treffen uns an der Hintertür.«

»Suuuper.« Sie schenkte ihm ein breites, gekünsteltes Lächeln. »Ich kann's kaum erwarten.«

»Übrigens, gern geschehen«, bemerkte er.

»Gern geschehen?« Sie versteifte sich und ihre Knöchel wurden weiß, als sie den Türgriff umklammerte.

»Dass ich dich da rausgehauen habe. Wenn ich nicht gewesen wäre, würdest du den ganzen Tag hier festsitzen.«

Er zwinkerte ihr zu und eilte die Treppe hinauf, um sich umzuziehen.

Als Trevin seine Suite betrat, summte sein Telefon. Er zog es aus der Tasche und wischte über den Bildschirm. Es war eine SMS von seiner Schwester Caroline.

Hey, großer Bruder, wo bist du heute?

Trevin tippte zurück: *Atlanta*

Und, was treibst du so?

> *Mache mich fertig, um mit der Tochter unseres Bodyguards auszugehen*

Was? Du hast eine Freundin? Wieso weiß ich das nicht?

> *Nein. Keine Freundin, ich hänge nur mit ihr ab*

Und ich mache mich fertig, um mit dem Trecker rumzufahren. Nicht so glamourös, wie berühmt zu sein. Ich wollte nur Hi sagen und dass ich dich vermisse

> *Vermisse dich auch*

Trevin seufzte. Es war schwer, ohne seine Familie unterwegs zu sein. Vor allem ohne Caroline. Sie hatten sich schon immer sehr nahe gestanden. Es war ätzend, sie nur so selten sehen zu können. Er rief ein Foto seiner Familie auf und starrte es an. Er hatte keine Ahnung, wann er das nächste Mal nach Hause kommen würde. Er versuchte, nicht niedergeschlagen zu sein, schloss die Fotogalerie, schob das Telefon in seine Tasche und zog sich um. Er hatte eine Wette zu gewinnen.

Oh. Mein. Gott. Warum zum Teufel hatte ihr Dad nur gesagt, dass Trevin sie begleiten könne? Als wären ihre Ferien auch ohne seine nervtötende Anwesenheit nicht schon quälend genug. Argh, er lächelte immer so schelmisch, mit diesem frechen Lächeln, bei dem die Mädchen scharenweise zu rückratlosen Pfützen zerflossen. Aber nicht sie. Sein Charme würde sie nicht so leicht in die Knie zwingen.
Tief durchatmen. Es wird alles gut. Du kannst anfangen, das Fundament für das Projekt Rache zu legen.
Daisy ging in ihr Hotelzimmer und schnappte sich die Handtasche, die sie aus einer alten Jeans und einem *Star-Wars*-T-Shirt genäht hatte. Sie stopfte ihr Telefon hinein, cremte sich mit Sonnenschutzmittel ein und ging die Treppe hinunter, um auf Trevin zu warten.
Einige Minuten später kam ein Mann mit kinnlangem, blondem Haar und einer Beanie-Mütze auf sie zu.
»Bist du abmarschbereit?«
Daisy stutzte und schnaubte. »Trevin? Das willst du ernsthaft tragen?«
Er kicherte. »Jepp.«

»Es sind zweiunddreißig Grad draußen. Ich glaube kaum, dass diese Verkleidung notwendig ist.«

»Glaub mir, das ist sie, wenn wir unbemerkt bleiben wollen.«

»Oder vielleicht solltest du dich einfach nicht so wichtig nehmen, denn *so* eine große Nummer bist du nun auch wieder nicht.« Daisy ging nach draußen, wo ihr sofort die heiße, stickige Luft entgegenschlug. Sie liefen über den rückwärtigen Parkplatz, bis sie den Gehweg erreichten. Der Verkehr brauste an ihnen vorbei, aber sogar von hier aus bemerkte Daisy die Menschenmenge, die vor dem Hotel stand und hoffte, einen Blick auf *Seconds to Juliet* zu erhaschen. Daisy erinnerte sich an eine Zeit, da sie dazugehört hatte. Ein kreischender, aufgeregter Fan, der alles getan hätte, um die Jungen kennenzulernen.

Sie blieben vor dem Fußgängerübergang stehen, und Trevin zog seine Mütze zurecht und starrte zu Boden. Sobald das kleine Ampelmännchen erschien, eilte Trevin über die Straße.

»Wohin gehen wir denn?« Trevin verlangsamte sein Tempo, sobald sie die andere Seite erreichten.

»Zwei Straßen weiter gibt es einen Secondhandladen, den ich mir ansehen will.«

»Du kaufst Kleider, die andere Leute schon getragen haben?« Er rümpfte die Nase. »Ich meine, du weißt ja nicht, wessen verschwitzter Körper sie zuletzt berührt hat.«

»Aber du hast kein Problem damit, dass irgendwelche Mädchen dir ihre Unterhosen geben.« Bah! Das machte nur deutlich, was für ein arroganter, reicher Schnösel er war.

»Sehr witzig.« Sein Gesicht wurde dunkelrot.

Wow, war er gerade rot geworden? Das war irgendwie süß und unerwartet. Ihr Magen schlug einen Purzelbaum. »Tja, es stimmt aber. Außerdem tragen manche Leute ein Outfit nur ein einziges Mal oder überhaupt nicht und spenden es einfach.«

»Also, klär mich auf«, sagte Trevin und stopfte die Hände in seine Taschen.

»Ähm, worüber?«

»Klär mich über diesen tief verwurzelten Hass auf, den du für mich empfindest.«

Daisy blieb stehen und starrte ihn an. »Du erinnerst dich wirklich nicht, oder?« Ihr Gesicht spiegelte sich in seiner Sonnenbrille.

»Woran soll ich mich erinnern? Wenn ich etwas getan habe, was dich verletzt hat, tut es mir leid. Manchmal verstehen die Leute meinen Sarkasmus nicht.«

Sie ging weiter. »Tja, wenn du dich irgendwann erinnerst, rede ich liebend gern darüber.«

»Habe ich dir kein Autogramm gegeben, oder was?«

»Heilige Scheiße, du denkst ehrlich, ich wäre wegen eines Autogramms sauer?« Sie wirbelte zu ihm herum. »Du bist wirklich total abgehoben.«

»Dann verrate mir, was ich getan habe, damit wir es hinter uns lassen können.«

Daisy funkelte ihn an. Wenn er die Dinge wirklich in Ordnung bringen wollte, dann konnte er allein dahinterkommen. Er mochte diese Sache vergessen haben, aber sie hatte das nicht. Das Gefühl, als sie dort auf ihrer Veranda gestanden und auf ihn gewartet hatte. Das ständige Sticheln danach. Er hatte keine Ahnung, wie sehr seine eine Entscheidung alles verändert hatte. Wie sehr sie ihr das Leben in der Schule zur Hölle gemacht hatte. Sie ging weiter und ignorierte ihn, bis sie *Sorcha's Sequins* erreichten.

Sie streckten beide gleichzeitig die Hand nach dem Türgriff aus und Trevins Finger streiften Daisys. Ihre Haut kribbelte. Eine unerwartete Hitze wallte in ihr auf. Sie warf ihm einen schnellen Blick zu und versuchte, nicht zu bemerken, wie sein T-Shirt sich über seinem Brustkorb spannte. Sie schluckte hörbar und riss die Hand zurück.

»Sorry«, sagte er.

Eine Glocke läutete, als Trevin Daisy die Tür öffnete und sie vorangehen ließ. *Vielleicht ist er doch kein kompletter Neandertaler.* Sie versuchte, sich an ihm vorbeizuschieben, ohne ihn zu berühren. Sie brauchte nicht noch mehr auf ihn zu reagieren.

Daisy konzentrierte sich wieder auf den Laden und seufzte. Sie war im Himmel – überall Secondhand-Klamotten. An Schaufensterpuppen, an Ständern, säuberlich zu Stapeln gefaltet. Sie schaute sich ein paar Maxiröcke im Boho-Stil an und ein langer, wallender blauer Rock stach ihr ins Auge. Sie hielt ihn sich an und schaute in den Spiegel, nur um festzustellen, dass Trevin sie beobachtete. Daisy stöberte noch weiter, bis ein wunderschönes schwarzes Kleid mit Lochstickerei ihre Aufmerksamkeit erregte. Es hatte diesen speziellen Look, der an die vierziger oder fünfziger Jahre erinnerte.

Sie hielt sich das Kleid an und versuchte, nicht auf das Preisschild zu starren.

»Das sollten Sie mal anprobieren«, sagte eine Verkäuferin in der Nähe. »Wir haben da hinten Umkleidekabinen.«

Daisy drehte sich um und stellte fest, dass Trevin ihr gefolgt war. »Kannst du meine Handtasche nehmen, während ich das hier anprobiere?«

»Na klar.«

Daisy reichte ihm die Tasche, dann stiefelte sie in die Umkleidekabine, wo sie aus Shorts und T-Shirt schlüpfte und sich in das schwarze Kleid schob. Das hier war so schräg, einen Superstar dabeizuhaben, der mit ihr in einem Secondhandladen einkaufte. Und er wartete jenseits der Trennwand auf sie. Konnte er ihre Beine unter der kurzen Tür sehen? Was, wenn sie einen Badeanzug oder so etwas anprobieren wollte? Das würde sie jetzt auf keinen Fall tun können. Nicht solange er sie beobachtete.

Sie griff hinter sich, um den Reißverschluss des Kleides hochzuziehen, aber sie schaffte es nur bis zur Mitte des Rückens. Verdammt. Sie würde entweder Trevin um Hilfe bitten oder hoffen müssen, dass ihr Arm länger wurde. Vorsichtig schob sie die Tür auf. Ihr Gesicht wurde heiß. Das war so peinlich; sie wollte ihn nicht damit belästigen.

»K-kannst du mir bitte den Reißverschluss ganz hochziehen?«

Trevin stellte ihre Handtasche ab und schob sich die Sonnenbrille ins Haar, während sie sich umdrehte. Seine Finger streiften ihren Rücken, als er den Reißverschluss hochzog, und sie schluckte. *Wage es nicht, auf ihn zu reagieren.* Sie hörte, wie er nach Luft schnappte, und erkannte, dass sie vielleicht nicht die Einzige war, die eine Reaktion zeigte. Sie stand ganz still und versuchte, das Kribbeln zu ignorieren, das seine Berührung auf ihrer Haut hinterließ – wie die Spur eines Kometen. Daisy biss sich auf die Unterlippe und gab sich alle Mühe, nicht zu bemerken, wie schnell ihr Puls geworden war oder dass ihre Hände schweißnass waren. *Nein. Nein. Nein. Du darfst nicht zulassen, dass er dir unter die Haut geht. Du darfst ihn nicht wissen lassen, dass seine Berührung dich wahnsinnig macht.*

Sie rückte schnell von ihm ab, strich das Kleid glatt und sah dann in den Spiegel. Es saß perfekt. Der Stoff lag an der Brust und bis zur Taille herunter eng an und wurde dann an den Hüften weit.

Sie schaute auf das Preisschild und bekam einen Schreck. Hundertzwanzig Dollar. Mist. Wollte sie wirklich so viel Geld ausgeben? Sie hatte noch den ganzen Sommer vor sich und ihre Mom hatte ihr nur ein kleines Taschengeld mitgegeben.

»Ich finde, du solltest es kaufen«, sagte Trevin neben ihr.

Sie hob den Blick, bis sie ihm in die Augen schaute. »Ich weiß nicht. Es ist ganz schön teuer.«

»Gefällt es dir?«

Sie lächelte. »Ja.«

»Dann kauf es.«

Sie schloss für einen Moment die Augen, aber sie wusste, dass es sich nicht richtig anfühlte, so viel Geld für ein Kleid auszugeben.

»Ich sollte es lieber lassen. Mein Geld muss für den ganzen Sommer reichen und heute ist buchstäblich mein erster Tag hier.«

»Dann lass es mich für dich kaufen.« Trevin griff in seine Gesäßtasche und zog seine Brieftasche hervor.

Sie versteifte sich. »Nein. Auf keinen Fall. Ich will dir nichts schuldig sein.«

Er runzelte die Stirn. »Du wärest mir nichts schuldig. Ich habe das Geld; es ist kein großes Ding.«

Kein großes Ding. Natürlich war es für ihn kein großes Ding. Er hatte Millionen Dollar, mit denen er um sich schmeißen konnte. »Nein. Das möchte ich nicht. Danke.«

Daisy schlug ihm die Tür der Umkleidekabine vor der Nase zu und zog hastig ihre eigenen Sachen wieder an. Vielleicht war es doch keine so gute Idee gewesen, ihn mitzunehmen. Als sie aus der Umkleide kam, hängte sie das Kleid zurück auf den Ständer und ging zu Trevin, der mit der Verkäuferin plauderte.

»Wenn Sie Ihre Meinung wegen des Kleides ändern, kommen Sie doch einfach noch mal her«, sagte die Frau.

»Danke, das mache ich.« Aber Daisy wusste, dass sie es sich nicht leisten konnte. Stattdessen verließ sie den Laden und steuerte auf einen Plattenladen zu.

Musik dröhnte durch das Geschäft, als sie hineingingen, und die vertrauten Melodien aus den Fünfzigern waren nach all dieser Zeit noch immer genial. Daisy grinste und betrachtete die alten Konzertfotos und Poster, mit denen die Wände des Ladens beklebt waren. Sie liebte diesen Ort sofort. Der Duft von Vinyl. Es stank nach guter Musik.

»Wow, dieser Laden ist umwerfend.« Trevin trat vor und stöberte durch einige Plattenreihen.

Mit einem zufriedenen Seufzer durchquerte sie den Raum mit dem schwarz-weiß karierten Boden und peilte einen der Ständer an, der mit dem Buchstaben J markiert war. Nach einigen Minuten fand sie die Platte, nach der sie gesucht hatte, und ging zu einem der Plattenspieler, die im Laden standen. Sie nahm die große, schwarze Scheibe aus ihrer Schutzhülle, legte sie auf den Plattenspieler und setzte die Nadel oben auf die Platte der Band ihres Grandpas. Sie liebte das Gefühl beim Auflegen von LPs auf den Drehteller; das Knistern, wenn die Musik einsetzte. Sie fand Halt in der Nostalgie der Songs und der Zeit, aus der sie stammten. Damals, als Musik noch etwas bedeutet hatte und nicht nur aus einem Haufen Möchtegern-Boybands bestand, die keinen Funken eigener Kreativität besaßen. Ein weicher Doo-Wop-Klang erfüllte die Luft. Slims Stimme erklang, gefolgt von der ihres Grandpas.

Sie singen zu hören fühlte sich an, als käme sie nach Hause. Der Song beschwor Erinnerungen an ihren Grandpa herauf, der sie mit den Oldies bekannt gemacht hatte. Insbesondere mit denen seiner alten Band, den *Jive Times*

Five. Er hatte Daisy ihr erstes Album und einen Plattenspieler geschenkt. Er hatte sie auch mitgenommen, als seine Band vor zwei Jahren auf Reuniontour gegangen war. Dann war er gestorben.

Es war schwer zu glauben, dass er seit fast einem Jahr fort war. Ein ganzes Jahr ohne ihn. Ohne sein Lächeln. Seine Umarmungen. Sie wusste, dass es nicht fair war, das zu denken, aber sie hatte das Gefühl, als hätte er sie verlassen. Genau wie ihr Dad. Na ja, es war anders. Aber die Männer in ihrem Leben blieben nie lange.

»Hey, wer ist das?« Trevin trat neben sie. Die Sonnenbrille hoch geschoben.

»*Jive Times Five*«, antwortete Daisy.

»Die sind wirklich gut. Ich glaube nicht, dass ich von denen schon mal gehört habe.« Er nahm ihr die Hülle aus der Hand und betrachtete das Cover. Dann griff er die Harmonien auf und summte mit.

Daisy beobachtete ihn für einen Moment, während er mit geschlossenen Augen lauschte. Als höre er wirklich den Text und könne die Bedeutung des Songs begreifen. »Das war die Band meines Grandpas«, flüsterte sie.

Er öffnete die Augen. »Im Ernst?«

»Ja.«

»Die Platte gefällt mir. Ich glaube, ich kaufe sie – oder ich meine, wenn du sie kaufen wolltest, lasse ich dir natürlich den Vortritt ...«

»Nein, ich habe sie zu Hause. Nur zu.« Es schien unwirklich, dass Trevin Jacobs die Musik ihres Grandpas mochte. Dass er für einen kurzen Moment in ihre Welt eingetaucht war und die Musik des einen Menschen mochte, den sie über alles geliebt hatte. Sie spürte einen Druck auf der Brust und holte tief Luft.

»Und, wohnt dein Grandpa bei dir in Michigan?« Trevin nahm Geld aus seiner Brieftasche und ging zur Kasse, um zu bezahlen.

Daisys Kehle war wie zugeschnürt, als sie ihm folgte. »Ähm, nein, er ist letztes Jahr gestorben.«

»Oh, tut mir leid. Ich wollte dir nicht zu nahe treten.«

»Schon gut.« Ihre Stimme brach. Obwohl er seit fast einem Jahr fort war, war es nicht leichter geworden, in der Vergangenheitsform von ihm zu sprechen.

Trevin sah sie einige Sekunden lang an und sein Blick wurde sanfter. »Würdest du mir erlauben, dich zu einem Frappuccino einzuladen?«

»Ehrlich gesagt kann ich den selbst bezahlen«, erwiderte sie und marschierte zur Tür. Verdammt! Warum rieb er ihr immer wieder sein Geld unter die Nase? Sie war insgeheim begeistert gewesen, als er das Album ihres Grandpas gekauft hatte, aber dann musste er hingehen und wieder alles ruinieren.

»Es ist doch kein Ding, deinen Kaffee zu bezahlen.«

»Ich mag keine Leute, die mit ihrem Geld protzen.« Sie sah ihn finster an und bemerkte eine Gruppe von Mädchen, die auf sie zukamen. Zeit, diesen Ausflug zu beenden. Für eine Weile hätte sie beinah vergessen, was er ihr angetan hatte. Aber sie durfte ihr Ziel nicht aus den Augen verlieren. Sie stieß einen gespielten Schrei aus. »Oh mein Gott, halt still, da fliegt eine Biene um deinen

Kopf herum.« Daisy tat so, als schlüge sie nach etwas, und riss dabei Trevins Tarnung ab.

Sofort begann die Mädchen zu kreischen.

»Das ist Trevin Jacobs!« Eins von ihnen zeigte auf ihn und hüpfte auf und ab.

Die Meute stürzte sich auf sie wie ein Heuschreckenschwarm.

»Verdammt, renn los!« Trevin packte Daisy am Arm und zerrte sie den Gehweg entlang.

»Tut mir leid«, rief sie ihm zu. »Das wollte ich nicht.« Doch tief im Innern hatte sie eine diebische Freude an diesem Moment.

»Ist schon gut, aber wir müssen die abhängen.« Er schaute über seine Schulter. Auch Daisy drehte sich um und sah, dass die Anzahl der kreischenden Mädchen sich vervielfacht hatte.

Sie rannten quer über einen Parkplatz auf eine Baustelle zu. Schon jetzt brannte Daisys Lunge. Verdammt, sie war nicht in Form. Die Fans auf Trevin zu hetzen war vielleicht nicht ihr allerbester Einfall gewesen.

Trevin schob sie hinter einige orangefarbene Hütchen, die aufgestellt worden waren, um Leute vor feuchtem Zement zu warnen. Sie sprangen durch die dicke Masse, die wie Schlamm auf ihre Beine spritzte und zwischen ihren Zehen quietschte.

»Ich hoffe, das geht wieder ab«, sagte Daisy und fragte sich, wie lange sie ihre Beine noch würde gebrauchen können, ehe der Zement hart wurde.

»Ich glaube, das ist unsere geringste Sorge, wenn diese

Mädchen uns einholen.« Er riss sie aus dem Zement und führte sie um einen Kleinlaster herum zu einem Dixi-Klo im hinteren Teil des Baustellenbereichs. »Schnell, da rein.«

»Bist du verrückt? Wir werden in der Falle sitzen.«

»Nicht, wenn sie uns nicht finden. Sei einfach still und komm mit.«

Trevin öffnete die klapprige Plastiktür, und sie schlüpften hinein und schlossen sie hinter sich. Der Gestank ließ Daisy schwindeln. Schon jetzt drehte sich ihr der Magen um. Es war hier drin ungefähr eine Million Grad heiß. Sie schaute auf den Toilettendeckel, der hochgeklappt war und die Hinterlassenschaften anderer preisgab. Gegen Trevin gepresst streckte sie die Hand aus und schloss den Deckel. Sie würde es riechen müssen, aber sie wollte es wenigstens nicht sehen. Sie unterdrückte ein Keuchen, als ihr Oberkörper gegen seinen strich, und ihre Beine zitterten. Sie waren viel zu dicht beieinander. Ganz gleich, in welche Richtung sie sich bewegten, irgendein Teil von ihm berührte irgendeinen Teil von ihr. Und Racheplan hin oder her, Trevin Jacobs war heiß. Daisy befeuchtete sich die Lippen und versuchte, einen Schritt zurückzutreten, was nur dazu führte, dass sein Oberschenkel ihren Bauch entlang strich.

»Sie sind da lang«, tönte eine Mädchenstimme von draußen.

»Seht mal, ich glaube, sie sind in den Zement getreten. Wir müssen ihnen dicht auf den Fersen sein.«

»Folgt der Spur.«

Trevin sah ihr in die Augen und legte einen Finger an die Lippen. Genau in dem Moment nieste Daisy.

»Sie sind im Dixi-Klo!«

»Trevin!« Sie hämmerten von außen gegen die Toilette und die kleine Kabine erzitterte.

»Oh Gott, sie werden uns umkippen.« Daisy versuchte, sich an irgendetwas festzuhalten.

»Warte.« Er zog sein Telefon aus der Tasche. »Hey, DeMarcus, ich brauche Hilfe. Können Sie jemanden auf die Baustelle auf der Eighth Street schicken? Ähm, ich bin in einer Außentoilette gefangen, und draußen ist eine Horde schreiender Fans.« Er runzelte die Stirn. »Na ja, ich kann im Moment nicht wirklich irgendwo hingehen. Beeilen Sie sich einfach.«

Das Plastikhäuschen schwankte hin und her, nicht in der Lage, dem Ansturm der Mädchen Stand zu halten. Sie kippten nach hinten, und in dem Moment wusste Daisy, dass sie wirklich in Schwierigkeiten steckten. Mit einem Quieken streckte sie die Arme aus, um sich abzustützen, aber die Kabine kippte auf die Rückseite, und sie und Trevin stürzten zu Boden, während Fäkalien in alle Richtungen spritzten.

Daisy kreischte. Oh. Mein. Gott. Das war das Ekeligste, das ihr je passiert war. »Wir müssen hier raus!«

Er sah ihr in die Augen und grinste. »Also das hier ist definitiv eine Premiere.«

Ihre Lippen zuckten, und bevor sie es sich versah, brach Daisy in Gelächter aus. »Ja, ich muss sagen, so eine Erfahrung habe ich auch noch nie gemacht.«

Trevin schaffte es aufzustehen und sich auf die Erhöhung zu stellen, in die der Toilettesitz eingelassen war. Er stieß die Tür auf, als wäre es die Luke eines U-Boots. Er kletterte hinaus, wobei er die Platte, die er gekauft hatte, immer noch in der Hand hielt. Gott sei Dank befand sie sich in einer Plastiktüte.

Dann beugte er sich wieder herunter, um Daisy herauszuziehen. »Bist du okay?«

Sie versuchte, sich zu sammeln, als er sie neben sich auf das umgekippte Häuschen zog. »Ob ich okay bin?«

»Ja.« Sein T-Shirt war nass, und sie wusste, dass es ganz bestimmt kein Schweiß war.

Mädchen streckten die Hände aus, schrien und versuchten, Trevins Beine und Füße zu berühren, als er dichter an Daisy heranrutschte.

Obwohl ihr zum Kotzen zumute war, musste sie wieder kichern. »Na ja, abgesehen davon, dass ich mit Scheiße bedeckt bin, bin ich wohl okay. Sag mir bitte, dass du nicht alle Mädchen, die du kennenlernst, mit in ein Dixi-Klo nimmst!«

»Nein, das hebe ich mir für die ganz besonderen Mädchen auf. Freust du dich nicht, dass dir diese Ehre zuteil wurde?«, sagte er und musste beinahe schreien, damit sie ihn über das Kreischen der Fans hinweg hören konnte.

»Ähm ... nein.« Sie schnaubte und betrachtete seine Lippen, auf denen das Lächeln lag, das Herzen zum Stillstand bringen konnte. Ein Lächeln, das sie das Toilettenwasser an ihren Kleidern vergessen ließ. Tja, der Racheplan hatte wirklich einen tollen Anfang genommen ...

Lektion Nummer eins: Enttarne niemals den heißen Frontman einer Boyband vor einer Meute Fans, sonst sitzt du womöglich in der Scheiße. Und zwar buchstäblich.

Kapitel 4

Der Leibwächter geleitete Trevin und Daisy von der Toilettenkabine herunter und in einen SUV hinein. Der Fahrer rollte im Schneckentempo voran, um die Fans nicht zu überfahren.

»Nichts für ungut, aber ihr zwei stinkt furchtbar.« DeMarcus rümpfte die Nase. »Wir werden den Wagen reinigen lassen müssen, sobald wir euch abgesetzt haben.«

Mit Daisy an seiner Seite fiel es Trevin erheblich leichter, das Zeug zu ignorieren, das seine Kleidung durchweichte. Ihr Bein streifte seins, als sie neben ihn ins Auto rutschte, und sein Puls ging durch die Decke. Er schaute aus dem Fenster und versuchte, es zu ignorieren.

Als sie im Hotel eintrafen, wartete Beau mit finsterem Gesicht in der Lobby auf sie.

»Genau deshalb solltest du einen Leibwächter mitnehmen. Du hast Daisy in Gefahr gebracht.«

Daisy schnaubte. »Dad, da waren ein paar kreischende Mädchen, die gegen die Toilette gehämmert haben. Es war ja nicht so, als ob sie Maschinengewehre dabeigehabt und versucht hätten, uns umzubringen.«

»Nein, du hast recht, ich hätte auf dich hören sollen«, antwortete Trevin. »Glaub mir, so was wird nicht noch mal passieren.« Er konnte es nicht erwarten, aus seinen Kleidern und unter die Dusche zu kommen. Bisher lief es mit Daisys Eroberung nicht besonders gut. Er bezweifelte, dass sie nach dem heutigen Tag je wieder mit ihm reden würde. Sie hatte zwar gelacht, aber das hieß nichts. Falls sie sauer war, ließ sie es sich im Moment allerdings nicht anmerken. Obwohl das Ganze auch irgendwie ihre Schuld war. Hatte sie seine Verkleidung mit Absicht abgerissen? Er hatte keine Biene gesehen. Wenn ja, warum hätte sie das tun sollen?

Beau nickte, dann ging er zum Eingang, um sicherzugehen, dass keine Fans das Hotel betraten.

»Weißt du«, sagte Daisy, »du solltest dir wirklich ein Rückgrat anschaffen. Ich meine, bist du nicht der Boss meines Dads?«

Trevin lachte. »Ich überlege mir genau, ob sich ein Kampf lohnt. Außerdem meint dein Dad es nur gut.« Er schob sie weg von der Eingangstür. »Übrigens, das heute hat mir Spaß gemacht. Na ja, bis zu dem Moment, als die Toilette umgekippt ist.«

Ihr Blick wurde weicher. »Mir hat es auch Spaß gemacht. Aber plane fürs nächste Mal bitte nicht so etwas Spektakuläres wie heute ein.«

»Es gibt also ein nächstes Mal?« Er beobachtete sie. Das mit heute war vielleicht doch keine so große Katastrophe gewesen, wie er gedacht hatte.

»Das will ich damit nicht gesagt haben.«

Sie waren im Begriff, zum Fahrstuhl zu gehen, als der Mann an der Rezeption sie ansprach. »Entschuldigung, Sir? Sind Sie Trevin Jacobs?«

»Ja.« Er blieb stehen, und der Mann kam um den Tresen herum. Super, es war schnell angekommen.

»Ich habe ein Päckchen für Sie, das vor ein paar Minuten hier abgegeben wurde.«

»Danke.« Einen Moment später reichte er es Daisy und konnte kaum erwarten, dass sie sah, was es war. »Und, willst du es nicht aufmachen?« Trevin beobachtete sie und hoffte, dass es ihr gefallen würde.

»Was ist das?«

»Tja, es gibt nur eine Möglichkeit, es herauszufinden.« Er grinste und fragte sich, warum seine Hände plötzlich feucht waren.

Daisy riss die braune Papierverpackung ab und öffnete die Schachtel. Ihre Augen weiteten sich, als sie das schwarze Kleid aus dem Secondhandladen sah.

Mit vor Wut blitzenden Augen funkelte sie Trevin an. »Glaubst du, du kannst mich einfach kaufen?«

Trevin erschrak. Das war nicht die Reaktion, die er erwartet hatte. Verdammt. Dieses Mädchen war so unberechenbar. »Nein, das war nicht meine Absicht.«

»Wirklich? Warum solltest du sonst etwas für jemanden kaufen, den du nicht mal kennst? Du magst an Mädchen gewöhnt sein, die sich ein Bein ausreißen, um deine Aufmerksamkeit zu erregen, aber ich bin nicht so ein Mädchen.«

»Du magst mich wirklich nicht, was?« Trevin verstand

es nicht. Scheiße, was hatte er getan? Er sollte einfach machen, dass er von ihr weg kam, und es gut sein lassen. Denn das Mädchen, das in diesem Moment vor ihm stand, würde sich bis zum Ende des Sommers garantiert nicht in ihn verlieben. Und schließlich gab es Millionen anderer Mädchen da draußen, die liebend gern ein Geschenk von ihm entgegen genommen hätten. *Aber dann gewinnt Ryder, und du wirst nicht mit Pierce zusammenarbeiten können, was bedeutet, dass niemand je sehen wird, zu was du musikalisch wirklich fähig bist.*

»Langsam kapierst du es.« Sie versuchte, ihm das Päckchen zurückzugeben, aber er weigerte sich, es anzunehmen.

»Ich finde es ätzend, dass du mir keine Chance gibst und mich nicht erst kennenlernst, bevor du beschließt, mich zu hassen.«

»Aber ich kenne dich doch bereits. Das heute war nichts anderes, als einmal den netten Typen spielen.« Sie wandte sich von ihm ab.

Er hielt sie am Arm fest und zwang sie, ihn anzusehen. »Da war nichts gespielt.« Schuldgefühle machten sich bemerkbar. Hatte sie recht? Er hatte es schließlich zum Teil wegen der Wette getan. Aber das Kleid hatte er gekauft, weil er gesehen hatte, wie gern sie es gehabt hätte.

Sie riss sich los und eilte aus der Lobby.

Verdammt. Warum benahm sie sich so? Wütend stürmte er hinauf zu dem Zimmer, das er sich mit Miles teilte, und schlug die Tür zu. Sobald er in den winzigen

Wohnbereich trat, warf er seine Perücke und die Mütze auf den Boden.

»Hey, alles in Ordnung mit dir?« Miles schaute von seinem Telefon auf. »Und was zum Teufel ist das für ein Gestank?«

»Das willst du gar nicht wissen.«

»Möchtest du reden?«

»Daisy treibt mich total in den Wahnsinn. Und ich hab ein Bad in einem Dixi-Klo genommen.«

Miles grinste. »Aha, Probleme mit der weiblichen Schöpfung. Ich weiß vielleicht das ein oder andere, das dir auf die Sprünge helfen könnte.« Er klopfte auf das Sofa neben sich. »Komm und erzähl Dr. Sex-Gott alle deine Probleme.« Er rümpfte die Nase. »Wenn ich's recht bedenke, dusch zuerst und komm dann noch mal her.«

»Das ist nicht witzig.« Trevin zog sich sein T-Shirt über den Kopf und warf es in den Wäschesack, der in dem Schrank hing, der neben der Tür stand.

Miles seufzte und legte sein Telefon auf den Couchtisch. »Na schön, erzähl mir, was los ist.«

Also erzählte Trevin ihm von seinem Tag mit Daisy und dass sie ihm in dem Plattenladen eine andere Seite von sich gezeigt hatte. Und dann berichtete er von allem, was danach geschehen war.

»Vielleicht spielt sie nur, dass sie nicht leicht zu haben ist.«

»Nein. Es ist etwas anderes. Sie hegt irgendeinen Groll gegen mich, weil ich ihr anscheinend irgendwas angetan habe.« Trevin fuhr sich mit der Hand durch die Haare und sah seinen Freund an. »Sag mir, hab ich in letzter Zeit irgendjemandem irgendwas Schreckliches angetan?«

»Nicht, soweit ich mich erinnere.« Miles lehnte sich auf dem Sofa zurück und legte die Füße hoch. »Weißt du, wenn du willst, könnte ich ein gutes Wort für dich einlegen. Sie vielleicht einladen, mit uns eine Portion Fish and Chips essen zu gehen. Erzähl bloß Ryder nicht, dass ich dir helfe.«

»Witzig.« Warum war ihm so wichtig, was sie von ihm hielt? *Na ja, wenn sie sich nicht in dich verliebt, bist du erledigt.* Was auch geschah, er würde nicht beim ersten Rückschlag aufgeben.

Trevin ging in sein Zimmer und dann schnell duschen, ehe er sich seine Gitarre schnappte. Es war eine Weile her, seit er etwas geschrieben hatte, und jetzt musste er sich auf irgendetwas anderes als Daisy Morris konzentrieren.

Er setzte sich auf die Bettkante, nahm ein Plektron zur Hand und schrummte los. Trevin arbeitete an ein paar neuen Akkordfolgen und verlor sich in seiner Musik. Es war, als setze man ein Puzzle zusammen und versuche, die richtigen Noten mit den richtigen Texten in Einklang zu bringen, bis der Song ein perfektes Bild ergab. Er schloss die Augen und ließ die Melodie aus sich herausfließen. Nur darum ging es ihm bei *S2J*. Musik zu machen.

Und als er den Refrain über ein Mädchen mit braunen Augen schmetterte, sah er dabei nur Daisy vor sich. Das Mädchen, an das er gerade verdammt noch mal nicht denken wollte.

Daisy eilte in ihr Zimmer zurück. Als sich die Tür hinter ihr schloss, ließ sie sich an der Wand zu Boden gleiten. Warum hatte er das getan? Warum zum Kuckuck hatte er das Kleid für sie gekauft? Klar, sie hatte es haben wollen, aber dachte er, dass ihm das einen Freifahrschein in ihr Bett sicherte oder was?

Sie hätte gern geglaubt, dass er tief im Innern ein netter Kerl war, aber sie wusste es besser. Verdammt. Er erinnerte sich nicht einmal daran, dass er sie versetzt hatte. Als wäre sie nicht bedeutend genug, um für ihn eine Rolle zu spielen. Und dann tat er plötzlich den ganzen Tag so, als wäre es ihm wichtig, wofür sie sich interessierte.

Tränen stiegen Daisy in die Augen. Uff. Sie hatte geschworen, seinetwegen nicht mehr zu weinen. Sie musste sich zusammenreißen, bevor sie einen riesigen Fehler beging. Sie hüpfte unter die Dusche und wusch sich gründlich. Als sie fertig war, nahm sie ihr Handy und wählte Lenas Nummer.

Lena hob ab und Daisy sagte: »Ich brauche unbedingt deinen Rat.«

»Was ist passiert?«

Sie berichtete von ihrem Tag und von dem Geschenk.

»Ich nehme ihm das nicht ab, obwohl es eine nette Geste war, dir ein hübsches Kleid zu kaufen, aber es ist auch ziemlich arrogant. Ich meine, es ist, als würde er dir unter die Nase reiben, dass du nicht genug Geld hast. Du musst ihm definitiv zeigen, wo's langgeht. Und damit meine ich nicht den Weg zu einem weiteren Dixi-Klo-Happening.«

»Ich weiß.«

»Du redest seit mehr als neun Monaten davon, dich rächen zu wollen. Jetzt ist es an der Zeit, die schweren Geschütze aufzufahren.«

»Und das heißt konkret?«

»Nuuun ... er scheint sich ja irgendwie für dich zu interessieren. Vielleicht solltest du versuchen, ihn zu ködern, und ihm dann öffentlich den Laufpass geben oder ihn versetzen, genau wie er es mit dir gemacht hat.«

Daisy sprang auf. »Oh, mein Gott, du bist genial.« Okay, es war ein wenig schäbig, und vielleicht war sie zu hart, schließlich war er heute wirklich nett gewesen. Aber nein, sie durfte sich nicht beirren lassen. Nach der Hölle, die sie durchgemacht hatte, verdiente er nichts Geringeres als das. Auge um Auge, Zahn um Zahn.

Trevin Jacobs würde bekommen, was er verdiente. Jetzt brauchte sie nur noch so zu tun, als hätte sie ihre Meinung geändert.

»Tja, ein paar Dinge haben wir tatsächlich gemeinsam. Darauf kann ich aufbauen!«

»Hurra! Siehst du? Das wird total funktionieren.« Lena kicherte. »Ich glaube, dein erster Schritt sollte eine Entschuldigung sein, und dann musst du dich bei ihm für das Kleid bedanken. Ich meine, es war brillant, dass du ihm seine Verkleidung heruntergerissen hast. Aber denk für den Anfang klein, auf die Weise wird dein Finale wie ein Feuerwerk zum 4. Juli sein. Du wirst Zeit brauchen, um ihn davon zu überzeugen, dass es ernst mit ihm meinst. Du darfst dich ihm nicht einfach ausliefern.«

»Ich hasse es, dass ich mich so verstellen muss«, erwiderte Daisy. »Aber du hast recht. Ich kann ihm in der Zwischenzeit auch schon ein paar Dämpfer versetzen.«

»Und jetzt musst du dir die Tränen abwischen und dich wieder gut mit ihm stellen.«

»Na schön. Ich zaubere mir ein Lächeln ins Gesicht und marschiere da rüber.«

»Viel Glück.«

»Du hast was gut bei mir.«

»Hallo, keine Ursache, dafür hat man doch beste Freundinnen. Dass sie einen ermutigen.«

»Ich melde mich bald wieder bei dir.« Daisy legte auf und holte tief Luft, dann ging sie hinaus auf den Flur. Sie machte sich auf den Weg zu Trevins Zimmer. Als sie dort ankam, blieb sie stehen, die Handflächen feucht. Sie konnte das schaffen. Sie musste sich nur für eine Weile verstellen.

Schließlich klopfte sie. Sie hörte Schritte auf der anderen Seite, dann flog die Tür auf, und Miles stand da. Er sah sie mit einer hochgezogenen Augenbraue an und bedeutete ihr einzutreten.

»Ist Trevin hier?« Daisy sah sich um.

»Ja, er ist in seinem Zimmer.« Miles wies ihr den Weg.

In dem Moment hörte sie Musik von der anderen Seite der Tür. Sie schluckte hörbar und öffnete Trevins Zimmertür, ohne anzuklopfen. Er saß auf dem Bett, eine Gitarre in den Händen.

Sie stand kurz in der Tür, ehe er ihre Anwesenheit bemerkte. Abrupt sprang er auf die Füße, einen erschrockenen Ausdruck auf dem Gesicht. Selbst in Jogginghose und T-Shirt war er süß. Sein dunkles Haar war noch feucht vom Duschen, und sein Shirt rutschte nach oben, als er sich bückte, um sein Instrument wegzulegen. Der muskulöse Rücken mit der glatten Haut raubte ihr den Atem.

»Hör zu, i-ich bin gekommen, um mich für vorhin zu entschuldigen. Das Kleid gefällt mir wirklich und ich hätte nicht so auf dich losgehen sollen.«

»Daisy, ich schwöre dir, ich wollte dich damit nicht kaufen oder so. Ich hatte den Eindruck, dass du es wirklich gern haben wolltest, und dachte, es wäre nett, jemandem zu helfen, weißt du.«

Daisy nickte und ihre Beine zitterten unter ihr. Gott, warum musste sie so auf ihn reagieren? »Ich weiß es zu schätzen. Die Sache ist die, ich habe kein besonders gutes Gespür für Menschen. Es ist einfach so, ich bin in der Vergangenheit verletzt worden, und ich neige dazu, euch Typen zu misstrauen.« Natürlich war *er* derjenige, der sie verletzt hatte. Nur dass sie das nicht laut aussprechen konnte.

»Ein Tipp? Nicht alle Männer sind Armleuchter.« Er lächelte. »Also, was sagst du, gibt's du mir noch eine Chance?«

Bevor sie antworten konnte, hörte sie die Tür im anderen Zimmer auffliegen, gefolgt von der Stimme ihres Dads. »Ist Daisy hier?«

»Hier drin, Dad«, rief sie aus Trevins Zimmer.

Als er hereinkam, runzelte er die Stirn und schaute

zwischen Trevin und Daisy hin und her. »Ich dachte, wir zwei könnten zusammen einen Happen essen gehen.«

»Klar. Bis später, Trevin.« Daisy folgte Beau zurück in ihre Suite, wo sie sich ihre Handtasche schnappte. Dann gingen sie nach unten in das Hotel-Restaurant.

Nachdem sie sich gesetzt hatten, starrte Daisy auf den Tisch und überlegte krampfhaft, worüber sie reden könnten. Sie hatte nicht gerade viel Erfahrung damit, Zeit mit ihrem Dad zu verbringen. Also plauderten sie über das warme Wetter und ähnlich lahme Dinge, bevor die Kellnerin sie rettete, indem sie ihnen die Speisekarten brachte.

Als sie bestellt hatten, sah sie ihren Dad an. Es war seltsam, dass sie verwandt und einander trotzdem wildfremd waren. Sie war in seiner Gegenwart total befangen und unsicher, was sie sagen oder tun sollte.

»Weißt du, ich finde, du solltest nicht allein in die Zimmer der Jungen gehen«, sagte ihr Dad zwischen zwei Bissen von seinem Steak.

Daisy verdrehte die Augen. »Im Ernst? Glaub mir, so ist das nicht. Außerdem war das alles hier deine Idee. Erinnerst du dich an dein Gerede vom ›Traum eines jeden Mädchens‹? Erzähl mir jetzt nicht, du hättest deine Meinung geändert. Ich meine, das hier ist der erste Sommer seit vielen Jahren, den wir zusammen verbringen!«

Er legte seine Gabel beiseite und seufzte. »Wirst du mir jemals eine Chance geben?«

Seine Worte waren wie ein Schlag in die Magengrube und sie ballte die Fäuste im Schoß. »Ja, wenn du anfängst, mal öfter anzurufen und zu Besuch zu kommen.

Du versprichst immer Dinge und hältst dann nie Wort. Du wolltest Weihnachten kommen und bist nicht aufgetaucht. Ich habe an meinem Geburtstag keinen Anruf bekommen und an dem Geburtstag davor auch nicht. Also werde ich dir dann eine Chance geben, wenn du mir endlich eine gibst.« Daisy spielte mit dem Eis in ihrem Glas. Seinetwegen vertraute sie Männern nicht. Aus Angst davor, enttäuscht zu werden, öffnete sie sich ihnen nicht, denn ihr Dad hatte sie wieder und wieder enttäuscht.

Aber das sah er nicht. Er wusste nicht, wie sehr er sie im Laufe der Jahre verletzt hatte. Und dann hatte Trevin noch seinen Teil getan. Sie würde nie wieder jemanden nah genug an sich heranlassen, dass er ihr solchen Schmerz zufügen konnte.

Diese Ferien stellten eine große Herausforderung für sie dar. Sowohl was Trevin anging, als auch ihren Dad.

Kapitel 5

Der Morgen brach schnell heran. Punkt sechs standen die Jungen mit vom Schlaf verklebten Augen in einer Reihe da, als Moses, ihr Choreograf, vor sie trat.

»Für diesen Part stelle ich mir vor, dass Nathan, Will und Miles die Arme erst ausbreiten und dann wieder an den Körper pressen, anschließend fallt ihr auf euren linken Fuß zurück. Ryder und Trevin, fangt mit einer Art Kick-Ball-Change-Schrittfolge an, aber peppt sie ein bisschen auf. Etwa so.« Er machte es vor. »Seht zu, dass ihr auf dem Offbeat loslegt.«

»Wenn er noch einmal Kick-Ball-Change-Schrittfolge sagt, kicke ich ihn dahin, wo es wehtut! Es ist viel zu früh für diesen Müll.« Ryder stöhnte.

Trevin gähnte. Er war viel zu lange aufgeblieben und hatte versucht, seinen neuen Song fertig zu schreiben, der im Moment den Titel *When We Kiss* trug. »Ausnahmsweise bin ich einmal vollkommen deiner Meinung.«

»Ryder, dein Stand ist viel zu wackelig. Ich erwarte auch in dieser frühen Stunde mehr Biss von dir!«, mahnte Moses. Er rückte seine verkehrt herum aufgesetzte Baseball-Kappe zurecht und führte die ganze Schrittfolge noch einmal vor.

»Mehr Biss? Kein Problem, ich bin so hungrig, ich schlage meine Zähne gleich in seinen Allerwertesten.«

Miles lachte. »Hat da jemand nicht genug Schönheitsschlaf bekommen?«

»Ich brauche keinen Schönheitsschlaf. Aber wundere dich nicht, ich habe meinen Arschlochschlaf bekommen, das heißt, dass du besser die Klappe hältst.« Er baute sich vor Miles auf.

»Kommt schon, lasst den Mist.« Trevin hörte auf zu tanzen und schob sich zwischen die beiden. »Je länger wir brauchen, um diese Nummer hinzukriegen, desto länger müssen wir hierbleiben. Und ich hätte vor unserer Show heute Abend gern noch ein paar Minuten für mich.«

Nathan und Will kamen zu ihnen. »Hört mal, wenn ich das hinkriege, dann könnt ihr das auch«, sagte Will. »Ich bin hier weit und breit der Unfähigste.«

Nathan wischte sich mit seinem T-Shirt den Schweiß von der Stirn. »Wenn du willst, kann ich stattdessen die Schritte übernehmen – du weißt schon, Rollentausch.«

Ryder blickte in die Runde. »Ihr braucht mir nicht so auf die Pelle zu rücken. Ich hab alles im Griff, also verzieht euch.«

»Wir wollen nur helfen«, erklärte Trevin. Er klopfte Ryder auf die Schulter. »Du weißt, dass wir hier alle zusammen drinstecken. Wir sind eine Band.«

»Hast du den Spruch gerade aus *Highschool Musical*

gestohlen?« Ryder schnaubte. »Ernsthaft, Trev? Ich dachte, ich hätte dich was Besseres gelehrt.«

Trevin grinste. »Muss ich mir jetzt Sorgen machen, weil du den Text offenbar auch kennst?«

Ryder schlug ihm auf die Schulter. »Ich stecke voller Geheimnisse. Jetzt komm, lass uns weitermachen.«

Und so schaffte Trevin es ganz nebenbei, eine neuerliche Katastrophe abzuwenden. Manchmal war es ätzend, immer diplomatisch sein zu müssen – der Junge, der stets vermittelte, wenn jemandem etwas gegen den Strich ging. Nur weil er die meiste Zeit die richtigen Entscheidungen traf und für sein Alter reif war, bedeutete das nicht, dass er bei jedem Streit den Schiedsrichter spielen wollte. Aber wie LJ sagte, er musste die Band zusammenhalten. Nun, immerhin stritten sie sich nicht ständig. An den meisten Tagen kamen sie gut miteinander aus, ähnlich wie Brüder. Und er konnte sich glücklich schätzen, dass sie alle zu ihm kamen, wenn irgendwelcher Mist passierte oder sie bei etwas Hilfe brauchten. Aber manchmal war es eine Menge Druck, ständig alles regeln zu müssen.

Nach mehreren Stunden erschien Beau, um sie zum Mittagessen zu eskortieren. Sie würden vor der Show ein paar Stunden frei haben, was ihnen genug Zeit ließ, um zu essen, vielleicht ein Spiel am Computer zu machen, zu duschen und dann in die Maske zu gehen. Direkt nach dem Konzert würde die Band zu ihrem nächsten Gig nach Florida aufbrechen.

Als Trevin das Hotel betrat, sah er Daisy zusammengerollt in einem Sessel in der Lobby sitzen, ein Buch in der Hand. Ihm stockte der Atem, als die Sonne plötzlich durchs Fenster herein fiel und sie wie ein Scheinwerfer beleuchtete. Daisy hatte etwas beinahe Verletzliches an sich, wenn sie gerade nicht auf der Hut war. Sie schaute hoch und winkte beiläufig, und mehr brauchte er nicht an Ermutigung, um zu ihr hinüberzugehen.

»Hey«, sagte er. »Was liest du da?«

Sie zögerte einen Moment, dann hob sie das Buch hoch, damit er den Einband sehen konnte. »Ein Buch über Eleanor Roosevelt.«

Okay, damit hatte er wirklich nicht gerechnet. Er hatte gedacht, sie würde einen Roman oder vielleicht einen Krimi lesen. »Und du liest das zum Spaß, nicht für die Schule?«, neckte er sie.

Sie runzelte die Stirn. »Die Schule macht im Sommer dicht, aber es ist so was wie ein Hobby von mir, Sachbücher zu lesen. Du weißt schon, Bücher über reale Dinge, sich schlau machen und so weiter.«

»Tut mir leid, das ist falsch angekommen. Wie so vieles, was ich in deiner Gegenwart zu sagen versuche.« Trevin seufzte. Man sollte meinen, er hätte inzwischen dazugelernt. Er hatte sie gerade gestern erst wieder gnädig gestimmt und jetzt vermasselte er es schon wieder. Himmel, warum war es ihm so wichtig, was sie von ihm hielt und ob er sie kränkte?

»Sag nicht, ich mache dich nervös.« Sie legte den Kopf schief und musterte ihn. »Du bist doch angeblich so toll darin, Interviews zu geben und Reden zu halten und all das, was dazugehört, wenn man berühmt ist.«

»Erzähl das meinem Mund«, murmelte Trevin. Er stand in seinem Jogginganzug da und starrte sie einen Moment lang an. Dann schüttelte er die Nervosität ab und räusperte sich. »Wie wär's, würdest du vielleicht einen Kaffee mit mir trinken gehen?«

Daisy spielte mit dem Armband, das an ihrem Handgelenk baumelte. »Du meinst, da draußen in aller Öffentlichkeit?«

»Ehrlich gesagt dachte ich, wir könnten in das Café gegenüber der Lobby gehen.«

Daisy schaute kurz zu ihrem Dad, dann wieder zu Trevin. »Klar, ich muss Dad nur wissen lassen, wo ich bin.«

Na toll, Beau hatte ihn gestern Abend schon schief angeguckt, nachdem er sie in seinem Zimmer gefunden hatte. Was er nicht verstand, sie hatten sich doch bloß ein paar Minuten lang unterhalten. Außerdem hätte Beau Trevin inzwischen gut genug kennen müssen. Der Leibwächter war der Band gleich nach dem Ende der Reality-TV-Show zugewiesen worden. Es hatte nur eine kurze Unterbrechung seiner Dienste bei *S2J* gegeben, weil er im vergangenen Jahr zwei Monate lang irgendeine Schauspielerin hatte beschützen müssen, aber kurz danach war er zu *S2J* zurückgekehrt. Wenn Trevin Ryder gewesen wäre oder sogar Miles, dann hätte er mehr Grund zur Sorge gehabt.

Daisy klappte ihr Buch zu und ging zu Beau, der sich kurz darauf zu Trevin umdrehte. Der Leibwächter musterte ihn von oben bis unten und verschränkte die Arme vor der Brust.

»Trevin, komm mal bitte einen Moment her«, befahl er.

Trevin seufzte und fragte sich, ob er um sein Leben bangen sollte. »Was ist los?«

»Daisy hat mir erzählt, dass du mit ihr einen Kaffee trinken gehen willst?«

»Ja, ich habe noch zwei Stunden Zeit, bevor ich mich fertig machen muss, und dachte, wir könnten ein bisschen abhängen.«

»Falls ihr vorhabt, hoch in die Suite zu gehen, will ich, dass ihr im Wohnbereich bleibt, verstanden? Und rechne damit, dass ich das nachprüfe.«

Er spannte seine Bizeps unter dem schwarzen T-Shirt an, eine sanfte Mahnung, dass er Trevin mühelos auseinandernehmen konnte, wenn der etwas tat, das Beau nicht gefiel.

»Geht klar.« Trevin lächelte und tat so, als hätte er keine Angst vor dem Leibwächter.

»Uff, ernsthaft Dad, kannst du dieses überfürsorgliche Getue mal sein lassen?« Daisy packte Trevins Arm und zog ihn zur Tür.

Als sie außer Hörweite waren, gluckste Trevin. »Also, ich muss sagen, diese letzten Tage haben mir wirklich eine neue Seite an Beau gezeigt. Benimmt er sich dir gegenüber immer so?«

Daisy zuckte die Achseln. »Keine Ahnung, ich bekomme ihn kaum zu Gesicht. Ihr kennt meinen Dad besser als ich.«

Trevin wandte den Kopf, um ihr in die Augen zu sehen. »Warum haben sich deine Eltern denn scheiden lassen?«

»Ich weiß es nicht. Mom spricht nicht gern darüber. Ich weiß nur, dass er im Ausland war, während er in der Armee gedient hat, und als er zurück nach Hause kam, haben er und Mom sich getrennt. Sie hat mich mehr oder weniger allein großgezogen. Mein Dad ruft alle paar Monate mal an. Ehrlich gesagt ist das hier das erste Mal seit ungefähr drei Jahren, dass ich ihn sehe.«

Herrlicher Kaffeeduft lag in der Luft, als sie das Café betraten. »Tut mir leid, ich wollte das Ganze nicht wieder hochbringen. Es muss hart für dich sein.«

Sie drückte das Buch fest an sich und nickte. »Es ist ätzend. Er macht ständig Versprechungen, die er nicht einhält, aber, na ja, ich bin total drüber weg.«

Doch es klang nicht so, als wäre sie darüber hinweg. Trevin verstand jetzt, warum sie Probleme hatte, anderen zu vertrauen. Es war bloß schwer zu glauben, dass Beau sich so benahm. Bis zu Daisys Ankunft hatte Trevin Beau relativ nahegestanden. Sein Leibwächter flachste mit ihm herum und spielte während der Busfahrten Karten mit ihm; ganz zu schweigen davon, dass er sich mehr wie ein stolzer Vater benommen hatte als Trevs eigener Dad, als sie im vergangenen Winter einen Musikpreis bekommen hatten. Natürlich steckte vielleicht mehr hinter der Geschichte. Trevin hatte kein Recht, sich ein Urteil über Beau zu erlauben, aber ihm tat Daisy leid. Er hasste es, den Schmerz in ihren Augen zu sehen, wann immer sie über ihren Dad sprach.

»Vielleicht wird er diesen Sommer begreifen, was er alles versäumt hat.« Trevin berührte sie an der Schulter und drückte sie leicht. Die Haut unter seinen Fingerspitzen fühlte sich warm an. Sein Puls beschleunigte sich, und er trat schnell zurück.

»Ja, vielleicht.«

Sie klang nicht überzeugt. Und er musste zugeben, dass er leichte Gewissensbisse wegen der Wette empfand. Vielleicht sollte er das Ganze abblasen? Aber dann dachte er daran, dass ihm die Gelegenheit entgehen würde, mit Pierce zu arbeiten. Verdammt. Die Dinge wurden gerade echt kompliziert. Warum musste er ein Gewissen haben?

Daisy setzte sich im Café neben Trevin, nippte an ihrem Cappuccino und schaute aus dem Fenster, während draußen Leute vorbeieilten. Ihr Magen zog sich zusammen. Warum zum Teufel hatte sie ihm so persönliche Dinge über sich erzählt? So was sparte sie sich normalerweise für Lena auf. Außerdem hatte er sich, als sie über Dads fehlende Fürsorge gesprochen hatte, so benommen, als täte ihm das wirklich leid. Nicht, dass sie sein Mitgefühl wollte oder brauchte.

Sie verstand nicht, wie er diese Netter-Typ-Nummer abziehen konnte, nachdem er sie vor neun Monaten so hatte hängen lassen. Vielleicht hatte ihr Dad ihm eingeschärft, dass er nett zu ihr sein sollte. Aber soweit sie wusste, hatte Dad keine Ahnung von der Sache mit dem Wettbewerb. Er hatte für irgendeine ausländische Schauspielerin gearbeitet, die im letzten Herbst in den USA gewesen war. Und ihre Eltern redeten nicht miteinander, also hatte er es auf keinen Fall von Mom erfahren.

»Und, weißt du schon, was du machen willst, wenn du mit der Highschool fertig bist?«, brach Trevin das Schweigen.

»Ich habe daran gedacht, Umweltwissenschaften zu studieren. Zu Hause habe ich ein riesiges Recycling-Programm ins Leben gerufen.« Daisy beobachtete ihn und wartete darauf, ob das seiner Erinnerung auf die Sprünge half.

»Unsere Band hat sich mit einigen Organisationen zusammengetan, um bei solchen Dingen zu helfen«, erwiderte Trevin.

Ach nee, dachte Daisy. Sie hatte einen *ihrer* Wettbewerbe gewonnen. Am liebsten hätte sie ihm alles erzählt und ihn daran erinnert, wie er sie hatte sitzen lassen. Aber eigentlich wollte sie mehr als alles andere, dass er sich von allein daran erinnerte und ihr zeigte, dass sie sich in ihm geirrt hatte. Sie kniff sich ins Bein und zählte im Kopf bis zehn.

Du wirst dich nicht über den Tisch beugen und ihm ein paar Schläge auf den Hinterkopf geben. Du schlägst ihn nicht. Setz einfach ein Lächeln auf, sonst vermasselst du noch deinen ganzen Racheplan.

Daisy holte tief Luft und sagte: »Das ist super. Es ist toll zu sehen, wie ihr euch engagiert. Obwohl ich denke, dass ihr auf euren Tourneen alle mehr tun könntet. Zum Beispiel könntet ihr eure Wasserflaschen recyceln und versuchen, umweltfreundlichere Transportmittel zu finden.«

»Während du bei uns bist, könnten wir vielleicht ein paar Ideen entwickeln. Ich meine, wenn es irgendwelche

Dinge gibt, die wir deiner Meinung nach ändern sollten, würde ich gern helfen.« Trevin trank einen Schluck von seinem Kaffee.

Sie riss den Kopf hoch. »Du würdest meine Vorschläge unterstützen?«

»Ja. Das ist gute Publicity für uns und es hilft gleichzeitig anderen.«

Richtig. Die Publicity. Sie hätte wissen müssen, dass das seine eigentliche Motivation sein würde.

»Okay, du wirfst mir wieder diesen Blick zu. Was habe ich getan?«

Daisy sah ihm in die Augen. »Der einzige Grund, warum du helfen würdest, wäre also gute PR?«

Seine Augen weiteten sich. »Nein, nein ... ich schwöre, das habe ich damit nicht gemeint. Gott, warum mache ich das nur immer wieder? Du musst mich für ein komplettes Arschloch halten. Ich mache nicht nur wegen der PR wohltätige Sachen.«

Daisy bemerkte die Röte, die ihm die Wangen hochkroch. Entweder meinte er es ehrlich oder sie hatte eine sehr schlechte Menschenkenntnis.

»Hör mal, warum reden wir nicht über etwas anderes«, schlug sie vor.

»Hey, Trevin«, rief Miles von der Tür aus. »LJ will sich kurz mit uns treffen. Er hat heute verdammt gute Laune, was bedeutet, dass er uns wahrscheinlich einen weiteren Gig gebucht hat.«

Trevin stöhnte und drehte sich zu Daisy um. »Können wir diese Unterhaltung ein andermal weiterführen?«

»Natürlich, ich muss sowieso noch meinen Koffer für heute Abend packen.« Sie schob ihren Stuhl zurück und stand auf. »Danke für den Cappuccino.«

»Jederzeit.« Er erhob sich ebenfalls. »Willst du heute Abend ein bisschen zu uns in den Bus kommen? Oder schickt dein Dad dich direkt in den *Hanging-On*-Bus?«

»Ich dachte, nur Bandmitglieder und Leibwächter hätten Zutritt zu *The One*.«

»Ich bin mir sicher, dass wir eine Ausnahme machen können«, versprach Trevin. »Außerdem brauchen wir vielleicht jemanden, der für Ryder bei *Call of Duty* einspringt. Und dein Dad fährt sowieso eine Weile bei uns mit, deshalb ist es wahrscheinlich kein Ding.«

Daisy lachte. »Ähm ... du solltest deine Einladung vielleicht noch mal überdenken.«

»Warum? Zockst du nicht gern?«

»Im Gegenteil. Ich bin ziemlich gut. Ich spiele ständig irgendwelche Computerspiele mit dem jüngeren Bruder meiner Freundin Lena.«

Trevin verließ mit ihr das Café. »Weißt du, das solltest du öfter tun.«

»Was denn?« Daisys Puls beschleunigte sich, als Trevins Hand ihre streifte.

»Lachen. Dein Lächeln lässt dein ganzes Gesicht aufleuchten.« Er zwinkerte ihr zu und eilte hinter Miles her.

Daisy stöhnte. Nie und nimmer. Sie würde nicht auf seine Sprüche hereinfallen. Sie hatte einen Plan und an den musste sie sich halten. Und doch konnte sie das winzige Flattern in ihrem Bauch nicht leugnen, der gerade zunehmend verrückt spielte.

Sie eilte die Treppe hinauf, um ihren Koffer zu packen. Sie war erst zwei Tage dabei, und ihr wurde klar, dass sie schon jetzt in großen Schwierigkeiten steckte. Trevin Jacobs würde sie vor eine gewaltige Herausforderung stellen. Aber sie war entschlossen, ihren Plan bis zum Ende durchzuziehen.

Kapitel 6

»In Ordnung, Jungs, lasst uns einsteigen.« Beau führte sie aus einem Tunnel zum hinteren Teil des Stadions.

»Wir sind heute Abend tatsächlich vor der Meute draußen«, sagte Will. »Ich will bloß endlich in den Bus springen und diese knallenge Jeans loswerden.«

»Wem sagst du das! Ich glaube, ich muss mir langsam Sorgen um meine Zeugungsfähigkeit machen.« Ryder stöhnte.

Trevin schnaubte. Als er über die Schulter schaute, entdeckte er Daisy dicht hinter sich. Er griff nach hinten und packte sie am Jackenärmel. Zuerst versuchte sie, den Arm wegzuziehen, bis er sagte: »Tut mir leid, ich möchte dir nur helfen, mit uns Schritt zu halten. Glaub mir, du willst nicht mitten in einem Mob schreiender Mädchen geraten. Falls unser Dixi-Klo-Erlebnis nicht Beweis genug war.«

Sie hörte auf, sich zu wehren, und ließ sich von ihm auf den Parkplatz führen. Als sie sich dem Bus näherten, gab er ihre Hand frei und eilte hinter Miles und den anderen her ins Fahrzeuginnere. Zumindest hatten sie heute Abend nicht ihren Song *WET* aufführen müssen und brauchten sich keine Sorgen wegen triefnasser Kleidung zu machen. LJ hatte beschlossen, dass sie den Song nur bei ausgewählten Shows aufführen würden, damit die Fans keine Ahnung hatten, wann sie ihn bringen würden. Mit anderen Worten, es bedeutete, dass mehr Eintrittskarten verkauft wurden. Außerdem waren nicht alle Veranstaltungsorte, an denen sie spielten, für die Mengen an Wasser ausgestattet, die sie während dieses Sets benutzten.

»Halleluja, wieder eine Show abgehakt«, sagte Will und streifte sein Shirt ab. »Erster unter der Dusche.« Und einfach so war seine übliche Schüchternheit verschwunden.

»Du hast jedenfalls am meisten geschwitzt.« Miles fächelte sich Luft zu.

Will schlug mit dem T-Shirt nach ihm. »Du hast recht, denn ich bin der Heißeste.«

»Da bin ich mir nicht so sicher, Alter. Ich bin derjenige, der den Spitznamen Mädchenschwarm trägt.« Miles grinste.

»Bevor ihr anfangt, euch auszuziehen, lasst mich Daisy nach vorn in den Bus bringen«, sagte Beau. Er fasste sie an den Schultern und schob sie zum Beifahrersitz neben den Fahrer, dann schloss er die Tür.

Ehe der Bus losfahren konnte, erklang von draußen ein Klopfen, und Beau ging zur Treppe.

»Hey, tut mir leid, dass ich so spät dran bin, LJ hat gesagt, ich könne heute Abend für eine Weile mit Ryder abhängen«, stieß Mia mit roten Wangen hervor. Sie trug noch immer die enge schwarze Lederhose und das blaue Tanktop von der Show, und in der Hand hielt sie ein Paar schwarzer Stiefel. Sie hatte definitiv mehr Feuer als früher, als die Band sie kennengelernt hatte.

Ryder eilte zu ihr und schlang ihr einen Arm um die Taille. Er beugte sich zu einem schnellen Kuss vor und strich ihr eine dunkle Haarsträhne aus dem Gesicht.

»Da wir gerade von LJ sprechen, ich soll euch ausrichten, dass wir morgen im Einkaufszentrum in Tampa eine Autogrammstunde haben«, verkündete Beau.

»Hoffentlich haben die da mehr Sicherheitskräfte als beim letzten Mal«, sagte Nathan besorgt.

Ryder kicherte. »Du meinst, es hat dir nicht gefallen, als diese sechzigjährige Grandma dich belästigt hat?«

»Erinnere mich nicht daran.« Nathan wurde knallrot. »Dir hat sie nicht ihren großen weißen BH unter die Nase gehalten, um ihn sich signieren zu lassen.«

»Das liegt daran, dass ich älter bin. Bei mir wollte sie, dass ich ein Autogramm auf das schreibe, was in diese riesigen Doppel-D-Körbchen gehört.« Ryder ließ ein Lächeln aufblitzen, machte ein paar Schritte Richtung Badezimmer und schnitt Will damit den Weg ab.

»Ryder, sei nicht eklig.« Mia schlug ihm auf die Schulter.

»Ich mache bloß Witze.« Er drückte ihr die Lippen auf den Hals. »Ich bin gleich wieder da. Ich muss mich nur kurz waschen.«

»Er muss es immer einen Schritt zu weit treiben«, stellte Trevin fest.

Als sie in ihrem Kojenraum waren, zog Trevin seine Bühnenkleidung aus und warf sie in den Wäschekorb. Er entschied sich für Basketball-Shorts und ein T-Shirt. Er wollte mit dem Duschen warten, bis Daisy den Bus für die Nacht verließ. Er hatte vor, so viel Zeit wie möglich mit ihr zu verbringen. Er wollte, dass sie den wahren Trevin sah, und hoffte, dass sie auftauen würde. Nicht, dass er ernsthaft was mit ihr anfangen wollte oder so. Aber wenn er sie dazu bringen wollte, sich in ihn zu verlieben, musste er sich mehr Mühe geben.

Bisher hatte er ab und zu mit irgendwelchen Mädchen in Clubs getanzt oder mit Kellnerinnen geflirtet, wenn sie auswärts aßen, aber es war nie etwas Ernstes gewesen. Unglücklicherweise war er nicht wie Ryder oder Miles, die nichts gegen die eine oder andere Verabredung einzuwenden hatten, oder zumindest hatten sie nichts dagegen einzuwenden gehabt, bevor sie in festen Händen gewesen waren. Er wollte diese Art Image der ständig wechselnden Dates nicht, aber die beiden sagten, es hätte Spaß gemacht, sich mit Mädchen zu treffen. Seit dem Beginn ihrer Sommer-Tournee war LJ in Bezug auf seine Keine-Mädchen-Regel ein wenig nachgiebiger geworden, wenn man danach ging, dass Daisy und Mia in ihrem Bus mitfahren durften.

Sobald alle sich umgezogen hatten, lief Trevin in den vorderen Teil des Busses. »Daisy, hey, wir sind jetzt alle präsentabel; du kannst bei uns abhängen.«

Sie schaute von ihrem Telefon auf, in das sie gerade eine SMS tippte. »Bin gleich da.«

»Oh, und wir haben Pizza.« Er zeigte auf den Tisch hinter dem Sofa. Ihr Tourmanager spendierte ihnen einmal die Woche eine. Das passierte gewöhnlich, wenn sie einen Ort in aller Eile verlassen mussten und keine Zeit hatten anzuhalten oder nicht in einen Mob geraten wollten, wenn sie versuchten, irgendwo in einem Restaurant zu essen.

Daisy folgte ihm in den Wohnbereich. Trevin reichte ihr einen Pappteller, dann schnappte er sich für sie beide einige Scheiben Salamipizza. Er ging zum Kühlschrank und nahm Wasserflaschen heraus. »Braucht sonst noch jemand was zu trinken?«

»Nein, ich habe alles, was ich brauche.« Ryder hielt ein Mountain Dew hoch.

»Kannst du mir einen Eistee rüberwerfen?«, fragte Miles zwischen zwei Bissen Pizza.

»Sonst noch jemand? Mia?«

»Ich brauche nichts«, antwortete sie.

»Ich passe«, sagte Will.

Trevin setzte sich neben Miles auf das Sofa und klopfte dann auf den Platz neben sich. »Daisy, du kannst dich hier hinsetzen und den Couchtisch benutzen, wenn du willst.«

»Klar.«

»Und, was hältst du bisher von der Tournee?« Miles zog die Lasche seiner Getränkedose auf.

»Laut und hektisch«, erwiderte Daisy, die ihre Salami von der Pizza pflückte und eine nach der anderen aß.

»Das bringt es so ziemlich auf den Punkt.« Trevin

stellte seinen Teller ab. »Und, hast du heute Abend unsere neue Tanznummer gesehen?«

»Du meinst die, bei der du einen Schritt verpasst hast?« Daisy sah ihn an.

Ryder lachte. »Jepp, genau die. Keine Sorge, unser Junge hier ist normalerweise nicht so tollpatschig. Ich glaube, eine gewisse Rothaarige hinter den Kulissen hat ihn abgelenkt. Im Grunde wird Trevin ständig von Mädchen abgelenkt.«

»Das stimmt nicht«, protestierte Trevin, dessen Gesicht heiß wurde. Verdammt. Ryder versuchte, die Fortschritte zu untergraben, die er bei Daisy gemacht hatte. »Ich bin kein großer Tänzer, aber ich hab es besser gemacht als du heute Morgen bei der Probe.« Er zielte mit dem Verschluss seiner Flasche auf Ryders Kopf und traf daneben.

»Das liegt daran, dass Moses mir die verdammten Schrittfolgen eingetrichtert hat, bis sie mir zu den Ohren wieder rauskamen.«

»Klar, das war der Grund«, warf Miles ein.

»Also, wer hat jetzt Lust, Black Ops zu spielen?« Trevin wechselte das Thema, bevor Ryder und Miles wieder anfingen, sich zu streiten. Oder bevor Ryder den Mund aufmachte und noch etwas sagte, das Daisy von ihm wegtrieb. Er konnte nicht glauben, dass Ryder so schummelte. Oder vielleicht konnte er das doch. Er rieb sich den Nacken und warf einen Seitenblick auf Daisy. Er spürte die Hitze, die ihr Körper abstrahlte, als sie sich auf dem Sofa bequemer hinsetzte.

»Ich versuche es mal«, antwortete Miles. »Aimee ist bereits ins Bett gegangen, also kann ich ihr keine Nachrichten mehr schicken.«

»Ich will einfach hier liegen und mich entspannen.« Will warf ein Kissen auf den Boden und streckte sich aus.

»Ryder kann spielen«, sagte Nathan. »Ich versuche, die letzten Folgen von *Doctor Who* aufzuholen.«

»Du guckst auch *Doctor Who*?« Daisy richtete sich auf. »Oh mein Gott, ich liebe diese Sendung. Ich glaube, David Tennant oder Matt Smith mochte ich am liebsten.«

»Da ich der Quoten-Brite der Gruppe bin, habe ich ihn damit bekannt gemacht.« Miles stand auf und warf seinen Teller weg.

»Und er reibt es mir ständig unter die Nase.« Nathan verdrehte die Augen.

Trevin hörte zu, wie Daisy und Nathan minutenlang über *Doctor Who* sprachen. Er presste die Lippen aufeinander, als er die Disk in die Spielkonsole schob. Okay, sie redeten nur, unnötig, deswegen auszuflippen. Aber warum konnte sie bei Nathan so offen sein und bei ihm nicht? Vielleicht fühlte sie sich bei Nathan wohler, weil er jünger war als sie. Sie *mochte* ihn doch wohl nicht, oder? Verflucht. Er würde offenbar schwerere Geschütze auffahren müssen. Selbst von hier aus sah er Ryder feixen. Mistkerl. Er würde ihn auf gar keinen Fall gewinnen lassen.

»Wenn ich spielen soll, dann muss Mia ebenfalls ran«, erklärte Ryder und klopfte neben sich auf die Couch, damit sie sich zu ihm setzte.

»Im Ernst?« Sie zog eine Augenbraue hoch.

»Ja.«

»Wie wäre es, wenn du mich nett bitten würdest?«, sagte sie.

Er beugte sich vor und streifte ihren Hals mit den Lippen. »Bitte?«

Mia errötete. »Na schön, aber nur weil du bitte gesagt hast.« Sie nahm sich den zusätzlichen Controller und setzte sich neben Ryder.

»Sind alle einverstanden mit dem Zombie-Modus?«, fragte Trevin und suchte Daisys Blick.

»Das ist in Ordnung.« Daisy schlug die Beine unter.

Pistolenschüsse erklangen aus dem Fernseher, während sie ihre Figuren herummanövrierten und auf Zombies schossen. Wie sich herausstellte, war Daisy ziemlich gut. Was verdammt bemerkenswert war, wie er zugeben musste. Er liebte Mädchen, die spielen konnten.

»Nimm das, du verdammter Blutegel«, schrie sie eins der Monster auf dem Bildschirm an, das hinter ihr her war.

»Du solltest es dir gut überlegen, sie zu verärgern«, flüsterte Ryder Trevin zu. »Sie weiß anscheinend, wie man seine Gegner ausschaltet.«

»Ich glaube, sie hat schon mehr Kills als du, Ryder.« Miles beugte sich vor und haute auf die Tasten seines Controllers. »Tatsächlich glaube ich, dass sie dir schon mehr als einmal den Arsch gerettet hat.«

»Du kannst mich mal.« Ryder zeigte ihm den Mittelfinger.

Aber Mia schlug nach ihm und flüsterte ihm etwas ins Ohr.

Er lächelte. »Na schön, ich werde mich benehmen.«

Daisy lachte. »Himmel, Ryder und Miles streiten sich wie ein altes Ehepaar.«

»Das ist uns auch schon aufgefallen«, bemerkte Trevin. Sie passte so gut zu ihnen allen, als hätte sie ihr ganzes Leben lang mit den Jungs abgehangen. »Glaub mir, das hier ist noch harmlos.«

Winzige Fältchen bildeten sich um ihre Augen, als sie ihn anlächelte. Es war cool zu beobachten, wie sie sich entspannte, wie sie in ihrer Wachsamkeit nachließ. Und dieses unglaubliche Lächeln zu sehen, das sie zu oft verbarg – das war wirklich schön. Er hatte es im Laufe der letzten Tage einige Male zu sehen bekommen. Aber das Problem war, je mehr er sie von dieser Seite erlebte, desto größer wurde sein Wunsch, ihren Panzer zu durchdringen. Ihm blieben nur wenige Wochen, um das zu erreichen. Und es war leichter gesagt als getan.

Daisy tötete einen weiteren Zombie, und Miles klatschte sie ab. »Verflucht, neben dir sehen wir bei diesem Spiel echt alt aus.«

»Das liegt daran, dass Mädchen besser sind als Jungs.« Mia lachte und zwinkerte ihr zu.

»Seht ihr, Mia hat's kapiert.«

Dass Mia heute Abend dabei war, half ihr auf jeden Fall, sich etwas mehr zu entspannen. Daisy legte ihren Controller beiseite, während sie darauf warteten, dass das nächste Level begann. Sie konnte kaum glauben, wie viel Spaß sie hatte. Diese Gruppe wirkte so normal – als säßen sie nicht in einem Tourbus, sondern zu Hause zusammen in ihrem Zimmer. Aber das bedeutete nicht, dass sie weniger auf der Hut sein sollte.

Sie biss noch einmal in ihre Pizza und wischte sich die Hände an der Jeans ab, bevor sie wieder nach dem Controller griff. Es war auf jeden Fall ein guter Schachzug gewesen, vorhin mit Nathan zu plaudern. Sie grinste und dachte daran, wie verärgert Trevin gewirkt hatte. Beinahe eifersüchtig. Ha. Geschah ihm recht.

Ihr Blick wanderte zu Trevin, dessen Bein gerade ihres streifte. Sie sah ihn an und ihr Herz hüpfte in ihrer Brust wie ein Känguru. Gott, er war so heiß. Das gemeißelte Kinn. Die dunklen Haare und Augen. Wie das Shirt sich über seinen Schultern spannte. Sie rückte etwas von ihm ab, wobei ihre Beine sich noch einmal berührten. Verdammt. War es warm hier drin? Warum zum Teufel gab ihr selbst die kleinste Berührung das Gefühl, sie müsste sich in einen Pool mit eiskaltem Wasser stürzen? Sie atmete zittrig ein und versuchte, ihn nicht so anzustarren. Stattdessen nahm sie sein Basketball-T-Shirt von der Kansas State University und die schwarzen Mesh-Shorts ins Visier. Okay, vielleicht sollte sie ihn besser überhaupt nicht anstarren. Sie blickte wieder hoch. Als er ihr in die Augen sah, lächelte er. Mit diesem warmen Lächeln zum Dahinschmelzen, das normalerweise alle Mädchen zum Kreischen brachte. Daisy schaute weg, um nicht in Versuchung zu kommen, es ihnen gleich zu tun. Was wäre geschehen, wenn er wirklich zum Homecoming-Ball aufgetaucht wäre? Wäre er da auch dieser lässige, nette Junge gewesen, der zu sein er während der letzten zwei Tage vorgegeben hatte?

Denk nicht darüber nach. Konzentrier dich. Nur weil er dich zum Videospielen eingeladen hat und dir einen Kaffee spendiert hat, heißt das nicht, dass er nicht derselbe Mistkerl ist, der dich versetzt hat.

Okay, sie musste sich ein paar Grenzen setzen. Erstens, sie durfte flirten, aber nur um Trevin glauben zu machen, sie interessiere sich für ihn. Das Gleiche galt dafür, mit ihm irgendwo hinzugehen – sie konnten abhängen, solange sie daran dachte, dass es um die Rache ging und nichts davon real war. Und sie durfte auf jeden Fall versuchen, ihn eifersüchtig zu machen, indem sie mit den anderen Jungen redete.

»Ähm, darf ich mal euer Bad benutzen?«, fragte Daisy, nachdem sie die letzte Schlacht verloren hatten.

»Sicher, ich zeige dir, wo es ist.« Trevin legte seinen Controller beiseite und streckte die Hand aus, um ihr aufzuhelfen.

Sie starrte seine Hand einen Moment lang an, dann ließ sie sich von ihm auf die Füße ziehen. Wo seine Finger ihre Handfläche berührten, wärmten sie ihre Haut, und das Herz klopfte ihr bis in die Kehle. Sie zog schnell die Hand zurück. Daisy folgte ihm an einem Bereich mit sechs Kojen vorbei. Vorhänge hingen herab, um den Jungen Privatsphäre zu verschaffen, sollten sie welche haben wollen. Ihr Blick wanderte zu den Einbauschränken,

Fernsehern, den iPhone- und iPod-Dockingstationen. Der Bus hatte alles, was die Bandmitglieder wollen oder brauchen konnten. Sie erreichten das Busende, wo Trevin eine Tür aufstieß und ein geräumiges Badezimmer offenbarte.

»Heiliger Strohsack, ich glaube, das ist größer als mein Badezimmer zu Hause.« Daisy beäugte die normal große Dusche, die doppelten Waschbecken und den gefliesten Boden. Ihr Blick wanderte weiter zur Toilette, dem Wäscheschrank und dem Korb für die Schmutzwäsche.

»Na ja, es muss groß genug für fünf Typen sein.«

»Stimmt.« Sie musterte ihn eine Sekunde lang. »Ich bin gleich wieder draußen.«

»Richtig, ich … ich gehe zu den anderen zurück.« Er deutete über seine Schulter.

Sie schloss die Tür und benutzte schnell die Toilette. Dann schaute sie in den Spiegel und richtete ihre Frisur. Mehrere Flaschen Shampoo erregten ihre Aufmerksamkeit; auf jeder Flasche klebte ein Etikett mit dem Namen eines der Jungen. Hm, sie würde auf jeden Fall Spaß haben, wenn sie sich an Trevin rächte. Flaschen mit Rasierwasser standen in einem Schränkchen, und Daisy griff danach und schnupperte daran. Sie fand Trevins Flasche mühelos. Wunderbar, jetzt erkannte sie schon seinen Duft. Sie stellte die Flasche zurück und wusch sich die Hände, aber sie erhaschte immer noch einen Hauch seines Rasierwassers an sich.

Hoffentlich bemerkte er es nicht; auf keinen Fall wollte

sie, dass er dachte, sie wäre ein abgedrehtes Fangirl. Aber der Besuch dieses Badezimmers hatte sie auf eine brillante Idee gebracht. Sie hoffte nur, dass sie in der Maske fand, was sie brauchte.

Am nächsten Morgen wachte Daisy sehr früh auf. Sie hatte eine Mission. So leise sie konnte, zog sie sich an und versuchte dabei, niemanden zu wecken. Sie kletterte aus ihrer Koje im *Hanging-On*-Bus und stieß dabei mit dem Fuß beinahe das Mädchen unter sich an.

Sie schnappte sich Jacke und Portemonnaie und schlüpfte in die kühle Morgenluft hinaus. Auf dem Parkplatz, wo alle Tourbusse und Wohnwagen in einer Reihe standen, schaute sie sich um. Als sie den Wagen von Kostüm und Maske fand, eilte sie in seine Richtung. Sie musste nur hineingelangen, finden, was sie brauchte, und dann wieder verschwinden.

Doch als Daisy den Wohnwagen erreichte, war er abgeschlossen. Verdammt. Sie konnte abwarten und es ein andermal versuchen, oder sie konnte schnell in einen Laden laufen, bevor die anderen aufstanden. Mit einem Seufzen schickte sie ihrem Dad eine Nachricht, dass sie einen Kaffee trinken gehen wolle und gleich zurück sein werde. Dann ließ sie sich Drogerien in der Nähe anzeigen. Wunderbar, eine Straße weiter gab es einen Laden, der vierundzwanzig Stunden geöffnet war. Daisy brach zu Fuß auf, und ihre Rachepläne befeuerten jeden ihrer Schritte.

Sie erreichte den Shop-Smart-Mart und trat in das

klimatisierte Gebäude ein. Bis auf zwei Kassiererinnen schien der Laden so früh am Tag ziemlich tot zu sein. Glücklicherweise. Weniger Menschen, die sie in flagranti erwischen konnten. Sie suchte nach dem Gang mit den professionellen Haarprodukten. Als sie ihn fand, steuerte sie direkt auf das Glanzstück ihres Plans zu.

Haarprodukt für Herren. Platinblond. Sie kicherte.

Trevin würde ein Umstyling bekommen, und er ahnte nicht mal was davon.

Sie schnappte sich zwei Schachteln und eilte zur Kasse.

»Guten Morgen«, sagte eine ältere Dame. »Du weißt, dass das für Männer ist, ja?«

»Oh ja. Es ist nicht für mich. Mein Freund wollte mal was Neues ausprobieren, also habe ich angeboten, ihm etwas zu besorgen.« Sie reichte der Dame das Geld, das sie sich in dem Plattenladen zu Hause sauer verdient hatte. Aber das war es ihr wert.

»Einen schönen Tag noch«, verabschiedete die Frau sie.

Sie hatte keine Ahnung, wie schön der Tag für Daisy noch werden würde.

»Danke, gleichfalls!« Nachdem sie den Laden verlassen hatte, ging sie bei einer Tankstelle vorbei, um sich einen Kaffee zu holen. Das Zeug schmeckte nicht besonders gut, aber sie wollte ihr Alibi in der Hand halten, falls sie ihrem Dad über den Weg lief.

Als sie den Parkplatz erreichte, ging sie zu ihrem Bus und nahm das Haarfärbemittel heraus. Sie befolgte die Anweisungen und mischte die Farbe in dem Plastikbehälter. Jetzt musste Daisy nur noch in Trevins Tourbus gelangen, bevor die Jungen aufwachten. Sie schnappte sich ihre Handtasche und steckte sie sich unter ihr weites Sweatshirt.

Dann sah sie ihren Dad auf sich zukommen. Ihre Eintrittskarte.

»Morgen«, gähnte ihr Dad. »Du bist aber früh auf.«

»Ja, ich konnte nicht schlafen. Ich habe mich noch nicht an die Etagenbetten im Bus gewöhnt.« Daisy lächelte. Das Haarfärbemittel beulte ihre Hosentasche aus. »Ähm, Dad, denkst du, du könntest mich in *The One* lassen?« Sie deutete auf den Bus der Band. »Ich glaube, ich habe gestern Abend meine Handtasche entweder neben dem Sofa oder vielleicht im Badezimmer stehen lassen.«

»Die Jungen schlafen noch.«

»Ich verspreche, leise zu sein. Du kannst drinnen auf mich warten, während ich nachsehe. Ich habe den größten Teil meines Geldes darin, und ich will sicher sein, dass ich sie nicht irgendwo anders gelassen habe. Ich beeile mich.«

»Schön, aber lass uns schnell machen.« Ihr Dad führte sie zum Bus und öffnete die Tür. Da alle Rollos heruntergezogen waren, war es dunkel darin.

Sie tat so, als sehe sie neben der Couch nach, dann flüsterte sie: »Hier ist sie nicht. Ich muss im Badezimmer nachschauen.«

Ein leises Schnarchen kam aus dem Schlafbereich der Jungen. Daisy atmete tief ein und betete, dass man sie nicht erwischen würde. Sobald sie es ins Bad geschafft hatte, schloss sie die Tür hinter sich und knipste das Licht an. Sie schnappte sich Trevins Shampoo, kippte den Inhalt schnell ins Waschbecken und zog dann die Flasche mit dem Haarfärbemittel aus ihrer Tasche, um sie in den Shampoo-Behälter umzufüllen. Anschließend zog Daisy ihre Handtasche unter dem Sweatshirt hervor, stopfte die Beweise hinein und eilte zurück zu ihrem Dad.

»Hast du sie gefunden?«

»Ja, ich hab sie. Danke.«

»Schön. Wie wär's, wenn wir beide uns einen Happen zu essen besorgen würden, bevor alle anderen aufstehen?«

»Klar.« Daisy folgte ihm.

Projekt Rache, zweiter Schritt, war in die Wege geleitet.

Kapitel 7

Trevin stolperte im Halbschlaf ins Badezimmer. Ihm blieb gerade genug Zeit für eine schnelle Dusche, bevor alle anderen aufstanden. Er warf seine Kleider auf den Boden und stieg unter das warme Wasser. Nachdem er sich gewaschen hatte, griff er nach seinem Shampoo und kippte sich einen großen Klecks davon in die Hand. Er massierte es in seine Kopfhaut und versuchte, das Gel vom vergangenen Tag herauszubekommen.

Er hustete. Was zum Teufel war das für ein Geruch? War das sein Shampoo? Oder war vielleicht das Klo verstopft und der Abwassertank voll? Trevin spülte sich die Seife aus dem Haar und drehte den Hahn zu. Er schnappte sich ein Handtuch, trocknete sich damit ab und wickelte es sich um die Hüften. Dann schaltete er den Fön ein und benutzte die Finger, um sein Haar zu kämmen. Sobald es trocken war, beugte er sich vor und wischte den Dampf vom Spiegel, damit er es stylen konnte.

Ihn starrte ihn ein junger Asiate mit hellblonden Haaren an. *Scheiße, was war das?*

»Ryder!«, schrie er und riss die Tür auf. Er knipste das Licht an und die anderen stöhnten auf.

Mit müden Augen streckte Ryder den Kopf aus seiner Koje. »Warum zum Teufel schreist du denn so?«

»Willst dich wirklich dumm stellen?« Trevin ballte die Fäuste.

Ryder sah ihn an und begann zu lachen. »Okay, ich bin mir nicht sicher, ob blond deine Farbe ist.«

»Ach nee. Und warum hast du dann Haarfärbemittel in mein Shampoo getan?«

Ryder schob sich aus seiner Koje und griff nach einem T-Shirt. »Das war ich nicht, also chill mal.«

»Und das soll ich glauben? Niemand anders in diesem Bus würde so einen Müll machen. Willst du auf die Weise etwa verhindern, dass ich bei Daisy landen kann?«

»Ich hab's dir doch gesagt, Mann, ich war das nicht.« Ryder stolzierte aus dem Schlafbereich.

»Miles? Weißt du irgendwas darüber?« Er deutete auf seinen Kopf.

»Guck nicht mich an, Kumpel. Ich habe Besseres zu tun. Vielleicht hast du eine der Reinigungsdamen verärgert, die herkommen, um unsere Sachen wieder aufzufüllen.«

Will und Nathan sahen ihn an und beide grinsten.

»Ich werde keine Zeit haben, das vor der Autogrammstunde in Ordnung zu bringen.« Trevin seufzte und stöberte in seinem Schrank nach einer Mütze. »LJ wird sich ins Hemd machen.«

»Dann zeig es ihm nicht.« Miles gähnte.

»Ich wette, das ist Ryders Werk. Es passt genau zu ihm«, stellte Trevin fest.

»Vielleicht war er es gar nicht«, sagte Will.

»Wer hätte es sonst tun können?«

Will zuckte die Achseln.

Genau, niemand sonst hatte einen Grund, ihm so etwas anzutun. Niemand außer Ryder, der eine Wette gewinnen wollte. Es war verdammt brillant. Er konnte nicht glauben, dass Ryder so tief gesunken war.

Der SUV bog auf den Parkplatz des Einkaufszentrums ein. Hinter den Absperrseilen standen bereits Hunderte von Mädchen. Sicherheitskräfte säumten beide Seiten des Weges und versuchten, das Gedränge auf ein Minimum zu begrenzen.

»Ich hoffe, die Autogrammstunde geht schnell vorbei«, sagte Trevin und fing Daisys Blick auf. Er zupfte die Mütze auf seinem Kopf zurecht und versuchte zu verhindern, dass seine Haare darunter hervorlugten, was schwer zu bewerkstelligen war. Alle paar Sekunden fummelte er wieder daran herum. Er war halb versucht, sich an Ryder zu rächen; er hätte zum Beispiel die Arschbacken aus seinen Lieblingsjeans herausschneiden können, oder seine Koje mit einer Wasserpistole durchweichen. *Damit machst du alles nur noch schlimmer. Und LJ wird dir umso mehr im Nacken sitzen.*

»Warum? Hast du Angst, einen Schreibkrampf zu kriegen?«

»Nein, er befürchtet, dass irgendeine Zehnjährige ihn

verstümmelt. Diese Mädchen sind gemeingefährlich. Die Tränen und das Lächeln sind nur Fassade. In Wirklichkeit sind sie wie die Kids aus *Kinder des Zorns*.« Ryder grinste.

»Tja, aber diese Zehnjährigen sind einer der Gründe, warum wir tun dürfen, was wir tun«, sagte Nathan.

»Ah, verteidigt unser kleiner Nathan jetzt die Mädchen?«

»Ryder, fang gar nicht erst an.« Trevin richtete den Sitz seiner Sonnenbrille, als der Wagen auch schon anhielt. Er war heute nicht in der Stimmung für Ryders Mist.

»Hey, Dad, meinst du, ich könnte ein bisschen durchs Einkaufszentrum gehen, während die Jungs Autogramme geben?« Daisy griff nach ihrer Handtasche.

»Ich will, dass du in der Nähe bleibst. Wir müssen nachher in aller Eile von hier weg, um rechtzeitig im Stadion zu sein.«

Trevin tätschelte ihren Arm. »Keine Sorge, ich verspreche, es wird nicht so schlimm sein, uns beim Signieren zuzusehen. Außerdem ist ein signiertes Foto von mir sein Gewicht in Gold wert.«

Sie verzog verächtlich die Lippen. »Ja, zwei Stunden rumstehen und nichts tun. Klingt total umwerfend. Vor allem der Teil, bei dem ich dir beim Autogrammeschreiben zuzugucken darf.«

Beau sprang aus dem SUV, um sie zur Tür zu geleiten. Geschrei brach aus, Mädchen hüpften auf und ab und schwenkten ihre Plakate. Andere hielten ihre Handys hoch, um Fotos zu schießen.

Trevin drehte sich um und sah Daisy hinter ihnen zurückfallen. Er fühlte sich fast versucht, sie zu packen und ihr zu helfen, mit ihnen Schritt zu halten. Er wollte schließlich nicht, dass sie niedergetrampelt wurde.

»Keine Sorge, sie ist noch da.« Miles beugte sich zu ihm vor, damit er ihn über den Lärm der Menge hören konnte.

Trevin zuckte die Achseln. »Ich weiß nicht, wovon du redest. Ich will nur sichergehen, dass ihr anderen alle hier seid.« Und wenn er diese verdammte Wette gewinnen wollte, musste er zusehen, dass er Zeit mit ihr verbrachte.

»Richtig. Weil wir alle langes, üppiges rotes Haar haben und schöne, runde ...«

»Hey, hör auf damit.« Es gefiel ihm nicht, dass Miles über irgendetwas Rundes an Daisy Bemerkungen machte.

Miles kicherte. »Komm runter, Junge. Was bist du, ihr Wachhund?«

»Nein, aber du brauchst nicht solchen Mist zu reden.«

»Du hast recht, das ist normalerweise mehr Ryders Ding.«

Nathan schob sich neben sie, als sie das Einkaufszentrum betraten. In der Eingangshalle hatten sich bereits Schlangen gebildet. Überall waren Fans, die kreischten, weinten und die Namen der Bandmitglieder schrien.

»Das ist vielleicht eine seltsame Frage«, begann Nathan, »aber kommt Daisy euch nicht auch irgendwie bekannt vor? Ich könnte schwören, dass ich ihr Gesicht schon mal irgendwo anders gesehen habe und nicht erst, als Beau sie uns vor zwei Tagen vorgestellt hat.«

»Och nee, sag nicht, dass Trevin Konkurrenz bekommt!« Miles schaute zwischen den beiden hin und her.

Trevins Magen verkrampfte sich und er ballte die Fäuste. Verdammt. Er hoffte, dass es nicht so war. Obwohl Daisy am Vortag ziemlich viel mit Nathan geredet hatte. Und das ärgerte ihn mehr, als er zugeben mochte.

Nathans Augen weiteten sich. »Nein, so ist das nicht. Keine Ahnung, vergesst es, vielleicht hat sie einfach so ein Gesicht.«

»Oder vielleicht sieht sie wie ihr Dad aus«, warf Trevin ein.

»Dann stehst du also auf sie, weil sie wie Beau aussieht?« Ryder gluckste.

Trevin verdrehte die Augen. »Hat dir schon mal jemand gesagt, dass du ein Arschloch bist?«

»Ich sage ihm das jeden Tag.« Miles klopfte Trevin auf die Schulter.

»Und wir alle hören es.« Will gesellte sich zu ihnen.

Sie wurden zu einer kleinen Bühne in der Mitte der Eingangshalle eskortiert. Sonnenlicht fiel durch die riesigen Oberlichter, als Trevin auf einen Stuhl am Ende des langen Tisches rutschte. Vor jedem von ihnen lagen Permanentmarker, Porträtfotos und Sticker. Eine zierliche Dame mit weißem Haar und einer Haut, die im Laufe der Jahre viel zu viel Sonne gesehen hatte, kam auf sie zugeilt.

»Hi, ich bin Mavis, die Eventkoordinatorin für die Autogrammstunde. Kann ich euch Jungs irgendetwas bringen, bevor es losgeht? Wasser? Limonade?«

»Wasser wird genügen«, antwortete Trevin.

»Für mich auch«, sagte Miles.

Sie eilte davon und holte für alle etwas zu trinken. Sobald sie die Getränke verteilt hatte, schaltete sie ein Mikrofon ein und trat vor den Tisch. »Achtung liebe Besucher, *Seconds to Juliet* sind jetzt in unserer Eingangshalle und geben bis ein Uhr Autogramme. Wir möchten Sie bitten, Geduld zu haben und nicht zu drängeln oder zu schubsen.«

Einer der Sicherheitsleute öffnete die Seilabsperrung. »Bleibt in der Schlange; einer nach dem anderen, bitte.«

Teenager stürzten nach vorn wie ein Rudel hungriger Kojoten, die sich um einen Kadaver stritten. Beau postierte sich direkt neben der Band, zusammen mit einigen anderen Leibwächtern.

Das erste Mädchen hatte lockiges, dunkles Haar und ein zu enges T-Shirt. »Oh mein Gott, Trevin. Ich habe mir schon so lange gewünscht, dich kennenzulernen. Dich hab ich am liebsten aus der Gruppe. In meinem Zimmer hängen Hunderte von Fotos von dir. Und gestern Nacht habe ich geträumt, wir würden zusammen schwimmen gehen.« Sie brach in Tränen aus.

»Danke. Und hat dieses wunderschöne Mädchen einen Namen, den ich auf das Foto schreiben soll?«

»Misty.«

Trevin lächelte und reichte ihr eins seiner Porträts. »Das ist ein hübscher Name. Danke, dass du heute hergekommen bist, Misty.«

Sie nickte und ging weiter, um sich Miles' Autogramm zu holen.

Und so ging es in einem fort. Mehr Mädchen, mehr Tränen. Eine Frau in den Zwanzigern, die ein Neckholder-Top trug, blieb vor ihm stehen und warf sich ihre langen blonden Haare über die Schulter. Ihre Brüste fielen ihm praktisch entgegen, als sie sich über den Tisch beugte. Und wahrscheinlich tat sie das mit Absicht und hoffte, er würde sie in seinen Bus einladen oder so was. Gott, er begann schon, wie Daisy zu denken. Färbte sie auf ihn ab? Er sollte nicht so zynisch sein; diese Mädchen machten ihn immerhin zu dem, was er war. Aber trotzdem ...

»Ich habe nichts mitgebracht, das du signieren sollst, aber vielleicht kannst du gleich hier unterschreiben?« Sie stieß ihm die Brust ins Gesicht.

Hinter ihm ertönte ein Schnauben. Trevin drehte sich um und sah Daisy die Augen verdrehen. Er räusperte sich und fuhr wieder zu der Blondine herum. »Tatsächlich habe ich gleich hier ein Foto, das ich für dich signieren kann. Dann wird es nicht abwaschen.«

»Oh, ich hatte gehofft, du würdest *mich* signieren, damit ich mir deine Unterschrift eintätowieren lassen kann.« Sie zog einen Schmollmund.

»Ich sag dir was, ich wette, dass Ryder das macht.«

»Na gut, ich mag ja auch die unartigen Jungs.« Sie schnurrte praktisch.

»Unfassbar«, murmelte Daisy, gerade laut genug, dass Trevin es hörte.

Er tat so, als recke er sich, und sah sie an. Sie rutschte näher zu ihm herüber, und er fing den Apfelduft der

Lotion auf, der ihr anhaftete. »Ich schätze, du amüsierst dich prächtig?«, fragte er.

Sie zog eine Augenbraue hoch. »Ja, so was in der Art. Ach, übrigens, wenn dieses Mädchen dir noch näher gekommen wäre, hätten ihre Brüste dir vielleicht einen deiner perfekten Zähne ausgeschlagen.«

Trevin grinste. »Eifersüchtig?«

»Nein, aber bedenke, dass das Signieren von Brüsten ein Berufsrisiko sein kann. Du weißt schon, Verlust von Augen oder Zähnen...«

»Weshalb ich ihr stattdessen ein Foto gegeben habe.«

»Also signierst du nicht gern Körperteile?«

»Kommt drauf an, über wessen Teile wir reden. Gibt es etwas, das du signiert haben möchtest?« Er hielt den Atem an. Warum zum Teufel hatte er das gesagt?

»Ähm, nein.« Sie wich zurück, und er lachte.

»Gib mir Bescheid, wenn du deine Meinung änderst.« Er konnte sich sehr gut vorstellen, ihre glatte, blasse Haut zu signieren. Sein Blick wanderte von ihrem Dekolleté bis hinauf zu ihrem Gesicht.

»Warum trägst du eigentlich heute eine Mütze? Wir sind in Florida.« Daisy sah ihn an.

Sein Gesicht brannte. »Ähm, ich hatte heute Morgen einen Unfall.«

»Was für einen Unfall?«

»Ich kann es nicht beweisen, aber ich glaube, Ryder hat Haarfärbemittel in mein Shampoo getan.«

Daisy lachte. »Darf ich mal sehen?«

»Auf gar keinen Fall. Niemand bekommt diesen Mist

zu sehen, bevor ich es rückgängig gemacht habe. Ich hoffe nur, dass Lori es beheben kann.«

»Darf ich einen winzigen Blick darauf werfen, bitte?« Er betrachtete sie. »Du genießt das offenbar, stimmt's?«

»Irgendwie schon. Ich meine, es ist witzig.«

»Du hast einen kranken Sinn für Humor.«

»Du hast ja keine Ahnung.« Sie lächelte, dann zog sie sich zurück.

Sie verbrachten die nächsten Stunden damit, Fotos, Handys, Haut, T-Shirts, CDs und alles andere zu signieren, um das man sie bat.

Als sie ins Stadion kamen, trieb man sie in aller Eile durch den Hintereingang. Trevin fand seine Garderobe, aber als er sie betreten wollte, entdeckte er Daisy an der gegenüberliegenden Wand. Er atmete tief durch und ging auf sie zu.

»Komm mal kurz mit; ich will dir etwas zeigen.« Trevin führte sie in seine Garderobe. »Setz dich hierhin.« Er deutete auf ein kleines Zweiersofa. »Also, bevor ich es dir zeige, musst du versprechen, nicht zu lachen.«

»Äh, okay.«

»Versprichst du es?«

»Ja, das habe ich gerade getan. Also, warum bin ich hier?«

»Du wolltest den Schaden begutachten.« Er nahm seine Mütze ab und offenbarte ihr seine hellblonden Haare.

»Ach du Scheiße, das ist wirklich blond. Ich meine, total extrem blond.« Daisy stand auf und ging auf ihn zu. Sie berührte seine Haare. »Weißt du, es sieht gar nicht so schlecht aus. Irgendwie trendiger.«

Er atmete tief durch und genoss das Gefühl ihrer Finger in seinem Haar. Für eine Sekunde schloss er die Augen und schmiegte sich in ihre Hand. Sein Puls donnerte in seinen Ohren. Sie war so nah. Er hätte die Hand ausstrecken und sie in die Arme nehmen können. Schließlich waren sie allein. Er fragte sich, wie es wäre, sie zu küssen. Seine Lippen auf ihre zu drücken. Verdammt. Hatte jemand die Heizung höher gestellt?

Als Daisy die Hand wegzog, öffnete er die Augen und räusperte sich. »Ja, ich bin mir bloß nicht sicher, ob das mein Stil ist. Aber es ist definitiv ein Ryder-Streich.«

Sie warf ihm einen schnellen Blick zu. »Woher weißt du das?«

Er schnaubte. »Weil ihm das absolut ähnlich sehen würde. Wir haben eine … wir verstehen uns einfach nicht immer besonders gut.« Trevin fing sich, bevor er etwas über die Wette ausplapperte. Verflucht, er musste vorsichtiger sein. Daisy brachte ihn irgendwie dazu, Dinge zu sagen, die er nicht sagen sollte.

In dem Moment platzte Beau herein.

»Du musst dich fertig machen. LJ will euch alle in der nächsten Stunde hinter der Bühne sehen …« Beaus Stimme verlor sich, als er Trevins Haarfarbe bemerkte. »Was in Gottes Namen hast du getan? Bist du in einen Farbeimer gefallen?«

»Schön wär's. Aber ja, ich muss Lori finden, damit sie das in Ordnung bringt, und zwar schnell.«

»Ich schicke sie her«, antwortete Beau, dann drehte er sich zu Daisy um. »Du solltest ihn wahrscheinlich besser allein lassen, damit er sich fertig machen kann.«

»Richtig, ich war gerade auf dem Weg hinaus. Ähm, viel Glück mit deinen Haaren. Vielleicht könntest du einfach eine Perücke aufsetzen.«

»Ha ha, sehr witzig.« Trevin verdrehte die Augen. Hoppla, hatte sie tatsächlich einen Witz gemacht? Sie schien sich ihm gegenüber mehr zu öffnen. Das musste ein gutes Zeichen sein.

»Mach dich einfach fertig, Junge; wir können es nicht gebrauchen, dass LJ eine Sicherung durchbrennt.«

Trevin ließ sich wieder auf seinen Stuhl fallen und starrte an die Decke. Verdammt. Er steckte in Schwierigkeiten. Als Daisy ihn vorhin angesehen hatte, war sein Inneres durcheinandergewirbelt worden wie Obst in einem Mixer. Seit sie vor ein paar Tagen angekommen war, hatte sie seine Welt auf den Kopf gestellt. Und ohne dreist oder übertrieben selbstbewusst klingen zu wollen: auch sie schien plötzlich auf ihn zu stehen. Was bedeutete, dass er seinem Deal mit Ryder einen Schritt näher gekommen war. Je früher desto besser.

Daisy eilte aus Trevins Garderobe. Sie musste einen klaren Kopf bekommen. Himmel, warum war sie ihm durch die Haare gefahren? Fast hätte sie eine totale Dummheit begangen, als er näher gerückt war; beinah so als genieße er ihre Berührung. Ihr Herz hämmerte noch immer unkontrolliert. Er hatte definitiv auf sie reagiert, aber was bedeutete das? *Dass er vielleicht auf dich steht.* Wenn sie klug war, würde sie das zu ihrem Vorteil nutzen. Sie hatte ihn da, wo sie ihn haben wollte. Es brauchte nur noch ein paar Kleinigkeiten, bis er sich in sie verliebte. Das zumindest hoffte sie.

Sie lehnte sich an die Zementwand, ließ sich zu Boden rutschen, zog die Knie an die Brust und wählte Lenas Nummer.

»Daisy, Oh mein Gott, ich dachte schon, du würdest nie wieder anrufen«, sagte Lena.

Daisy lachte. »Du bist eine totale Dramaqueen, weißt du das?«

»Ich gebe mir Mühe. Aaaalso, irgendwelche Neuigkeiten?«

»Sagen wir einfach, dass ich Trevin Jacobs genau da habe, wo ich ihn haben will. Der Junge wird mir in Kürze aus der Hand fressen«, sagte Daisy.

»Wirklich?«

Daisy erzählte vom gemeinsamen Zocken und dem Zwischenfall mit dem Haarfärbemittel. »Und vorhin hat er mich in seine Garderobe eingeladen. Das muss doch was bedeuten, oder?«

Lena kreischte. »Ich glaube, ja. Was ist unser nächster Schritt im Angriffsplan?«

»Hmm, ich muss was Nettes für ihn tun. Um ihn wissen zu lassen, dass ich irgendwie interessiert bin«, sagte Daisy. »Wenn ich weiter rumzicke, werde ich ihn sicher nicht für mich gewinnen.«

»Was schwebt dir denn so vor?«

»Keine Ahnung, vielleicht spendiere ich ihm sein Lieblingsgetränk oder mache irgendwas für ihn. Hast du nicht eine Idee?«

»Tja, du könntest einen der Jungs aus der Band fragen. Ach, vielleicht könntest du versuchen, sein Lieblingsdessert zu besorgen, und es ihm nach der Show geben. Ich meine, welcher Typ liebt kein Essen?«, erwiderte Lena.

»Du bist genial.« Daisy schaute in den Tunnel und sah Will auf sich zukommen. »Hör mal, ich muss los, damit ich das organisiert bekomme.«

»Erzähl mir dann, wie es gelaufen ist. Oh, und vergiss nicht, den neuen Recycling-Newsletter zu verschicken. Ich habe ihn bereits für dich Korrektur gelesen, du solltest ihn per E-Mail bekommen haben.«

»Danke, ich arbeite tatsächlich an einem Vorschlag, die Tourbusse mit Recycling-Behältern auszustatten. Du würdest nicht glauben, wie viele Plastikflaschen ich hier aus dem Müll ziehe. Im Ernst, die sind mit allem so verschwenderisch.«

»Schnapp sie dir, Tiger«, sagte Lena.

»Das tue ich.«

Als sie aufgelegt hatte, erhob Daisy sich und ging auf Will zu. Als er sie entdeckte, schob er sich das Telefon in die Tasche. »Hey, was machst du so?«, fragte er.

»Ich hab gerade mit meiner besten Freundin telefoniert.« Daisy sah ihn kurz prüfend an. »Und ich hätte eine Frage an dich.«

»Schieß los.«

»Weißt du, was Trevins Lieblingsnachtisch ist? Oder ob er überhaupt einen hat?« Sie biss sich auf die Unterlippe.

»Ehrlich gesagt habe ich keine Ahnung, aber ich kenne jemanden, der es weiß.« Will wirkte nervös.

»Wer ist das?«

»Miles. Die beiden hängen ständig zusammen ab. Warte, ich schicke ihm kurz eine SMS.« Er nahm das Handy aus der Hosentasche und tippte los. Zwei Minuten später vibrierte das Telefon. Er hielt es ihr hin, damit sie die Antwort lesen konnte. »Sieht so aus, als sei sein Lieblingsdessert Yul-Lan. Das ist eine Art Maronenkeks.«

»Cool, danke.« Sie fragte sich, ob hier irgendjemand wusste, wie man diese Kekse backte, oder ob sie eine Bäckerei dafür gewinnen konnte, sie eigens für sie herzustellen? Es klang nach einer koreanischen Speise. Vielleicht sollte sie dort anfangen.

Will blieb bei ihr, während sie mehrere Anrufe tätigte. Sobald sie einen Laden gefunden hatte, der die Bestellung entgegennahm, brauchte sie jemanden, der sie mit ihr abholen fuhr. Und glücklicherweise hatte Will Beziehungen zu jemandem aus der Crew, der bereit war, ihr den Gefallen zu tun.

»Vielen, vielen Dank, du hast echt was gut bei mir.« Daisy umarmte Will schnell, bevor sie zusammen den Tunnel verließen.

Alle machten sich auf den Weg zur Bühne. Trevin trug eine Nerd-Brille, zusammen mit einem hellblauen Shirt, engen Jeans und gestreiften Chucks. Seine Haare hatten wieder ihre normale Farbe und waren zu wirren Zotteln gestylt. Er ließ sich zurückfallen, um neben Daisy zu gehen.

»Und, Lust heute Abend wieder auf Zombiejagd zu gehen?«

Sie sah ihn an und versuchte, ihre Überraschung zu verbergen. Er lud sie schon wieder in ihren Bus ein. Ein Teil von ihr wollte auf und ab hüpfen. Es war nicht so, dass *S2J* jeden Tag Mädchen in ihren privaten Bus einluden. Aber warum zum Kuckuck bedeutete ihr das so viel? »Da fragst du noch?«

Er grinste. »Ich würde das als ein Ja werten.«

Als sie hinter die Bühne kamen, war LJ bereits dort. »Gut, ihr seid alle da. Vergesst nicht, dass wir morgen unser Musikvideo-Shooting in Miami haben. Wir müssen es schon mit den ersten paar Takes richtig hinbekommen, da das die einzige freie Zeit ist, die ihr habt, um die Aufnahmen zu machen.«

»Für welchen Song ist das Video?«, flüsterte Daisy Trevin zu.

»*Let Me Make You Smile*, der Song ist von unserem neuen Album«, antwortete er. »Der einzige Song, den tatsächlich ich geschrieben habe.«

Daisy erinnerte sich an diesen Song. Der Text war hinreißend. Na ja, hinreißend für einen Song von *Seconds to Juliet*. Nicht, dass sie ihre Musik noch hörte. Aber in diesem Stück lag echtes Herzblut.

»Wir machen das Shooting am Strand. Es ist bereits organisiert, dass das Gelände dann abgesperrt ist. Man wird auch einige exklusive Fotos für *Entertainment Tonight* machen, da ich denen versprochen habe, dass sie diesmal den neuesten Klatsch bekommen würden.«

Daisy stöhnte. Na toll. Sie würde den ganzen Tag draußen in der heißen, brennenden Sonne festsitzen. Obwohl es ein großartiger Zeitpunkt sein würde, um ihren Vorschlag für das Boyband-Recycling-Programm fertigzustellen, von dem sie hoffte, dass LJ damit einverstanden sein würde.

Trevin beugte sich vor und sagte: »Vielleicht könntest du als Statistin bei dem Video mitmachen.«

Daisy verzog das Gesicht. »Ich würde mich nie im Leben in einem eurer Videos zeigen.«

»Eines Tages wirst du vielleicht deine Meinung ändern.« Seine Hand streifte ihre und ihr Herz hämmerte los. So sehr sie sich wünschte, sie wäre weggezuckt – sie erstarrte einfach.

»Wohl kaum.«

LJ lachte. »Seht ihr, Jungs, nicht alle Mädchen sind in euch verliebt. Wir müssen das ändern und sie umstimmen.«

»Euer Manager leidet an Wahnvorstellungen«, murmelte Daisy Trevin ins Ohr.

»Ja, wem sagst du das.«

»In Ordnung, Jungs, Showtime.«

Einer der Equipment-Manager kam vorbei und verteilte Headset-Mikros.

Trevin stellte sich mit den anderen Mitgliedern von *Seconds to Juliet* zu ihrem Ritual vor der Show im Kreis auf. Alle legten die Hände übereinander. »Drei, zwei, eins, los!«, erklangen ihre Stimmen im Chor.

Sie eilten auf die Bühne, und Musik dröhnte aus den Stadionlautsprechern. Daisy schaute zu, während sie sangen, tanzten und ihre Show ablieferten – und die Massen zum Schreien brachten, wovon Daisy fast taub wurde.

Die Zeit schien im Nu zu verfliegen und schon bald trat Trevin für den letzten Song an den Bühnenrand. »Seid ihr bereit, nass zu werden? Was? Ich kann euch nicht hören!«

Oh Gott, nicht dieser Song. Genau in dem Moment ging der Regen auf der Bühne los und das Wasser durchnässte die Bandmitglieder bis auf die Knochen, während sie tanzten und durch die Pfützen stapften. Ryder übernahm den Leadgesang und peitschte die Mädchen bis zur Raserei auf, als er sich das Shirt über den Kopf zog und es in die Menge schleuderte.

Aber er war nicht der Junge, auf den Daisy sich konzentrierte. Stattdessen wanderte ihr Blick über Trevins nasse Bauchmuskeln und das Yin-Yang-Tattoo auf seiner Schulter. Es war in Wirklichkeit viel erotischer als auf den Fotos. Das Tattoo verlieh ihm einen gewissen Bad-Boy-Touch. Es juckte sie in den Fingern, seine Form nachzuzeichnen. *Oh nein, das wirst du nicht tun.* Sie schluckte. Ihr Blick wanderte zu seiner Jeans, die sich eng an ihn schmiegte. Gott. Sie konnte jeden verdammten Muskel erkennen. Nicht einmal sie war immun gegen die Tatsache, dass er heiß war. Was ein Grund mehr war, sich nicht von ihren Plänen abbringen zu lassen.

Sie schaute gerade rechtzeitig auf, um zu sehen, wie sein Shirt in ihre Richtung flog. Und als sie es auffing, spritzte das Wasser sie nass. Er zwinkerte ihr zu, dann ging er an den Rand der Bühne, um sein nasses Haar über der Menge auszuschütteln. Als er Daisy wieder ansah, erwischte sie sich dabei, dass sie mitten in diese schokoladenbraunen Augen sah und förmlich dahin schmolz. Ihr Puls hämmerte in ihren Ohren. Sie musste sich zusammenreißen und zwar schnell. Denn im Moment malte sie sich aus, wie es sich anfühlen würde, in seinen starken Armen zu liegen.

Sie schob diese Vorstellung hastig beiseite. Wenn er annahm, dass ein nasses T-Shirt reichte, um sie rumzukriegen, dann schlug er sich das besser schnell aus dem Kopf, denn sie war das eine Mädchen, das nicht so leicht zu haben war.

Kapitel 8

Als Trevin in den Bus zurückkehrte, high vom Adrenalin der Show, fand er auf dem Tisch eine kleine Schachtel mit seinem Namen darauf. Auf dem Schildchen stand:

Ich hoffe, sie schmecken dir, ich habe gehört,
Yul-Lan-Kekse seien dein Lieblingsnachtisch.
Mit lieben Grüßen
Daisy

»Könntest du mal zur Seite gehen, damit wir uns umziehen können, Alter?«, fragte Miles hinter ihm.

Wasser tropfte ihm vom Kopf, aber es kümmerte ihn nicht, und er klappte den Deckel auf. In der Schachtel lagen mehrere Yul-Lan, seine Lieblingskekse. Das Maronen-Dessert war mit Honig und Nüssen bedeckt. Warum hatte sie die für ihn gekauft? *Spielt es wirklich eine Rolle? Sie hat sich für dich ein Bein ausgerissen. Das muss etwas bedeuten.*

Trevin nahm einen Keks aus der Schachtel und biss

hinein. Gott, war der gut. Mit einem Lächeln drehte er sich zu Ryder um. »Sieht so aus, als hätte ich sie genau da, wo ich sie haben will.« Warum fühlte er sich dann so mies? Sie hatte etwas wirklich Nettes für ihn getan und er zog trotzdem die Wette weiter durch.

»Sie hat dir halt Kekse gekauft. Das heißt doch gar nichts. Außerdem habe ich noch nicht erlebt, dass sie sich deinetwegen vor Begeisterung überschlägt.«

»*Noch nicht* sind hier die Schlüsselworte. Gib mir Zeit. Das Mädchen gehört mir schon fast.«

»Wovon redet ihr?« Will schaute zwischen ihnen hin und her.

»Nichts«, sagte Trevin.

»Ich würde es nicht nichts nennen. Wir sprechen über die Wette.«

Nathan funkelte sie an. »Das kann nicht euer Ernst sein. Ihr wollt das doch nicht immer noch durchziehen, oder?«

»Mach nicht so ein besorgtes Gesicht. Ich werde ihr nicht wehtun«, entgegnete Trevin und fragte sich, ob er tatsächlich den Verstand verloren hatte. Er sollte die Sache unbedingt noch einmal überdenken, denn je mehr Zeit er mit ihr verbrachte, desto mehr zweifelte er an seinen eigenen Motiven. Vielleicht hatte Nathan recht; vielleicht sollte er die Wette einfach abblasen. Trevin betrachtete noch einmal die Kekse. Daisy hatte sich viel Mühe gegeben, um die für ihn zu beschaffen. Noch nie hatte jemand so etwas für ihn getan. Verflixt. Er steckte bereits in Schwierigkeiten.

»Halloooo, Miami.« LJ beäugte über den Rand seiner Sonnenbrille eine Gruppe dürftig bekleideter Mädchen, die am SUV vorbeigingen.

Trevin kletterte aus dem Wagen auf den Parkplatz, der bereits mit Straßenblockaden gesichert war, damit die Leute nicht beim Parken in ihr Shooting platzten. Er wollte das Musikvideo einfach schnell hinter sich bringen. Er liebte die Tourneen und das Singen. Aber er war kein Schauspieler und hasste diesen Teil seines Jobs.

»Ich habe das Gefühl, dass es ein langer Tag werden wird«, bemerkte er.

Miles nickte. »Ja, lass uns hoffen, dass wir es gleich beim ersten Take richtig hinbekommen.«

»Ah, ihr habt es geschafft, kommt hier rüber«, sagte Steve Kemper, der Regisseur. Er zeigte auf mehrere Zelte, die man aufgestellt hatte, daneben Kameras, ein Jeep, Statisten und Schauspieler. Mehrere Frauen standen in Bikinis herum, während die Männer Boardshorts trugen.

»Meine Güte, zeigen die auch genug Dekolleté?«, fragte Daisy leise.

»Sex verkauft sich halt«, antwortete Ryder.

»Deshalb ist es noch lange nicht richtig«, schaltete Trevin sich ein. »Daisy, wenn du willst, kannst du unter einem der Baldachine bleiben, wegen der Sonne. Dann kriegst du keinen Sonnenbrand.« Er zog sie weiter von Ryder weg. Auf keinen Fall wollte er, dass Ryder etwas tat oder sagte, das sie kränken oder ihn blamieren würde. Und noch weniger wollte er, dass Ryder etwas ausplauderte, das mit der Wette zu tun hatte.

»Ist schon gut, ich arbeite heute an meinem Recyclingplan.« Sie klopfte auf ihren Laptop, dann suchte sie nach einem Platz, wo sie sich setzen konnte.

Bevor Trevin entkommen konnte, drehte Steve sich zu ihm um. »Trevin, das hier ist Casey. Sie spielt in dem Video deine Auserwählte.«

Er schob eine hochgewachsene Brünette in einem roten Bikini auf ihn zu. Sie lächelte und klimperte mit den Wimpern. »Trevin Jacobs. Ich kann gar nicht glauben, dass ich mit dir arbeiten darf. Das ist ja so aufregend.« Sie hüpfte auf und ab.

Trevin schaute weg. »Das ist großartig.« Da er den Song geschrieben hatte, war er an der Reihe, den Leadsänger in ihrem Video zu spielen. Er hatte nicht allzu viel Lust auf den Filmdreh. Aber solange sein Song in die Welt hinauskam, war es ihm egal.

»Du weißt gar nicht, wie sehr ich deine Band liebe.«

»Okay, Casey, das reicht jetzt.« Steve packte sie am Arm und drehte sie zu der Gruppe von Mädchen um, die in einem Kreis dastanden. »Tut mir leid, ich bin mir nicht sicher, wo sie einige dieser Leute gefunden haben. Aber lasst uns die erste Szene in Angriff nehmen.«

Steve brachte sie alle in Position. »Ich will, dass ihr Jungs den Strand entlanglauft und euch einen Football zuwerft. Wenn ihr die Gruppe von Mädchen da erreicht, lassen wir Trevin über Casey stolpern. Das wird ihre erste Begegnung sein. Trevin wird während des Songs versuchen, sie für sich zu gewinnen. Also, Casey, du musst so tun, als wärest du sauer auf ihn, okay?«

»Kapiert.«

»Alles fertig ... und ... Action.«

Trevin reihte sich neben Ryder und Miles ein. Sie liefen über den Sand. Ryder warf den Football und Trevin hechtete hinterher, woraufhin er neben Casey landete und sie einen Haufen Sand abbekam. Sie kicherte.

»Schnitt. Casey, du sollst so tun, als würdest du ihn hassen. Okay, noch mal von vorn.« Steve bedeutete allen, ihre Ausgangspositionen wieder einzunehmen.

Trevin war sich bewusst, dass Daisy ihn beobachtete, und ein ungutes Gefühl breitete sich in seiner Magengrube aus. Er wünschte wirklich, sie müsste nicht zusehen, wie er ein anderes Mädchen anbaggerte. Er hatte den Eindruck, in letzter Zeit bei ihr erheblich weitergekommen zu sein. Zumindest redete er sich ein, dass das der Grund für sein Unwohlsein war.

»Action«, rief Steve.

Trevin lief wieder den Strand entlang, aber als er diesmal fiel, landete er direkt auf Casey. Statt wütend zu sein, stieß sie ein entzücktes Kreischen aus.

»Schnitt. Verdammt. Casey, komm schon, wir haben nicht den ganzen Tag Zeit.« Steve startete wieder neu. Nach mehreren Durchgängen sah der Regisseur aus, als wäre er bereit, jemanden mit seinem Klemmbrett zu ermorden.

Trevin seufzte. Wenn er noch einmal durch den verdammten Sand laufen und auf dieses Mädchen fallen musste, würde er wahrscheinlich an ihrer Brust totgequetscht werden.

»Casey, du bist raus. Ich brauche eine andere Schauspielerin. Eine, der die Band halbwegs egal ist und die so tun kann, als hasste sie Trevin.

LJ stapfte unter einem der Baldachine hervor. »Wie wäre es mit ihr? Sie ist ein Mädchen.« Er zeigte auf Daisy. »Beau, deine Tochter wäre perfekt. Sie himmelt die Jungs nicht an. Tatsächlich mag sie sie nicht mal. Ich will hier niemandem auf die Füße treten, Steve, aber ich weiß, dass Beaus Tochter den Job erledigen würde. Ich habe gesehen, wie knallhart sie mit meinen Jungs umspringen kann.«

»Ich weiß nicht, ob das eine gute Idee ist«, sagte Beau.

Trevin versteifte sich.

»Ich glaube, es wäre perfekt«, warf Miles ein. »Sie hasst Boybands und Trevin ganz besonders.« Er zwinkerte Trevin zu, dann beugte er sich vor, sodass nur Trevin ihn hören konnte. »Denk nur, irgendwo in diesem Video kommt ein Kuss vor. Du kannst dich später bei mir bedanken.«

»Kilo...«

»Mach einfach mit, Alter.«

Na gut. Einfach mitmachen. Vielleicht würde sich das hier zu seinem Vorteil auswirken. Und wenn er ehrlich mit sich war, musste er zugeben, dass er Daisy hatte küssen wollen, seit er ihr das erste Mal begegnet war. Arroganz hin oder her, sie war schön und real. Keine x-beliebige Schauspielerin.

Daisy wich tiefer unter das Zelt zurück. »Nein. Auf keinen Fall. Ich kann nicht in ihrem Video auftreten. Ich bin keine Schauspielerin. Außerdem bin ich beschäftigt. Super beschäftigt.« Sie hielt ihren Laptop hoch wie einen mittelalterlichen Schild. »Und was ist mit all den anderen Schauspielerinnen? Ich bin mir sicher, dass eine von ihnen das bestens hinkriegen würde.«

LJ stellte sich ihr den Weg und Miles kam dazu. »Du musst es tun, Daisy. Du beherrschst die Rolle bereits. Benimm dich einfach genauso wie bei deiner ersten Begegnung mit Trevin.«

»Betrachte es als ein Geschenk von *Seconds to Juliet*. Weißt du, wie viele Mädchen dafür bezahlen würden, in einem ihrer Videos auftreten zu dürfen? Denk an all die Leute, die das Video sehen werden«, sagte LJ und tätschelte ihr den Arm. »Statt irgendjemanden in ihrem Video zu haben, würde ich diese unglaubliche Erfahrung lieber dir zu teil werden lassen.«

Na ja, sie konnte beim Dreh immerhin ihren Hass auf Trevin ausleben. Sie hatte diesen ganzen aufgestauten Zorn in sich, der herauswollte, und hier bekam sie die Erlaubnis, ihn zu nutzen. Außerdem würde es nach den vielen Sticheleien, die sie im letzten Schuljahr hatte erdulden müssen, echt schön sein, Emma das hier unter die Nase reiben zu können. Um ihr zu beweisen, dass sie keine Loserin war. Leider waren das nicht die einzigen Gründe, warum sie mitmachen wollte. Tief im Innern nagte noch etwas anderes an ihr. Etwas, das auf keinen Fall herauskommen durfte.

»Hört mal, sie will es wirklich nicht tun. Suchen wir

uns jemand anderen«, sagte Ryder. »Ich will heute nämlich irgendwann noch hier weg.«

»Hör nicht auf ihn, er ist ein Wichser«, ergriff Miles das Wort. »Komm schon, du kannst das. Bitte.« Er sah sie mit herzerweichendem Hundeblick an.

Sie rang ihre verschwitzten Hände. »Na schön, ich mach's. Nur damit ihr mich in Ruhe lasst.«

»Wunderbar«, sagte Steve. »Kostüm. Wir müssen dieses Mädchen in einen Bikini kriegen, und zwar schnell.«

»Hey. Ich muss einen Bikini tragen?« Daisy verschränkte die Arme abwehrend vor der Brust.

»Ja, das ist Teil des Videos, es spielt an einem Strand.« Steve zog sich mit seinen Kameramännern zurück, während Daisy in ein Zelt geführt wurde, um sich umzuziehen.

Eine blonde Dame reichte Daisy zwei Bikinis, die sie anprobieren sollte. »Ich denke, der blaue wird perfekt passen.«

»Ähm, danke?« Sie hielt ihn hoch und fragte sich, wo der Rest davon war. Typisch Männer, Frauen in ihren Videos zum Objekt zu machen.

Sie zog ihre Shorts und ihr T-Shirt aus und schlüpfte in den Bikini. Sobald sie die Riemen des Unterteils zugebunden hatte, trat sie vor, um es der Kostümdame zu zeigen.

»Ah, wusste ich es doch. Der ist genau richtig. Du siehst umwerfend aus. Jetzt komm mit mir zur Maske, und wir hübschen dich ein wenig auf.«

Sie wurde in ein anderes Zelt entführt, wo ein Mann namens Albert ihr einen losen Zopf frisierte und ihr dann einige selbst gemacht aussehende Bänder gab, die sie sich um die Handgelenke und Knöchel binden sollte. Ein kleiner Anflug von Aufregung erfasste sie nun doch. Oh. Mein. Gott. Sie würde in einem Musikvideo von *Seconds to Juliet* mitspielen. Ihre Klassenkameraden, die sie nach der öffentlichen Blamage so verspottet hatten, würden alles zurücknehmen müssen.

Sie holte tief Luft und schaute auf ihr Kostüm hinab. Es wirkte surreal. Solche Sachen passierten nur im Film und nicht Mädchen wie ihr. Und doch stand sie hier, bereit, ihr Debüt zu geben. Sie musste nur vergessen, dass sie Boybands inzwischen hasste ...

»Hier, lass mich noch etwas Concealer auftragen«, sagte Albert. Er machte sich daran, sie mit Lidschatten, Eyeliner, Abdeckcreme, Mascara, Rouge und allem Weiteren zu schminken, was seine magische Make-up-Trickkiste hergab. Aber sie musste zugeben, dass sie verdammt gut aussah, als er fertig war. Einen Moment lang erkannte sie sich selbst kaum wieder.

»Du siehst atemberaubend aus«, verkündete er.

»Danke.« Daisy berührte ihr Gesicht und konnte es noch nicht ganz glauben.

»Also schön, schaffen wir dich hinaus auf den Strand. Viel Glück, Schätzchen«, sagte die Kostümdame.

Als sie zur Band hinüberging, die bei Steve stand, drehten alle sich um und sahen sie an. Verlegen verschränkte sie die Arme vor der Brust.

»Wow, du siehst phantastisch aus.« Trevin starrte sie an.

»Na ja, vergiss nicht, das ist alles nur Schauspielerei.«
Sie schenkte ihm ein Lächeln, aber ihr verräterischer Puls stieg dennoch in schwindelerregende Höhen.

»Alle auf die Plätze. Also, Daisy, ich will, dass du dich auf das Handtuch legst, auf dem vorhin Casey gelegen hat. Du brauchst nur so zu tun, als wärst du sauer, wenn Trevin auf dich fällt. Betrachte ihn als arrogante, sportliche Dumpfbacke, mit der du in die Schule gehst. Er gehört zu der Sorte von Jungen, die denken, sie wären Gottes Geschenk an die Frauen. Benimm dich, als hätte er dir etwas Schreckliches angetan.«

»Kein Problem«, murmelte Daisy. Vielleicht würde diese Schauspielerei doch nicht so schwer werden.

Sie ließ sich auf dem Handtuch nieder und tat so, als würde sie sich mit ihren Freundinnen am Strand sonnen.

»Und ... Action.«

Trevin und Ryder warfen sich den Football zu. Trevin tat so, als stolpere er, und landete auf Daisy. Seine Brust lag auf ihrer, sein Blick war auf ihr Gesicht gerichtet, und ihr stockte der Atem. Daisys Herz schien irgendwo zwischen Lunge und Speiseröhre zu klemmen, als hätte sie einen gigantischen Strandball verschluckt. Nein, sie machte da nicht mit. Sie musste sich konzentrieren. Bei der Erinnerung daran, wie er sie versetzt hatte, stieß sie ihn schnell weg.

»Geh runter von mir.« Sie stand auf, stemmte die Hände in die Hüften und funkelte ihn an.

»Gut, gut, und Schnitt! Daisy, das war perfekt. Und jetzt, Jungs, fahrt ihr mit dem Jeep den Strand entlang und singt. Und Trevin, du merkst, dass Daisy mit ihren Freundinnen an der Promenade steht. Ich will, dass du den Wagen anhältst, rausspringst und versuchst, ihr Blumen zu schenken. Daisy, du schmeißt sie ihm ins Gesicht.«

Daisy bekam ein Sommerkleid, das sie sich über den Bikini ziehen musste, und man machte ihre Haare auf, sodass der Wind sie ihr ums Gesicht peitschte. Sie stand auf der Promenade und tat so, als rede sie mit einigen der Mädchen, während die Jungen zum Wagen gingen.

Sie kletterten hinein, die Musik begann und sie sangen zum Playback. Sie fuhren den Strand entlang und der Sand stob unter den Reifen auf. Schließlich hielten sie an, und Trevin sprang über die Tür, die Blumen für Daisy in der Hand.

Er überreichte sie ihr. Trevin war so nah, sie konnte sein Rasierwasser riechen.

Dieses Video war gleichzeitig die beste und die schlechteste Idee aller Zeiten. Die Beste, weil es ihr erlaubte, Trevin noch näherzukommen, und die Schlechteste, weil, na ja, weil es bedeutete, Trevin näherzukommen. Daisy nahm die Blumen, und ihre Hand zitterte, als sie sie auf den Boden warf und darauf herumtrampelte. Sie kehrte ihm den Rücken zu und ging mit den Mädchen weg, mit denen sie zusammengestanden hatte.

»Schnitt. Okay, lass uns das noch mal versuchen. Daisy, Schätzchen, ich glaube, du wirkst hier ein wenig *zu* sauer auf Trevin. Schwäch es etwas ab, nur ein kleines bisschen.«

Zu sauer? War das sein Ernst? Er hatte keine Ahnung, welche diffusen Ängste sie Trevins wegen hatte ausstehen müssen.

»Alle zurück auf die Plätze. Und ... Action.«

Wieder stand Daisy mit den anderen Mädchen da und ging den Ablauf erneut durch, die Blumen auf den Boden zu werfen.

»Schnitt. Das war's. Lasst uns alles für die letzte Szene bereit machen. Denkt dran, in diesem Song versucht Trevin, das Mädchen für sich zu gewinnen, und er möchte ihr sehnlichst ein Lächeln entlocken. Trevin, an diesem Punkt musst du irgendwie schlecht drauf sein, weil nichts funktioniert. Aber deine Freunde zeigen sie dir am Strand, wo sie ganz allein durch die Wellen läuft. Diesmal erwischst du sie und küsst sie.«

Daisy riss den Kopf hoch. »Moment mal, was? Ich habe nie einem Kuss zugestimmt. Sie hatten gesagt, ich müsste ihn hassen. Das kann ich, aber küssen? Das wird nicht funktionieren.«

Ihr Dad stapfte ebenfalls über den Sand heran. »Hören Sie, das ist meine Tochter. Sie haben nichts davon gesagt, dass sie jemanden küssen muss.«

»Beau, die tun bloß so, das ist Schauspielerei. Du weißt, dass diese Jungs nichts tun würden, was ihr schaden könnte«, beschwichtigte LJ. »Außerdem ist das die letzte Szene, die sie mit ihnen drehen muss. Bringen wir es einfach hinter uns.«

»Na schön. Sie darf.« Er runzelte mit skeptischem Blick die Stirn. »Aber dir«, er zeigte auf Trevin, »ist hoffentlich klar, dass dies kein Freifahrschein für den Rest der Tour ist.«

Daisys Hände wurden schweißnass, und ihr war plötzlich schwindelig. Ihr erster Kuss. Sie würde gleich ihren ersten Kuss bekommen und er würde gefilmt werden. Und wer würde sie küssen? Ihr verfluchter Erzfeind. Sie wollte weglaufen. Aber wenn sie das tat, würden sie den ganzen Abend hier festsitzen, weil ein anderes Mädchen gefunden werden musste, das einsprang. Sie würden alles noch einmal drehen müssen. Und womöglich gab es da einen winzigen Teil von ihr, der neugierig war. Neugierig herauszufinden, wie Trevin Jacobs küsste. Sie spähte zu Trevin hinüber, der planlos im Sand auf und ab lief. Als er sie dabei ertappte, wie sie ihn beobachtete, kam er zu ihr.

»Es tut mir leid, ich wollte dir das nicht aufzwingen«, murmelte er. »Ich weiß, dass ich der Letzte bin, den du küssen willst.«

Sie nickte. »Trevin, ich habe noch nie ... ich meine, ich ... na ja, ich habe noch nie jemanden geküsst.«

»Oh«, sagte er. »In Ordnung, lass dich einfach von mir leiten, wenn es so weit ist.«

Er hatte leicht reden. Wahrscheinlich hatte er schon eine Million Mädchen geküsst.

»Alle auf ihre Plätze. Daisy, ich will, dass du den Strand entlanggehst. Trevin, gib ihr einen kleinen Vorsprung und lauf dann hinter ihr her. Und ... Action.«

Daisy schlenderte durch die Brandung und das Wasser schwappte über ihre Füße. Der Sand quoll zwischen ihren Zehen hindurch, und sie starrte in die Sonne, die tief am Himmel stand. Hinter sich hörte sie dumpfe Erschütterungen im Sand, als Trevin auf sie zurannte. Er berührte sie am Arm und wirbelte sie zu sich herum. Sie schluckte hörbar und hoffte, dass sie es nicht vermasseln würde.

Sie tat so, als wären Kameras und Crew nicht vorhanden, Fremde, die jede ihrer Bewegungen filmten und beobachteten. Trevin hob sanft ihr Kinn, bis sie in seine braunen Augen schaute. Sein Blick wurde zärtlich und er beugte sich vor. Seine Lippen streiften ihre so federleicht wie Schmetterlingsflügel. Das Blut raste ihr siedend heiß durch die Adern und in ihrem Magen flatterte ein ganzer Schwarm Schmetterlinge los. Seine Zunge teilte ihre Lippen, sie schmeckte einen Anflug von Zimt.

Sie schlang ihm die Arme um den Hals, als er sie näher an sich zog. In ihr schien ein Feuerwerk zu explodieren. Sie vermeinte, einen Funkenregen zu sehen. Er war so warm, so verlockend, und es fühlte sich so real an. Zu real.

»Schnitt!«, brüllte Steve.

Trevin zog sich zurück, ließ sie aber nicht los. »Daisy.« Er flüsterte ihren Namen wie ein Versprechen auf mehr.

»Ich, ich hoffe, es war okay so«, stammelte sie und trat einen Schritt zurück. »Ich sollte mich jetzt wohl umziehen gehen.«

Daisy stolperte von ihm weg und eilte in das Zelt, um wieder in ihre eigenen Sachen zu schlüpfen. Verdammt. Was war da gerade passiert? Dieser Kuss. Da war definitiv ein Funke gewesen. Ein Funke, den sie im Moment weder gebrauchen konnte noch haben wollte. Sie wollte Trevin hassen. Und sich an ihm rächen. Nicht sich von ihm den umwerfendsten Kuss aller Zeiten geben lassen und am Ende wieder den gleichen Fehler machen. Er hatte ihr einmal wehgetan und das hieß, dass er es wieder tun konnte.

Sie spähte hinaus und sah Trevin etwas abseits stehen. Auf seinem Gesicht lag ein benommener Ausdruck. Hatte er es ebenfalls gespürt? Daisy holte tief Luft. Sie musste Lena anrufen und sich wieder auf Kurs bringen. Sie hatte einen Plan für diesen Sommer, und sie würde nicht zulassen, dass ein inszenierter Kuss etwas daran änderte.

Kapitel 9

Trevin hatte das Gefühl, in Flammen zu stehen. Er konnte nur noch an diesen Kuss denken. Sein Blick wanderte zu Daisy hinüber, die am Strand stand, während sie darauf warteten, dass LJ sich abschließend mit Steve besprach.

»Warum gehst du nicht zu ihr und redest mit ihr, Kumpel?«, fragte Miles, der neben ihm stand.

»Ich weiß nicht, vielleicht ist das keine gute Idee. Ich habe keine Ahnung, was ich tun soll, Mann. Das sollte doch alles nur eine Wette sein. Aber das da eben, das hat sich für mich verdammt echt angefühlt.«

Als wüsste er, was Trevin dachte, flüsterte Miles: »Vergiss die blöde Wette. Wenn du Daisy magst, schnapp sie dir. Wenn du immer noch in dieser Wette drinsteckst, ist das ein Grund mehr, deinen Hintern da rüberzuschwingen, damit Ryder dir nicht zuvorkommt. Wen schert es, womit dein Interesse angefangen hat, jetzt ist es echt, stimmt's?«

Trevin kratzte sich den Nacken. Vielleicht hatte Miles recht. Vielleicht auch nicht. Aber die Wahrheit war, dass Daisy ihn anzog wie Nektar einen Kolibri.

»Verdammt, ich hasse es, wenn du recht hast.« Trevin schüttelte den Kopf und setzte seine Sonnenbrille wieder auf. Wenn sie je von einem anderem erfahren würde, warum er begonnen hatte, sich für sie zu interessieren, würde sie ihn hassen. Aber er konnte ihr gegenüber schließlich auch nicht einfach so damit herausplatzen.

Miles grinste. »Es ist weniger, dass ich recht habe, sondern mehr, dass ich einfach viel mehr Erfahrung mit den Mädels habe.« Er wackelte mit den Augenbrauen.

»Wie auch immer.«

»Und wirst du jetzt deinen verdammten Arsch da rüberschwingen und mit ihr reden?«

»Ja. Ich geh schon, ich geh schon.« Trevin ergab sich mit erhobenen Händen. Er sagte sich, dass er es tat, weil er eine Wette gewinnen musste, aber dieser Grund schien immer unwichtiger zu werden, je näher er ihr kam.

Er holte tief Luft und schlenderte ans Ufer, wo Daisy mit den Füßen im Wasser stand. Er konnte noch immer ihren Kirsch-Lipgloss schmecken. Noch immer spüren, wie sie ihre Lippen unter seinen bewegt hatte.

»Hey«, sagte er.

Sie wurde rot, schaute zu ihm hoch und strich sich eine Strähne kastanienbrauner Haare hinter das Ohr. »Hey.«

»Hör mal, ich wollte mit dir über den Kuss reden.«

Sie wandte den Blick ab, hin zum Wasser. »Ich ... das war nur gespielt. Beim Versuch, es echt aussehen zu lassen, haben wir uns beide hinreißen lassen.«

Trevin schnaubte. »Du kannst mir nicht diktieren, wie

ich mich bei dem Kuss gefühlt habe. Ich habe mich nicht einfach von dem Augenblick hinreißen lassen. Und ich glaube, du auch nicht.«

»Du bist bestimmt ein toller Typ, aber ich bin diesen Sommer nicht hergekommen, um was mit einem der Jungs von *Seconds to Juliet* anzufangen. Das Ganze hier war eine schlechte Idee. Ich hätte mich nie von LJ überreden lassen sollen.«

Er berührte sie am Arm und zwang sie, ihn anzusehen. »Daisy, hör zu. Ich bin mir nicht sicher, was zwischen uns vor sich geht oder warum du mir gegenüber so unberechenbar bist, mal nett, mal total eiskalt. Du willst mir nicht sagen, was ich falsch gemacht habe, deshalb kann ich es nicht in Ordnung bringen. Aber wirst du mir zumindest eine Chance geben, in Zukunft?«

»Und woher soll ich wissen, dass das nicht auch nur gespielt ist? Dass du mich nicht über Bord wirfst, so wie alle anderen? Du verstehst das nicht. Mein Dad hat mich verlassen. Mein Grandpa hat mich verlassen. Du ... ich weiß einfach nicht, ob ich das aushalten kann«, antwortete Daisy.

»Man nennt es Vertrauen.« Trevin nahm ihre Hand und drückte sie.

»Die Typen in meinem Leben haben mich immer nur im Stich gelassen.« Daisy riss ihre Hand weg. Sie starrte auf den Sand und grub die Zehen in die nassen Körnchen.

Trevin seufzte. »Meinst du, mir fällt das leicht? Ich habe das alles nicht erwartet. Mein Plan war es, mich weiter auf die Band zu konzentrieren, und dann bist du aufgetaucht. Ich will nichts bereuen.«

»Dann solltest du dich vielleicht von mir fernhalten«, gab sie leise zurück.

»Das habe ich nicht so gemeint und du weißt es.« Trevin schob seine Sonnenbrille in die Haare und trat einen Schritt näher an Daisy heran. »Ich will nicht bereuen, dass ich uns keine Chance gegeben habe. Wir können die Dinge langsam angehen lassen. Einfach miteinander abhängen. Wenn was daraus wird, toll, aber wenn wir nie mehr als Freunde werden, ist es auch okay.« Obwohl er sich nicht sicher war, ob er diese ganze Nur-Freunde-Sache predigen sollte, wenn er sie eigentlich dazu bringen musste, sich in ihn zu verlieben. Das Problem war, er wusste, dass da mehr zwischen ihnen war. Dieses Mädchen machte ihn verrückt. Er konnte kaum im selben Raum mit ihr sein, ohne irgendwie auf sie zu reagieren. Als sie sich ihm geöffnet und ihm ihr wahres Ich gezeigt hatte, war ihm bewusst geworden, wohin die Reise mit ihr gehen könnte. Und das machte ihm eine Heidenangst. Aber wie konnte er sie dazu bringen, in ihm jemand anderen als nur Trevin, den Superstar zu sehen?

Daisy kaute auf ihrer Unterlippe und schloss die Augen. Sie atmete tief ein und dann langsam wieder aus, bevor sie zu ihm aufblickte. »Ich ... ich brauche Zeit, um darüber nachzudenken.«

»In Ordnung. Ich werde dir so viel Zeit lassen, wie du brauchst. Denk einfach darüber nach, okay?«

»Natürlich.«

Trevin sah Beau auf sie zukommen. »Ich glaube, dein Dad will mit dir sprechen.«

»Daisy, warum holst du dir nicht was zu trinken? Es ist heute wirklich heiß draußen. Nicht, dass du uns noch dehydrierst«, sagte Beau und blickte Trevin finster an.

»Mir geht es gut, Dad, ich habe vor ungefähr fünf Minuten eine Flasche Wasser getrunken.«

»Ich muss kurz allein mit Trevin sprechen.« Er stand da wie ein riesiger Felsbrocken, der darauf wartete, einen Berg hinunterzurollen und jemanden zu zermalmen.

Daisy wurde rot. »Bitte, sag mir, dass du nicht hergekommen bist, weil er mich in dem Video geküsst hat.«

»Was ich ihm zu sagen habe, geht dich nichts an«, fügte Beau hinzu.

»Dad, das ist so peinlich. Ich bin schon groß und kann selbst entscheiden, mit wem ich ausgehe.«

»Daisy!«, knurrte er.

Sie sah Trevin in die Augen. »Komm zu mir, wenn mein Dad damit fertig ist, dir einen Vortrag zu halten.«

Als sie außer Hörweite war, zog Beau ihn beiseite. »Hör mal, nur weil meine Tochter dich in diesem Video geküsst hat, bedeutet das noch gar nichts.«

»Ich werde ihr nicht wehtun, Beau.« Trevin wich leicht vor ihm zurück. Verdammt. Er hatte Beau noch nie so angespannt erlebt.

»Das behauptest du. Aber das heißt nicht, dass es nicht passieren kann.«

»Daisy ist gerade nicht auf der Suche nach einer Beziehung, das hat sie sehr deutlich gemacht. Es wäre unfair, ihr nicht zu erlauben, mit uns abzuhängen, während sie hier ist, denn dann wird das ein sehr langweiliger Sommer für sie. Ich meine, du hast sie auf die Tournee mitgenommen, damit sie Spaß hat und um sie dafür zu entschädigen, dass du sie sonst nie siehst, stimmt's?«

»Natürlich, aber ich habe nicht damit gerechnet, dass sie sich mit euch Jungs so gut versteht.«

»Vertrau mir, Beau. Du kennst mich schon seit zwei Jahren.« Diese ganze Sache würde abrupt beendet sein, wenn Beau Daisy verbot, Zeit mit ihm zu verbringen. Es wäre ätzend. Richtig ätzend.

»Ja, das tue ich. Du bist ein anständiger Junge.«

»Aber nicht anständig genug für deine Tochter?« Trevin bohrte die Spitze seines Schuhs in den Sand. Vielleicht war es das. Vielleicht war Beau seinem Dad ähnlicher, als er gedacht hatte. Denn zu Hause war nichts, das er tat, je gut genug für seinen Dad.

»Nein, das habe ich nicht gemeint. Es ist nur so, dass du nicht viel da sein wirst, mit deiner Karriere, die gerade durchstartet. Und das bedeutet, dass du Daisy am Ende im Stich lassen wirst. Ich will nicht, dass sie verletzt wird. Das habe ich im Laufe der Jahre oft genug selbst getan.«

»Ich würde mir Zeit für sie nehmen. Das schwöre ich. Aber wie gesagt, im Moment sind wir nur Freunde. Und es wird vielleicht auch nie mehr daraus werden.«

Beau lenkte ein. »Sei einfach vorsichtig mit ihr. Sie hat einige harte Jahre hinter sich. Das war zum Teil meine Schuld, weil ich nie da war. Und dann ist noch ihr Großvater gestorben. Ich bin mir einfach nicht sicher, ob sie schon für so etwas wie das hier bereit ist.«

Trevin nickte und folgte Beau zurück zu dem SUV. Vielleicht hatte Beau recht, vielleicht war dies keine gute Idee. Das Problem war, dass es inzwischen zu spät für einen Rückzieher war. Ihm widerstrebte die Vorstellung, Daisy nicht um sich zu haben. Er musste einfach besser sein, als Beau es im Laufe der Jahre gewesen war. Er würde Wege finden, um sie zu sehen. Er würde sie nicht enttäuschen. Er würde dafür sorgen, dass es funktionierte.

Daisy saß auf einer Bank in der Nähe der Strandpromenade und wartete darauf, dass die Jungen in den Wagen stiegen. Sie stützte den Kopf in die Hände. Mist. Was sollte sie tun? Trevin wirkte so aufrichtig. Dieser blöde Kuss hatte alles geändert. Wie sie sich dabei gefühlt hatte – als würde sie schmelzen und er wäre der Einzige, der sie festhalten konnte.

Sie konnte sich gut vorstellen, was ihr Dad zu ihm gesagt hatte. Okay, sie musste sich zusammenreißen. Sie saß hier den ganzen Sommer mit dem Jungen fest, der ihr das Herz gebrochen hatte. Und er wollte mit ihr zusammen sein. Das war genau das, worauf sie gewartet hatte. Die Chance, ihn zu ködern, zu fangen und zu erledigen.

Warum also kam ihr das jetzt so niederträchtig vor? Sie musste mit Lena telefonieren, um wieder auf Kurs zu kommen. Als sie ihr Handy herausholte und Lenas Nummer wählen wollte, klingelte es.

Es war ihre Mom.

»Hey«, antwortete sie.

»Daisy, oh, Schätzchen, es tut so gut, deine Stimme zu hören. Wie läuft es denn so? Magst du die Jungen? Amüsierst du dich?«

Daisy stieß ein halbherziges Lachen aus. »Immer mit der Ruhe, Himmel, es ist doch erst ein paar Tage her, dass wir miteinander geredet haben.«

»Ich weiß, ich vermisse dich bloß.«

»Es läuft alles gut. Wir sind heute in Miami und stell dir vor, ich durfte in einem Musikvideo mitspielen.«

»Was? Ist nicht wahr, Schätzchen, das ist ja toll.«

»Ja, und Trevin Jacobs musste mich küssen.« Okay, vielleicht hätte sie diesen Teil auslassen sollen, aber sie wollte jemandem davon erzählen.

»Nein«, sagte ihre Mom am anderen Ende der Leitung. »Nimmst du mich auf den Arm?«

»Ähm, ganz und gar nicht. Du kannst Dad fragen, wenn du mir nicht glaubst.«

»Ist alles in Ordnung mit dir und diesem Jungen? Hat er sich dafür entschuldigt, dass er dich versetzt hat? Wenn dir das Ganze zu viel wird, kann ich versuchen, früher zurückzukommen.«

Daisy zog mit den Fingern eine Spur durch den Sand. »Nein. Er hat sich nicht mal an mich erinnert. Und hör auf, dir Sorgen zu machen, ich bin nur für den Sommer hier, nicht für die Ewigkeit. Außerdem war dieser Kuss gar nicht so übel.« Sie seufzte und wusste, dass sie das Thema wechseln sollte. »Also, erzähl mir, wo du bisher gewesen bist.«

»Wir waren gestern in Rom. Der Trevi-Brunnen hätte dir gefallen. Und dann waren wir im Vatikan. Ach, ich kann nicht glauben, dass ich wirklich hier bin. Es ist wie ein Traum.«

»Es freut mich, dass du Spaß hast. Du hast den Urlaub dringend gebraucht.« Trotzdem spürte sie einen Stich. Schon der Klang ihrer Stimme ließ sie ihre Mom noch mehr vermissen. Sie waren noch nie so lange voneinander getrennt gewesen.

Im Hintergrund hörte sie eine Männerstimme. »Oh, Rick, ich meine, Dr. Bradley, lässt dich grüßen.«

Sie beobachtete, wie eine Möwe in die Wellen tauchte. »Grüß ihn von mir zurück.«

»Hör mal, Süße, hier wird es langsam ziemlich spät, ich sollte dich mal gehen lassen. Ich werde bald wieder versuchen, dich zu erreichen, okay? Aber falls du irgendetwas brauchst, kannst du mich Tag und Nacht anrufen.«

»Das mache ich, Mom, hab dich lieb.« Ihre Stimme brach.

»Hab dich auch lieb!«

Daisy legte auf. Ihr Blick wanderte am Ufer entlang. Es würde wahrscheinlich nicht lange dauern, bevor Rick ihrer Mom einen Antrag machte. Sie hatten sich in letzter Zeit viel gesehen. Und das erschreckte Daisy, denn es bedeutete, dass ihr vielleicht eine weitere Person genommen werden würde. Daisy und ihre Mom hatten sich immer nahegestanden, aber ihr war aufgefallen, dass ihre Mom anfing, immer mehr Dinge mit Rick zu planen, was dazu führte, dass sie weniger oft zu Hause war. Nicht, dass sie ihrer Mom dieses Glück nicht gönnte, aber sie war daran gewöhnt, mit ihr allein zu sein. Sie hoffte, dass Rick warten würde, bis sie ihren Schulabschluss hatte, ehe er mit einem Antrag herausrückte, da sie dann wenigstens schon im College sein würde.

Sie sollte dringend ihr Gehirn abschalten. Sie hatte schon genug Sorgen, auch ohne die Aussicht auf einen künftigen Stiefvater.

Aus der Ferne sah sie ihren Dad winken und ihr signalisieren, dass es Zeit zum Aufbruch war.

Als sie den Wagen erreichte, war praktischerweise ein Platz direkt neben Trevin auf der Rückbank frei. Daisy zögerte kurz, dann beschloss sie, dass sie es machen sollte. Ihr Plan würde nur funktionieren, wenn sie aufs Ganze ging. Sie kletterte über Miles hinweg und rutschte auf den Sitz neben Trevin.

Sein nacktes Knie streifte ihr Bein und eine warme Glut durchströmte sie. Sie hob den Kopf, bis ihre Blicke sich trafen, dann schluckte sie hörbar und lehnte sich dichter an ihn. *Bitte, mach, dass ich das nicht bereue.*

»Ich hatte Zeit, darüber nachzudenken, was du vorhin gesagt hast«, flüsterte sie.

»Und hast du eine Entscheidung getroffen?«

»Ja.«

»Ja?« Trevin zog eine Augenbraue hoch.

»Ich will dich besser kennenlernen. Du hast mit allem recht. Manchmal muss man einfach ein Risiko eingehen«, fügte Daisy hinzu. *Und hoffen, dass man nicht den größten Fehler seines Lebens macht.*

»Bist du dir sicher?«

Nicht wirklich. Aber sie zwang sich zu einem Lächeln. Es war die einzige Möglichkeit, ihm jemals so nahe zu kommen, dass sie ihm wehtun konnte. Es bedeutete, im Gegenzug auch sich selbst verletzbar zu machen. Warum fühlte sie sich trotzdem so mies deswegen?

»Ich bin mir sicher. Na ja, solange du meinst, du wirst mit meinem Dad fertig.«

»Hey, mein letztes Gespräch mit ihm habe ich doch auch überlebt, oder? Überlass ihn einfach mir.« Trevin verschränkte seine Finger mit ihren und drückte sie. »Ich verspreche, du wirst es nicht bereuen.«

Aber *er* würde es vielleicht bereuen. Daisy tat so, als bemerke sie ihren rasenden Puls nicht, als er ihr über den Handrücken strich. Alles würde gut gehen. Das hoffte sie jedenfalls. Sie musste sich nur auf das Ziel konzentrieren und daran denken, dass sie das alles tat, um ihre Selbstachtung wiederzubekommen. Und der Welt zu zeigen, dass mit Daisy Morris nicht zu spaßen war.

Kapitel 10

Als Trevin mit dem Gewichtheben fertig war, wandte er sich Miles und Will zu. »Meint ihr, ihr könntet mir für ein Weilchen Rückendeckung geben?«

Miles wischte sich mit einem Handtuch Schweiß vom Gesicht. »Warum, was ist los?«

»Ich wollte mit Daisy Mittagessen gehen. Ein paar Straßen weiter gibt es ein tolles koreanisches Restaurant.« Trevin griff sich seine Wasserflasche und nahm einen Schluck.

»Ich bin hier und werde mit Aimee telefonieren, bis wir bei der Probe gebraucht werden«, antwortete Miles. »Falls irgendjemand nach dir suchen kommt, sage ich ihm, du liest oder schläfst oder so was.«

»Du hast was gut bei mir.«

»Nein, hab ich nicht, wir sind dann einfach quitt. Oder hast du vergessen, wie du mir Deckung gegeben hast, als ich Aimee im *The One* hatte?«

Trevin lachte, als er an den Zwischenfall von damals dachte. »Danke, Bro.«

»Wenn du willst, kann ich mit dir zusammen losgehen«, schlug Will vor. »Dann kannst du behaupten, du wärest die ganze Zeit mit mir zusammen gewesen. Ich erledige einfach ein paar Einkäufe, bis ihr mit dem Essen fertig seid. Ich kann DeMarcus bitten, mich im Auge zu behalten.«

»Du glaubst aber nicht, dass er zu Beau etwas sagen wird, oder?« Trevin folgte den Jungen aus dem Fitnessraum. DeMarcus war einer von Beaus Männern; auf keinen Fall durfte Beau erfahren, dass Trevin sich mit Daisy hinausgeschlichen hatte. Verdammt, warum war er plötzlich so nervös? *Wahrscheinlich weil du gleich die Regeln brechen wirst, und das für ein Mädchen.*

»Nö, er weiß, dass wir manchmal unsere Privatsphäre brauchen. Himmel, er hat mir auch schon ein paar Mal geholfen wegzukommen.« Will zwinkerte. »Du bist nicht der Einzige, der Geheimnisse hat.«

Das wusste Trevin nur zu gut. Schließlich half er Will seit einiger Zeit, sein Geheimnis zu bewahren. Aber im Moment hatte er andere Sorgen.

Als sie ihr Zimmer erreichten, duschte Trevin schnell, schnappte sich eine seiner Verkleidungen und schob sie in seinen Rucksack. »Ich geh mal eben schnell zu Daisys Zimmer. Bin gleich wieder da.«

»Ich bin auch gleich so weit.« Will setzte sich eine Baseballkappe auf und griff sich eine lächerlich große Sonnenbrille.

Trevin verließ sein Zimmer und ging durch den Flur. Als er zu Daisys Zimmer kam, holte er tief Luft und versuchte, das Zittern seiner Hände zu ignorieren. *Okay, du schaffst das. Du bist Trevin Jacobs. Aber was ist, wenn sie nicht gehen will? Oder was ist, wenn sie nur wegen ihres Dads nett zu dir war?* Nach einigen weiteren panischen Sekunden klopfte er an.

Die Tür flog auf und Daisy stand dort in abgeschnittenen Shorts und einer Carmenbluse. »Hey, was machst du hier?«

»Ich wollte wissen, ob du mit mir zu Mittag essen willst.« Sein Blick wanderte über ihre schmale Gestalt. Gott, war sie schön.

Sie schaute über ihre Schulter. »Kannst du kurz warten? Mein Dad ist da und holt gerade weitschweifig aus, dass ich Zeit mit ihm verbringen soll.«

»Da habe ich vielleicht eine Idee. Warte mal eine Sekunde.« Er trat in den Flur, griff nach seinem Telefon und wählte Wills Nummer.

»Was liegt an?«, fragte Will, als er den Anruf entgegennahm.

»Planänderung. Kannst du Beau irgendwie erzählen, dass du einkaufen gehen willst und er dich begleiten soll? Er wird Daisy nicht allein lassen, wenn er nicht arbeiten muss.«

»Klar, ich kann ihm sagen, dass ich etwas für den Geburtstag meiner Mom besorgen muss und dass ich es nur im Einkaufszentrum bekommen kann. Was bedeutet, dass ich aufwändigere Security-Maßnahmen brauche.«

»Danke, Mann. Und würdest du mir noch einen anderen Gefallen tun?«

»Natürlich.«

»Kannst du meine Gitarre für mich woanders hinbringen, wenn ich dir die Adresse gebe?«

»Ja, das lässt sich machen. Ich hole mir nur schnell Stift und Papier.«

Trevin hörte zu, wie er herumstöberte, bevor er wieder an den Apparat kam. »Okay, ich bin so weit.«

Er rasselte die Adresse herunter. »Noch mal danke. Ich glaube nicht, dass ich das ohne dich geschafft hätte.«

»Kein Problem. Du würdest das Gleiche für mich tun«, sagte Will.

Nachdem er aufgelegt hatte, ging Trevin zurück zu Daisys Tür. »Komm in mein Zimmer, wenn dein Dad weg ist.«

»Woher weißt du, dass er gehen wird?« Daisy warf ihm einen argwöhnischen Blick zu.

»Vertrau mir.«

Er ging zurück in sein Zimmer und setzte sich hin, um fernzusehen, während er darauf wartete, dass Beau und DeMarcus kamen, um Will abzuholen, der im Moment in Trevins und Miles' Suite herumhing.

Beau sah ihn an, als er hereinkam. »Was machst du heute?«

Trevin zuckte die Achseln. »Ich hänge vielleicht am Pool ab oder versuche, vor unserer Show heute Abend noch eine Mütze voll Schlaf zu ergattern.« Er tat so, als gähne er, und räkelte sich auf dem Sofa.

Beau nickte. »Geh nirgendwo ohne Leibwächter hin. James, Matthew, Chase und Barrett sind noch hier, falls du eine Eskorte brauchst.«

»Werde ich nicht. Aber danke. Viel Spaß, Will.« Er winkte und hoffte, dass Beau ihn nicht durchschaute. Er wollte ihn nicht verärgern, aber er wollte unbedingt ein bisschen Zeit mit Daisy verbringen.

»Ja, dir auch.«

Kurz nachdem sie gegangen waren, erklang ein leises Klopfen. Trevin eilte zur Tür und fand Daisy dort.

»Ich verkleide mich nur schnell, dann können wir los«, sagte Trevin.

»Und wo genau gehen wir hin?«

»Das ist eine Überraschung.« Eine, von der er hoffte, dass sie ihr gefallen würde. Er hatte viel darüber nachgedacht.

»Du weißt, wenn mein Dad herausfindet, dass wir ihn belogen haben, werde ich wahrscheinlich Stubenarrest bekommen.«

»Er wird es nicht herausfinden, versprochen. Außerdem, wie soll ich dich besser kennenlernen, wenn wir nie was zusammen unternehmen?« Er lächelte und nahm ihre Hand in seine. Zu seiner Überraschung versuchte Daisy nicht, sie wegzuziehen. Trevin fand es herrlich, wie perfekt ihre Hand in seine passte. Ihre glatte Haut berührte seine.

»Du hast recht.«

Sie gingen nach unten und schlichen sich durch eine Hintertür hinaus. Trevin schaute auf sein Telefon und folgte der Karte in der GPS-App. Schon bald erreichten sie das Restaurant.

»Du hast gesagt, dass du gern koreanisch isst, und ich

vermisse das Essen meiner Mom, deshalb dachte ich, es wäre nett, hier herzukommen.«

Daisy folgte ihm ins Restaurant. Am Eingang begrüßte sie eine Empfangsdame. »Ich habe einen ruhigen Tisch etwas abseits reserviert«, sagte Trevin.

»Ah, ja, kommen Sie mit nach hinten.« Die Frau führte sie in eine dunkle Sitzecke und reichte ihnen Speisekarten.

Sobald sie saßen, ließ Trevin den Blick über die Speisekarte wandern. »Hast du schon mal *Gogigui* probiert?«

»Nein, ich bestelle normalerweise Kimchi-Eintopf. Aber ich bin bereit, alles auszuprobieren, na ja, innerhalb vernünftiger Grenzen«, antwortete Daisy.

»*Gogigui* ist im Wesentlichen gegrilltes Fleisch auf koreanische Art.«

»So was wie ein Grillhähnchen?« Sie zog eine Augenbraue hoch.

»Ähm, nein.« Er lachte. »Meine Mom mariniert das Fleisch in Sojasoße, Knoblauch, Peperoni und Chili-Paste, dann wickelt man es in Salatblätter.«

»Ich bin dabei.«

Die Art, wie sie sich auf seine Kultur einließ, freute ihn enorm. Die meisten Mädchen hätten nicht einmal darüber nachgedacht, wie sehr ihm sein koreanisches Erbe am Herzen lag. Sie interessierten sich nur für Trevin, den Sänger, nicht für Trevin, den Menschen.

Als die Kellnerin kam, bestellte Trevin für sie beide.

»Und fliegt deine Familie oft nach Korea?«

»Nein. Ich bin nur zweimal dort gewesen, seit ich ein Kind war. Wir haben meine Großtante in Seoul besucht.

Aber meine Mom versucht, viele der Traditionen am Leben zu erhalten.«

»Wie haben deine Eltern sich kennengelernt?«, fragte Daisy, die mit ihrer Serviette spielte.

»Die Familie meiner Mom hat eine Änderungsschneiderei aufgemacht, als sie in die USA kam. Mein Dad musste sich damals eine Hose für die Hochzeit seines Bruders enger machen lassen. Also ist er dort hingegangen, und meine Mom hat ihn bedient. Den beiden zufolge war es Liebe auf den ersten Blick.«

»Wirklich?«

»Ja. Eine geschlagene Woche lang brachte mein Dad immer wieder verschiedene Hosen in den Laden und versuchte, den Mut aufzubringen, meine Mom um ein Date zu bitten. Und, na ja, schließlich hat er es getan. Sie sind jetzt seit fünfundzwanzig Jahren verheiratet. Habe ich erwähnt, dass sie eine Farm besitzen?«

»Sie besitzen eine Farm? Aber ich dachte ...«

»Siehst du, du weißt nicht alles über mich.« Er grinste. »Ich bin nicht irgend so ein reicher Junge, zumindest bin ich nicht so aufgewachsen. Ich hatte Pflichten und mein Dad war ziemlich streng mit mir.« Er sah sie an. »Also, hasst du mich immer noch?«

»Nein, ich war einverstanden, dir eine Chance zu geben. Bring mich nicht dazu, es zu bereuen.« Daisy spähte zu ihm herüber, und ihr Gesicht nahm eine hübsche Schattierung von Flamingorosa an.

»Ich bin froh darüber.« Sie allein auszuführen, war auf jeden Fall eine großartige Idee gewesen. Trevin wollte, dass sie ihn so kennenlernte, wie er wirklich war. Dass sie wusste, woher er kam. Seine Familie war ihm wichtig, und irgendwie wollte er, dass auch sie ihm wichtig war.

Daisy löffelte etwas von dem Fleisch und der Chili-Paste auf ein Salatblatt. Trevin hatte jedenfalls einen großartigen Geschmack, was Essen betraf. Selbst mit seiner blonden Perücke war er süß. Nicht, dass sie es bemerkt hätte oder so was. Es gefiel ihr, von seiner Familie und seinen Reisen nach Seoul zu hören. Er wirkte so lebhaft, wenn er von seiner Familie erzählte, besonders von seinen Geschwistern.

»Was ist mit dir? Was machst du zu Hause in deiner Freizeit?« Trevin wischte sich mit einer Serviette den Mund ab.

»Ich arbeite in einem Plattenladen. Den Laden hat vor Jahren ein Freund meines Grandpas aufgemacht. Er hat mir einen Job angeboten, als ich fünfzehn wurde. Es ist cool, sich alte Musik anzuhören. Sachen, die die Leute vergessen haben oder von denen sie noch nie auch nur gehört haben.«

»Kaufen da viele Leute?«

»Ja, es kommen eine Menge Sammler. Und jeden Sommer laden wir verschiedene Bands für eine Reihe von Picnic-in-the-Park-Konzerten ein, wo die Gruppen und Bands im Freien spielen. Die Hälfte der Erlöse wird der Gemeinde gespendet.« Sie zeichnete die Holzmaserung der Tischplatte nach. »Mein Grandpa hat mich jedes Jahr dort mit hingenommen. Wir saßen auf einer Decke, hörten Musik und aßen Hühnchen-Sandwiches und Apfelkuchen.«

»Du vermisst ihn sicher sehr.« Trevin griff nach ihrer Hand.

»Ja. Er hat mich mit so vielen Dingen bekannt gemacht. Nicht nur, was Musik betrifft, sondern das Leben an sich. Meine Mom hat viel gearbeitet, um über die Runden zu kommen, und wie du weißt, war mein Dad nicht oft da. Also hat er mich unter seine Fittiche genommen. Manchmal war ich mit im Haus seines Freundes Slim, wenn sie Musik spielten, bei anderen Gelegenheiten hat er mich in die Bibliothek mitgenommen, wenn dort für die Kinder Vorlesestunde war. Er war immer für mich da. Er war die eine Konstante in meinem Leben, als alles andere auseinanderfiel. Aber er ist gestorben.« Warum fiel es ihr so schwer, diesen Erinnerungen Raum zu geben? Der Schmerz hörte niemals auf. Er war immer da, dicht unter der Oberfläche, und erstickte ihr Glück. Wenn sie an ihren Großvater dachte, fiel ihr das Atmen schwer.

»Daisy, er ist nicht wirklich tot, weißt du.«

Tränen stiegen ihr in die Augen und sie starrte ihn an. »Doch, ist er.«

»Nein. Nicht, wenn du die Erinnerung an ihn am Leben erhältst.«

Trevin stand auf und rutschte neben sie auf die Bank. Sein Rasierwasser hing in der Luft. Er breitete die Arme aus und sie ließ sich von ihm umarmen. Zum ersten Mal seit langer Zeit hatte sie das Gefühl, jemandem etwas zu bedeuten. Seine Umarmung schien sie gegen alles andere abzuschirmen. Der Klang seines Herzschlags an ihrem Ohr blendete den Rest der Welt aus. Er strich ihr über die Haare. Sie kuschelte sich enger an ihn und genoss das Gefühl der Sicherheit, das er ihr gab. Als würde er nicht zulassen, dass ihr irgendetwas geschah.

»*Sch*, es ist alles gut, ich bin hier. Ich verspreche, dass ich nirgendwo hingehe.«

»Warum bist du so nett zu mir, nachdem ich dich so mies behandelt habe?« Sie schniefte und wischte sich das Gesicht mit den Handrücken ab.

»Ich dachte, das wäre offensichtlich.« Er drückte ihr Kinn hoch, bis sie zu ihm aufschaute. »Ich habe dir gesagt, dass ich dich mag und dich besser kennenlernen will. Das war nicht bloß ein Spruch.«

»Woher weiß ich, dass du es nicht nur so sagst?« Ein nervöses Kribbeln begann in ihren Zehen und tänzelte ihren Körper hinauf.

»Du kannst es nicht wissen, aber du musst den Menschen eine Chance geben.«

Sie sah ihn lange an. Die Sache war die, wenn man Menschen eine Chance gab, lernten sie, wie sie einen zerbrechen konnten. Sie konnten einem in einem einzigen Augenblick alles wegnehmen. Und sie war sich nicht sicher, ob sie bereit war, sich dem auszusetzen. Nicht jetzt. Nicht später. Man brauchte sich nur anzusehen, was geschehen war, als sie beschlossen hatte, ihrem Dad eine weitere Chance zu geben. Er hatte versprochen, sie in den Weihnachtsferien zu sich zu holen. Er hatte gesagt, er würde oben im Norden ein Hotelzimmer mieten und mit ihr Ski fahren, nur sie beide, um verlorene Zeit wiedergutzumachen. Dann hatte er plötzlich ganz viel zu tun gehabt und war nie aufgetaucht. Er hatte sich nicht einmal die Mühe gemacht anzurufen, um ihr abzusagen, bevor sie an jenem Abend ins Bett gegangen war. Er hatte nur mit ihrer Mom gesprochen und sich bei Daisy nicht einmal entschuldigt – na ja, zumindest nicht, bis er sie am Flughafen gesehen hatte, Monate, nachdem das geschehen war. Also ja, sie vertraute Männern wirklich nicht.

»Wir sollten wahrscheinlich zurückgehen«, murmelte Daisy.

»Ehrlich gesagt wollte ich dich fragen, ob du vorher vielleicht einen kurzen Spaziergang am Strand mit mir machen würdest. Ich habe da etwas vorbereitet.«

Eine prickelnde Aufregung erfasste sie. Was für eine Art von Überraschung hatte er geplant? Sie musste ruhig bleiben. Cool tun. »Jemand könnte dich erkennen.«

Er stand auf und zog Daisy mit sich von der Sitzbank. »Niemand wird mich erkennen, versprochen. Es ist nur so, ich bekomme fast nie das Meer zu sehen und in Ruhe zu genießen. Jedenfalls nicht ohne einen Haufen Leute um mich herum.«

»Okay, aber wir sollten besser die Zeit im Auge behalten, damit du zurück bist, bevor eure Show anfängt.«

»Jetzt klingst du schon wie LJ«, zog er sie auf.

Sie lächelte und verschränkte ihre Finger mit seinen, als sie das Restaurant verließen und durch die Stadt gingen. Wenn ihr Dad herausfand, dass sie ihn belogen hatte, war sie so gut wie tot. Aber bisher war dieses Date es wert gewesen. Außerdem würde es Dad vielleicht ganz gut tun zu sehen, wie rebellisch eine Tochter im Teenageralter sein konnte.

Kapitel 11

Nasser Sand quoll zwischen Trevins Zehen hervor, als er mit Daisy den Strand entlangging. Er war froh, dass die Familie seines Kumpels Adrian hier unten ein Ferienhaus hatte. Sie hatten ihm die Erlaubnis gegeben, für ein paar Stunden ihr Grundstück zu betreten. Wenn er mehr Zeit gehabt hätte, das Ganze zu planen, hätte er einfach das Mittagessen dorthin liefern lassen, aber so würde es ebenfalls funktionieren. Das warme Wasser brandete gegen seine und Daisys Füße und ließ ihre Fußabdrücke wenige Augenblicke, nachdem sie entstanden waren, wieder verschwinden. Die Luft roch nach Salz, und Trevin atmete tief ein.

Er schloss die Augen und lauschte den Möwen am Himmel. Ihre Rufe und der Rhythmus der Wellen, die ans Ufer schwappten, entspannten ihn. So bei sich war er schon seit einer Ewigkeit nicht mehr gewesen. Er blieb stehen und Daisy warf ihm einen kurzen Blick zu.

»Hörst du das?«, fragte er.

»Was?«

»Das Meer. Es ist so beruhigend. Wenn wir länger in Miami blieben, würde ich mir wahrscheinlich meine Gitarre schnappen und mich einige Tage hierher zurückziehen, einfach um zu komponieren.« Er seufzte. »Ich liebe es, Texte zu schreiben und zu komponieren. Das Problem ist, unsere Plattenfirma diktiert uns normalerweise, was veröffentlicht wird – sie wollen unser Image als Boyband wahren. Also singen wir hauptsächlich Teenie-Pop.«

»Könnte LJ sich nicht dafür einsetzen, dass ihr auf den Alben mehr von eurer Musik zeigen dürft?«

Er beugte sich vor, griff nach einem Stein und ließ ihn übers Wasser hüpfen. »LJ hat gesagt, es sei besser, keinen Wirbel zu machen, bis wir ein weiteres Album herausgebracht haben. Wenn wir weiter für ausverkaufte Stadien sorgen, werden sie eher bereit sein, einigen unserer Forderungen nachzugeben.«

»Aber haben sie nicht Ryder und Miles erlaubt, etliche der Songs selbst zu schreiben?«

»Ja, aber ich denke, das haben sie eher getan, weil sie Angst hatten, sie zu verlieren, und außerdem war auch das nicht wirklich die Art von Musik, die Miles und Ryder bevorzugen.« Trevin sah Daisy an. Ein plötzlicher Windstoß fegte ihr die Haare ins Gesicht. Er streckte die Hand aus und strich ihr die Strähnen hinter die Ohren. Sein Puls beschleunigte sich. Mehr als alles andere wollte er sie wieder küssen. Wollte ihre Lippen unter seinen spüren, so wie tags zuvor. Aber er wusste, wenn er sie ein zweites Mal küsste, würde er sie vielleicht nie mehr gehen lassen können. Außerdem wollte er noch etwas für sie tun. Dieses Etwas war der eigentliche Grund, warum er sie hierhergebracht hatte.

»Komm kurz mit, ich habe da was, das du dir anhören sollst.« Trevin führte sie auf die Terrasse, die sich um den ganzen hinteren Teil des Hauses zog. »Setz dich.« Er zeigte auf einen Liegestuhl.

»Was hast du vor?«

»Warte kurz, okay?« Er holte seine Akustikgitarre aus ihrem Koffer, der an einer der hölzernen Bänke lehnte, und stimmte das Instrument. Als er fertig war, räusperte er sich. »Ich habe ein bisschen mit dem Song deines Grandpas herumgespielt.«

»Echt jetzt?«

»Ja, der hat eine wirklich tolle Melodie. Und der Text ist wunderschön. Ich verstehe nicht, warum noch nie jemand versucht hat, davon ein Remake zu machen.«

Trevin schlug die Akkorde an und begann zu singen. Er beobachtete, wie Daisys Augen aufleuchteten, und ihm wurde ganz warm ums Herz. Ursprünglich hatte er gedacht, dies wäre vielleicht eine brauchbare Geste, um sie wegen der Wette für sich einzunehmen, aber als er sah, welche Wirkung seine Musik auf sie hatte, begriff er, dass er es für sie tat. Nicht nur, um gegen Ryder zu gewinnen. »*Hast du nicht gehört, ich hänge an dir fest, mein Herz schlägt nur für dich ...*«

Als er fertig war, sah sie ihn an, als würde sie ihn nicht wiedererkennen.

»Mir war gar nicht klar, wie gut du spielst.«

»Hat dir der Song gefallen?« Er legte die Gitarre zurück in den Koffer.

Daisy nickte und ihr traten Tränen in die Augen.

Er rückte näher an sie heran. »Es tut mir leid. Ich wollte dich nicht zum Weinen bringen.«

»Nein, es liegt nicht an dir. Ich vermisse ihn einfach, weißt du.«

Trevin strich ihr über die Wange und wischte ein paar Tränen weg, die sich von ihren Wimpern gelöst hatten.

Er schob ihr eine Haarsträhne aus dem Gesicht und zog sie an sich. Sie zitterte in seinen Armen und weinte, und er hielt sie einfach fest. »*Sch*, es ist okay«, flüsterte er leise.

Sie klammerte sich noch fester an ihn und er ließ sie gewähren. Sie fühlte sich gut an in seinen Armen. Weich. Warm. Perfekt. Er streichelte ihren Rücken und ihr nacktes Bein drückte gegen seines. Er strich ihr so sachte mit den Lippen über den Kopf, dass er nicht glaubte, sie würde es spüren. Aber sie sah mit ihren großen braunen Augen zu ihm auf, bis ihre Blicke sich trafen. Und in dem Moment erkannte er viel mehr, als ihm lieb war. Ihren Schmerz. Ihre Hoffnung. Ihr Vertrauen. Und es machte ihn völlig fertig.

Was zum Teufel tat er hier?

»Wir sollten wahrscheinlich bald zurückgehen, damit du keinen Ärger bekommst«, flüsterte Daisy. Ihre Wangen waren rosig, doch er hätte nicht zu sagen vermocht, ob es an seiner Nähe lag oder an der Sonne.

Er löste sich von ihr und schaute auf seine Armbanduhr. Mist. Es war fast eins. Wie hatte er so die Zeit vergessen können? Er riss sein Telefon heraus und wählte Miles' Nummer. Der Anruf landete direkt auf dem Anrufbeantworter, was bedeutete, dass Miles wahrscheinlich mit Aimee sprach. Will konnte er nicht anrufen, weil der mit Beau zusammen war, und er wollte auf keinen Fall Nathan in die Sache hineinziehen. Mit einem Stöhnen wählte er als Ryders Nummer.

»Was?«, meldete sich Ryder.

»Hör zu, Alter, ich bin ein wenig spät dran, kannst du alle irgendwie für mich hinhalten, bis ich eintreffe?« Trevin zog seine Schuhe an, dann drehte er sich um, fasste Daisy am Arm und zog sie mit einer Hand zur Strandpromenade, während er mit der anderen den Gitarrenkoffer hielt und versuchte, das Telefon mit der Schulter an sein Ohr zu drücken.

»Wo bist du?« Ryder klang belustigt.

»Ich war spazieren.« Trevin drückte mit dem Ellbogen den Knopf am Fußgängerübergang und wartete darauf, dass die Ampel grün wurde.

»Wohl nicht allein, vermute ich? Beau ist vor ungefähr fünfzehn Minuten zurückgekommen und sucht nach Daisy, die offenbar bei dir ist.«

»Die sind schon zurück?« Wie zum Kuckuck sollte er das erklären? Na toll, er hatte gerade Fortschritte bei Daisy gemacht, und nun hatte er es wahrscheinlich geschafft, dass sie für den Rest des Sommers Stubenarrest bekam.

»Jepp. Also, was soll ich ihnen sagen?«

»Keine Ahnung, erfinde irgendwas. Aber halte Daisy da raus, okay?«

»Kapiert. Oh, und übrigens, du stehst tief in meiner Schuld«, sagte Ryder. »Und denk nicht, dass ich dich in Sachen Wette vom Haken lasse.«

Trevin ließ Daisys Hand für eine Sekunde los, während er das Handy ausschaltete und es sich in die Tasche stopfte. Er warf ihr schnell einen Blick zu. Sein Herzschlag beschleunigte sich, und er hoffte, dass sie Ryders großmäulige Bemerkung nicht gehört hatte. Als sie nichts sagte, stieß er einen Seufzer der Erleichterung aus.

Daisy schlang ihm einen Arm um die Taille und hakte sich in einer Gürtelschlaufe ein, als sie über die Straße eilten.

»Steckst du in Schwierigkeiten?« Sie sah ihn von der Seite an, während sie den Gehweg entlang in Richtung Hotel liefen.

»Ryder gibt mir Deckung, aber ich schlage vor, dass wir den Hintereingang benutzen.« Er drückte ihre Hand. »Du solltest dir vielleicht eine gute Geschichte überlegen, weil dein Dad schon nach dir sucht.«

»Ich sage ihm, dass ich am Strand joggen war.« Daisy biss sich auf die Unterlippe.

»Ähm, ich bin mir nicht sicher, ob er dir das abkaufen wird.« Trevin betrachtete ihr Outfit. »Du bist nicht wirklich fürs Fitnessstudio oder Joggen angezogen.«

»Mist«, sagte sie, als sie den hinteren Parkplatz erreichten. Sie kniff die Augen zusammen und spähte zu Trevin auf. »Versprichst du, niemandem zu erzählen, was ich gleich mache?«

»Natürlich.« Er warf ihr einen neugierigen Blick zu.

»Nur damit du es weißt, ich mache solche Sachen normalerweise nicht.« Sie zog sich ihre Carmenbluse aus und entblößte ein weißes Tanktop. Als Nächstes schlüpfte sie aus ihren Shorts, bis sie nur noch in schwarzen Boyshort-Höschen dastand.

Trevin schnappte nach Luft. Heiliger Strohsack. Hatte sie eine Ahnung, was sie da mit ihm machte? Er bohrte sich die Fingernägel in die Handflächen, während sie sich die Schuhe von den Füßen schleuderte. »Du wirst nur in Unterwäsche bekleidet da reingehen?« Seine Stimme klang heiser.

»Mein Dad wird den Unterschied nicht bemerken; ich sage ihm, es wären meine Volleyball-Shorts. Kannst du meine übrigen Klamotten in deinen Rucksack stopfen?« Sie wurde rot im Gesicht, und die Röte kroch ihren Hals hinunter.

Trevins Blick wanderte ihre glatten weißen Beine entlang, als sie sich bückte, um ihre Schuhe aufzuheben. Verdammt. Er musste aufhören, sie anzustarren, bevor er noch auf die Idee kam, seine Bandkameraden zu versetzen und Daisy auf sein Zimmer zu zerren. Er wandte den Blick ab, nahm ihre Kleider entgegen und zwängte sie in seine Tasche, die er sich über die Schulter warf.

Sie schlichen sich durch die Hintertür hinein. Ein Stück entfernt sah Trevin LJ im Flur auf und ab gehen und auf seine Uhr schauen.

»Verdammt. Überlass das Reden einfach mir. Du solltest gleich in diesen Aufzug springen und direkt in dein Zimmer rauffahren«, sagte Trevin.

»Was ist mit dir?«

»Ich werde LJ erzählen, ich wäre irgendwo hier in einem abgeschiedenen Bereich gewesen und hätte komponiert und jedes Zeitgefühl verloren.« Was keine totale Lüge war, er hatte immerhin Gitarre gespielt.

»Aber ich dachte, Ryder wollte sich eine Entschuldigung für dich ausdenken?« Daisy runzelte die Stirn.

»Keine Sorge, ich regele das schon, okay?« Er drückte kurz ihre nackte Schulter und entfernte sich eilig den Flur entlang.

LJ schaute abermals auf seine Armbanduhr, dann sah Trevin auf sich zukommen. »Du bist spät dran. Wo zum Teufel bist du gewesen?«

Ryder kam herbeigeeilt. »Hey, hast du den Song fertig bekommen?« Er deutete auf Trevins Gitarre.

»Ja, aber ich brauche vielleicht noch ein wenig Hilfe beim letzten Vers. Ich bin mir nicht sicher, ob der Text funktioniert oder nicht.« Trevin formte mit den Lippen die Worte: *Danke, Bro.*

Ryder grinste. »Kein Problem, vielleicht können wir heute Abend im Bus daran arbeiten.«

»Ich dachte, du hättest gesagt, du wüsstest nicht, wo er war.« LJ verschränkte die Arme vor der Brust und starrte Ryder finster an.

»Hör mal, er brauchte ein bisschen Zeit für sich, um diesen Song fertig zu bekommen. Und ehrlich gesagt hatte ich vergessen, wo er zum Schreiben hinwollte. Aber Himmel, er ist ja wieder da. Können wir jetzt einfach in die Busse steigen und zum Stadion fahren?«

»Na schön. Aber gib beim nächsten Mal Beau oder mir Bescheid, wo zum Teufel du sein wirst. Wobei mir etwas einfällt. Hast du seine Tochter gesehen?«

»Nein, nicht seit heute Morgen.«

»Okay, tja, dann sammle mal dein Zeug zusammen, wir müssen los.« LJ beäugte ihn, als versuche er, eine Lüge aufzuspüren, aber die Antwort musste ihn zufriedengestellt haben, denn er eilte los, den Flur entlang, und telefonierte bereits, um allen mitzuteilen, dass Trevin sich eingefunden hatte. Das war knapp gewesen. Ein bisschen zu knapp.

»Danke, dass du mich gerettet hast.«

»Lass das nicht zur Gewohnheit werden«, sagte Ryder. »Ich will es mir wirklich nicht wieder mit LJ verderben.«

»Geht klar.«

Ryder schnaubte. »Warum nehme ich dir das nicht ab? Und nur weil ich dir geholfen habe, heißt das nicht, dass unsere Wette vom Tisch ist.«

Trevin lächelte. Wette hin oder her, der heutige Tag mit Daisy war perfekt gewesen. Und er hoffte, dass er noch viel öfter die Chance bekam, Zeit mit ihr zu verbringen.

Als Daisy ihr Hotelzimmer erreichte, stand draußen ihr Dad und wartete auf sie. Er sah sie und biss die Zähne zusammen. »Wo warst du?«

»Ich war am Strand joggen ...« Sie schob sich an ihm vorbei, aber er hielt sie am Arm fest.

»Wo sind dann deine Schuhe?«

Sie versteifte sich. Mist. »Von meinen Tennisschuhen

bekomme ich Blasen, und Mom hatte noch kein Geld, um mir ein neues Paar zu kaufen, also bin ich barfuß gelaufen.« Daisy entzog ihm den Arm. »Darf ich jetzt nicht mal mehr Sport treiben?«

»Das ist nicht der Punkt. Du hast mir nicht gesagt, wo du hingehst. Ich war ganz krank vor Sorge um dich.« Er führte sie ins Zimmer.

Sie verspürte einen Anflug von schlechtem Gewissen. Aber es war schließlich nicht so, als hätte er sie noch nie belogen. Wie viele Versprechen hatte er im Laufe der Jahre gebrochen? »Hör mal, es tut mir leid. Ich hätte einen Zettel dalassen sollen oder so was. Ich habe mich einfach gelangweilt und wollte nicht den ganzen Tag im Zimmer rumsitzen.«

Ihr Dad seufzte. »Also schön, aber lass uns eine neue Grundregel aufstellen. Wenn du ausgehst, hinterlässt du mir wenigstens eine Nachricht oder rufst mich an oder tust sonst irgendwas, um mir mitzuteilen, wo du bist.«

»In Ordnung«, antwortete sie. Wow, er war nicht halb so streng, wie sie erwartet hatte. »Ich muss mich umziehen, bevor wir aufbrechen.«

»Dann lass ich dich jetzt machen.« Er schnappte sich seine Reisetasche vom Bett und stopfte seinen Rasierapparat hinein. »Trevin war nicht bei dir, oder?«

»Nein, ich hab ihn seit heute Morgen nicht mehr gesehen.« Daisy schnappte sich Kleider zum Wechseln und eilte ins Bad. Dafür würde sie in die Hölle kommen. Sie hasste es zu lügen und hatte ihre Mom noch nie belogen, aber ihrem Dad hatte sie kunstvolle Märchen aufgetischt, um sich mit Trevin wegschleichen zu können. Wenn ihr Dad dahinterkam, würde er Trevin wahrscheinlich sämtliche Knochen brechen. Sie lehnte sich an die Badezimmertür und schloss einen Moment die Augen. Was tat sie da nur?

Als Trevin den Song ihres Grandpas gespielt hatte, war sie überrumpelt gewesen. Die langsame, sanfte Melodie von seinen Lippen zu hören, hatte sie fast in die Knie gezwungen. Tränen stiegen ihr in die Augen und sie wischte sie weg. Warum machte er das alles jetzt? Er hatte seine Chance bei ihr gehabt und es vermasselt. Und sie war eigentlich nicht jemand, der anderen eine zweite Chance gab.

Vielleicht war es doch keine so tolle Idee, so zu tun, als würde sie Trevin mögen. Heute hatte er alle möglichen Gefühle in ihr geweckt. Bei dem bloßen Gedanken an den Strandspaziergang mit ihm wurde sie wieder ganz benommen. Verdammt. Trevin war ihr Kryptonit. Sie musste sich wieder auf den Schmerz besinnen, den sie empfunden hatte, als er sie im vergangenen Herbst versetzt hatte. Das sollte sie wachrütteln.

Seufzend zog sie Trevins Handy aus ihrem BH. Sie hatte fest damit gerechnet, dass er sie erwischen würde, als sie ihre Finger in seiner Gürtelschlaufe eingehakt hatte. Glücklicherweise hatten sie gerade die Straße überquert, um ins Hotel zurückzukehren, und er war abgelenkt gewesen. Sie legte das Handy auf die Badezimmerablage, dann holte sie ihr eigenes Telefon hervor.

Mit zitternden Händen wählte sie Lenas Nummer. Sie ging beim zweiten Klingeln dran.

»Oh mein Gott, ich habe seit zwei Tagen nichts mehr von dir gehört. Ist alles in Ordnung?«

»Oh ja. Trevin ist zweifellos an mir interessiert.«

»Das ist Wahnsinn. Siehst du? Ich wusste, dass du ihn dazu bringen könntest, sich in dich zu verlieben«, sagte Lena.

»Ja, es war einfacher, als ich erwartet hatte.« Daisy schlüpfte in eine saubere Shorts und klemmte sich ihr Handy zwischen Schulter und Wange.

»Warum klingst du dann nicht glücklicher?«, fragte Lena.

»Ich weiß auch nicht, vielleicht war dieser Racheplan doch keine so gute Idee.«

»Jetzt sag nicht, dass du dabei bist, dich in ihn zu verlieben. Versprich mir, dass du dich nicht wieder in die Gefahr begibst, von ihm verletzt zu werden.«

»Er ist viel netter, als ich dachte.« Daisy nahm ihre Zahnbürste, Zahnseide und ihr Deo von der Ablage. »Aber mach dir keine Sorgen, ich gebe mich nicht der Phantasie hin, dass Trevin und ich ein Happy End erleben werden. Ich meine, ich musste heute meinen Dad belügen, nur um mich mit ihm wegzuschleichen.« Aber sie konnte nicht leugnen, dass der heutige Tag großartig gewesen war. Am Strand zu sein, Trevins Hand zu halten, etwas Besonderes mit ihm zu teilen war so viel mehr gewesen, als sie erwartet hatte.

»Moment mal, du hast dich mit ihm weggeschlichen?«, kreischte Lena am anderen Ende der Leitung.

»Ja, aber ich hatte keine Wahl. Mein Dad hat einen

krassen Beschützerinstinkt entwickelt und erlaubt mir nicht, mit Trevin zusammen zu sein, es sei denn unter Bewachung.«

»Was es ihm schwer macht, sich in dich zu verlieben. Okay, ich kann verstehen, warum du das hinter dem Rücken deines Dads tun musstest. Sei einfach vorsichtig, Daisy. Verlier das Ziel nicht aus den Augen.«

»Das werde ich nicht. Ich wusste, dass ein Gespräch mit dir mich wieder auf Kurs bringen würde. Seit er mich gestern geküsst hat, bin ich etwas von der Rolle.«

»Moment mal, zurückspulen!«, rief Lena. »Er hat dich geküsst?«

»Na ja, nicht wirklich; ich habe in ihrem Musikvideo mitgemacht. Lange Geschichte. Aber ja, wir mussten uns küssen.«

»Oh Gott, wie war es?«

Daisy zögerte. Die Sache war die: Der Kuss war episch gewesen, Disney-World-feuerwerksmäßig episch. Sie war von ihren Gefühlen überwältigt gewesen. Und diese Gefühle sollte sie gar nicht haben. Trevin war der Feind. Er war ein Herzensbrecher. Himmel, er war mehr als das, er war der König der Herzensbrecher. Wenn sie sich gestattete, sich in ihn zu verlieben, dann würde sie nur enttäuscht werden. Denn wahre Liebe gab es nicht. Das Einzige, was Männer gut hinbekamen, war abzuhauen. Die vielen Abschiede und die Male, die sie gewartet hatte und ihr Dad nicht aufgetaucht war, waren Beweis genug.

»Daisy?«, unterbrach Lena ihre Gedanken.

»Tut mir leid, ich versuche zu packen, während ich

telefoniere. Die Jungs haben heute Abend hier in Miami ein Konzert und danach fahren wir direkt weiter.«

»Und, der Kuss?«

»Es war schön. Er weiß jedenfalls, was er tut.«

»Ich kann nicht glauben, dass Trevin Jacobs dir deinen ersten Kuss stehlen durfte. Was für ein Pech ist das denn?«

»Es ist in Ordnung. Wenigstens werde ich nicht mehr die Einzige in der Stufe sein, die noch nie geküsst wurde.«

»Stimmt. Also, was ist der nächste Schritt deines Racheplans?«

»Tja, es hat sich so ergeben, dass ich Trevin sein Handy gemopst habe, als ich heute mit ihm zusammen war. Und ich glaube, ich werde seine Social-Media-Apps öffnen und alle bitten, heute Abend Höschen zu dem Konzert mitzubringen und auf die Bühne zu werfen.« Daisy zog sich eine Bürste durchs Haar und warf dann ihre Kosmetikartikel in ihre Handtasche. »Oder denkst du, das ist zu viel? Ich meine, vielleicht muss ich ja nicht total übertreiben. Ich könnte ihm einfach sein Telefon zurückgeben und behaupten, er hätte es während unseres Spaziergangs fallen gelassen.«

»Nein. Auf keinen Fall. Sieh dir an, wie weit du schon gekommen bist! Du hast bereits sein Telefon, jetzt musst du die Sache durchziehen. Außerdem ist dieser Plan super krass.«

Daisy runzelte die Stirn. Lena hatte recht. Sie konnte nicht einfach ihren ganzen Plan sausen lassen, nur weil Trevin nett zu ihr gewesen war, oder? »Du hast recht. Vergiss, was ich gesagt habe.« Daisy zeichnete die Holzmaserung der Badezimmertür nach. »Wenn du seine neuen Posts siehst, dann hilf fleißig mit, sie weiterzuverbreiten.«

»Ich bin bereit. Mädchen, du bist so hinterhältig.«

Trotz Lenas Ermutigung war Daisy sich immer noch nicht hundertprozentig sicher. »Und wie. Aber hör zu, ich muss Schluss machen, mein Dad rastet sonst aus.«

»Ruf mich bald wieder an, ich vermisse es, mit dir zu quatschen.«

»Mach ich. Bis bald.« Daisy legte auf und packte den Rest ihrer Sachen. Bevor sie jedoch das Badezimmer verließ, nahm sie sich noch Trevins Telefon vor. Und wer hätte es gedacht: Er hatte kein Passwort eingerichtet, das sie davon abhielt. Tatsächlich waren alle seine Social-Media-Apps gleich auf dem Homescreen. Sie waren alle geöffnet, was ihr den Job erheblich leichter machte. Sie tippte die Nachricht in all seine Boards ein: *Hey, sexy Girls, wenn ihr heute Abend zu meinem Konzert in Miami kommt, bringt eure Höschen mit, um sie mir zuzuwerfen. Das Mädel, das mir die meisten bringt, bekommt einen Preis.*

»Versuch mal, das wieder in Ordnung zu bringen, Trevin Jacobs. Du wirst bald zum Staatsfeind Nummer eins erklärt werden, jedenfalls von den ganzen Eltern im Publikum.« Sie steckte sein Handy in ihre Handtasche, dann ging sie mit ihrem Dad hinunter zu den Tourbussen.

Mochte der Spaß beginnen.

Kapitel 12

Trevin sprang aus dem Bus und folgte den Jungs zu einer schnellen Probe ins Stadion. Sie fügten *Let Me Make You Smile* ihrer Setlist für die nächsten Shows hinzu, damit ihr neues Video Weltpremiere feiern konnte, wenn sie Ende nächster Woche Tennessee erreichten. Er würde das alles niemals leid werden. Fast jeden Abend aufzutreten und zu tun, was er am meisten liebte. Er hatte immer noch Schmetterlinge im Bauch, bevor er auf die Bühne ging, – ein Gefühl, von dem er hoffte, dass es nie vergehen würde.

Er schlüpfte aus seinem Sweatshirt und öffnete den Rucksack, um es hineinzuwerfen, und Daisys Shorts und Bluse fielen auf den Boden.

»Gibt es da irgendwas, das du uns nicht erzählst, Alter?« Miles grinste. »Entweder verwandelst du dich gerade in einen Transvestiten oder die Klamotten gehören einer gewissen Rothaarigen.«

»Mist.« Er stopfte sie in den Rucksack.

»Uh-oh, war unser braver Trevin unartig? Ryder schnappte sich die Shorts und hielt sie hoch.

»Hey, hatte sie die nicht an, als sie heute Morgen weggegangen ist?« Will kam ebenfalls näher.

Nathans Augen weiteten sich. »Moment mal, ihr habt doch nicht, ich meine, ihr habt nicht ...«

Trevins Gesicht wurde heiß. »Nein, haben wir nicht! Jetzt gib sie mir zurück.« Er zerrte an den Shorts in Ryders Hand. »Wollt ihr mich in Schwierigkeiten bringen? Wisst ihr, wie viele Lügen Daisy und ich heute erzählen mussten, um Zeit miteinander verbringen zu können?«

»Reg dich ab, Mann, wir machen nur Witze.« Ryder hob die Hände, als wolle er Schläge abwehren. »Außerdem bin ich derjenige, der dich bei LJ rausgehauen hat, also mach mal halblang.«

»Tut mir leid.« Trevin packte Daisys Kleider wieder in seinen Rucksack. »Ich will nur diese Wette gewinnen, deshalb versuche ich, es nicht zu vermasseln.«

»Sei vorsichtig mit ihr«, sagte Nathan.

Trevin biss die Zähne zusammen. »Warum interessiert es dich, was ich tue?«

Nathan stopfte sich die Hände in die Jeanstaschen. »Weil sie wirklich nett ist und wir Freunde geworden sind.«

Ryder setzte sich auf einen Stuhl und schlüpfte in seine Sportschuhe. »Klar, der alte Nur-Freunde-Spruch. Ich wette, der kleine Mann hier versucht, dein Mädchen anzumachen. Das könnte unsere Wette torpedieren.«

»So ist das nicht.« Nathan hob die Hände. »Ich versuche nichts bei ihr. Ich meine, ich betrachte sie nicht auf die Weise.«

Ryder kicherte. »Was für ein Jammer. Aber keine Sorge, eines Tages wirst du an mehr als nur an Lego denken.«

Nathans Röte vertiefte sich. »Manchmal bist du so ein Arsch.«

»Das ist noch milde formuliert«, warf Miles ein.

Trevin runzelte die Stirn und beobachtete Nathan. Vielleicht musste er sich doch Sorgen um die Konkurrenz machen. Ja, er war jünger, aber vielleicht stand sie auf jüngere Typen. Tatsächlich wusste er gar nicht, was ihr Typ war. Nach dem Kuss hatte er gedacht, er wäre es. Aber vielleicht hatte er sie total falsch verstanden. Er konnte jedoch die Verbundenheit nicht leugnen, die zwischen ihnen geherrscht hatte, als er sie zum Mittagessen ausgeführt und für sie Gitarre gespielt hatte. Er war so nah dran gewesen, sie erneut zu küssen.

»Ach, unser kleiner Nathan wird erwachsen. Er hat sich tatsächlich ein Rückgrat zugelegt. Du solltest aufpassen, Trevin, er könnte dir dein Mädchen unter der Nase wegstehlen«, frotzelte Ryder.

»Ach, hör nicht auf ihn.« Miles fing Trevins Blick auf. »Sie hat sich heute mit *dir* weggeschlichen. Und ein Mädchen riskiert keinen Ärger, wenn sie einen nicht wirklich mag.«

Genau in dem Moment kam LJ herbeigelaufen. »Kommt, Jungs, wir verschwenden hier Zeit.« Er klatschte in die Hände. »Ihr müsst euch darauf konzentrieren, diesen Song richtig hinzubekommen. Beeilt euch.«

Die Bühnenhelfer brachten ihnen Hocker, auf denen sie Platz nehmen konnten, da dieser Song langsamer war.

Sie wurden im Halbkreis positioniert, damit es sich intimer anfühlte. Trevin schnappte sich seine Gitarre und stöpselte sie in den Verstärker ein. Sobald er sie gestimmt hatte, nahm er zwischen Miles und Will Platz.

»Lasst uns ganz von vorn anfangen«, schlug Ryder vor und stellte eine Wasserflasche neben sein Stuhlbein.

Trevin spielte die ersten Akkorde des Songs, schloss die Augen und lauschte der Melodie, dann begann er mit dem ersten Vers.

> »*I see you standing there, your friends all around*
> *I just want to tell you how I feel, that everything*
>   *I thought I knew was wrong*
> *But you walk away, thinking that I'm like every other*
>   *guy.*
> *But I won't break your heart – I won't let you down.*
> *I've been living too long in denial.*
> *Baby, just let me make you smile* … «

Ryder, Will, Nathan und Miles fielen in den Refrain ein, und ihre Stimmen vermischten sich in perfekter Harmonie. Das war es, worum es Trevin ging. Singen zu können und seine Musik mit anderen zu teilen.

Ihr Choreograf tauchte auf und wedelte mit den Armen. »Okay, wie wär's, wenn ihr, sobald ihr zum Refrain kommt, alle aufsteht und näher an den Rand der Bühne geht. Lasst die Mädels denken, ihr würdet den Song für sie singen.«

Während der nächsten Stunde arbeiteten sie *Let Me*

Make You Smile komplett durch. Als sie fertig waren, geleitete Beau sie in ihre Garderoben, damit sich die Maskenbildner um sie kümmern konnten.

Daisy stand hinter der Bühne und sah sie gehen. Ihr Blick begegnete Trevins und er lächelte. »Hey, wie hat es dir gefallen?«

»Es hat sich gut angehört. Mir hat die Akustik-Gitarre da drin richtig gut gefallen«, antwortete sie.

»Und, wirst du mir erlauben, dich zum Lächeln zu bringen?«

Sie schnaubte. »Oh Gott, hast du gerade etwa versucht, einen Spruch bei mir zu landen?«

Er grinste. »Hat's funktioniert?«

»Nein.«

Er ließ sich vor ihr auf die Knie fallen und nahm ihre Hände. »Was muss ich tun, um dich gnädig zu stimmen?« Er stieß einen dramatischen Seufzer aus.

»Hm, da komme ich später vielleicht drauf zurück. Aber ich glaube, eine Menge Winseln um Gnade wäre angebracht.« Ihre Lippen verzogen sich zu einem wunderschönen Lächeln, bei dem ihm beinahe das Herz stehen blieb. »Du weißt doch, was um Gnade winseln ist, oder?«

»Ja.«

»Trevin, du musst dich beeilen.« Beau erschien hinter ihm.

Er ließ Daisys Hände los und sprang auf. »Ich muss später winseln, sonst bekomme ich vielleicht die Faust deines Dads in den Mund. Und den brauche ich irgendwie, um heute Abend zu singen.«

»Münder sind total überbewertet.«

»Sagt das Mädchen, das mir den perfektesten Kuss gegeben hat.« Trevin zwinkerte ihr zu. »Wir sehen uns später.«

Die Jungen gingen, um sich fertig zu machen, und Daisys Dad folgte ihnen und ließ Daisy allein hinter der Bühne zurück. Sie war froh, dass sie Trevins Telefon unbemerkt in seiner Garderobe hatte deponieren können, bevor sie hergekommen war, um ihm zuzusehen. Auf keinen Fall wollte sie seinen Verdacht erregen. Als sie die Stadtsilhouetten-Kulisse auf der Bühne betrachtete, fiel ihr der Flügel auf, der davor stand, und sie wanderte darauf zu. Sie schaute sich um und entdeckte zwei Techniker, die sich an den Lichtern zu schaffen machten. Davon abgesehen war sie allein.

Mit einem Seufzen setzte sie sich auf den Klavierhocker. Ihre Finger bewegten sich über die Tasten und sie spielte einen der Songs ihres Grandpas. Er hatte ihr das Klavierspielen schon im Kindergartenalter beigebracht. Jeden Tag nach der Schule hatte er sie ans Klavier gesetzt und sie gelehrt, Noten zu lesen, und ihr alle Arten von Songs gezeigt, die sie meistern konnte.

Er hatte diese Tradition bis in ihre Highschool-Zeit fortgesetzt. Seit seinem Tod hatte sie jedoch nicht mehr gespielt. Es war, als hätte er einen Teil von ihr mit sich genommen. Den Teil, der glaubte, das irgendetwas eine Rolle spielte. Sie erinnerte sich an die Hauskonzerte, die sie auf seinen Wunsch hin für seine Freunde und ihre

Mom gegeben hatte. Er hatte ihr Klavierspiel so wichtig genommen, *sie* so wichtig genommen.

Er war der eine Mensch gewesen, der ihr das Gefühl gegeben hatte, etwas Besonderes zu sein. Als wäre sie ihm wichtig. Er hatte nie einen Geburtstag vergessen oder an einem Feiertag arbeiten müssen. Er war immer für sie da gewesen. Na ja, bis er es nicht mehr gewesen war.

Daisy kämpfte mit den Tränen, die ihr aus den Augen zu quellen drohten. In weniger als einer Woche würde sich der Todestag ihres Grandpas jähren. In seinen letzten Tagen hatte sie in seinem Haus gesessen und Songs für ihn gespielt, während er sich bemüht hatte, nicht loszulassen. Dann war der Palliativdienst gekommen, um es ihm leichter zu machen. Und während all dessen hatte er sie immer noch gebeten, für ihn zu spielen.

Er war eingeschlafen, während sie ihr letztes Hauskonzert für ihn und ihre Familie gegeben hatte. Sie hatte sich für ihn in Schale geworfen. Irgendwie hatten sie alle gewusst, dass dieser Tag sein letzter sein würde.

»Wow, ich hatte keine Ahnung, dass du Klavier spielst«, sagte Trevin und setzte sich neben sie auf den Hocker. Sein Haar war mit Gel gestylt und er trug enge Jeans, ein Beatles-T-Shirt und schwarze Skaterschuhe.

»Es ist ein Weilchen her«, antwortete sie leise.

Er schaute sie an und wischte ihr einmal mehr Tränen von den Wangen. Als wäre das seine Teilzeitbeschäftigung geworden. »Willst du darüber reden?«

Sie holte tief Luft. »Mein Grandpa. Er hat mir das

Klavierspielen beigebracht. Seit seinem Tod habe ich nicht mehr gespielt. Ich weiß nicht, heute Abend ist einfach etwas in mich gefahren, und ich hatte das Gefühl, dass ich einen seiner Songs zum Besten geben sollte. Ich wünschte, ich könnte etwas tun, um sein Andenken zu ehren, weißt du, um die Erinnerung an ihn am Leben zu erhalten.«

Er legte ihr einen Arm um die Schultern. »Nur weil er tot ist, bedeutet das nicht, dass du keine Musik mehr machen darfst. Du hältst die Erinnerung an ihn am Leben, indem du die Dinge tust, die ihr gern zusammen getan habt, als er noch bei dir war.«

Warum schien es, als hätte er immer die richtigen Worte für sie parat? War das alles Teil eines Spiels? Lockte er so die Mädchen an? Aber die Aufrichtigkeit in seiner Stimme ließ sie an diesem Gedanken zweifeln. Daisy lehnte sich an ihn und erlaubte ihm, sie zu trösten. »Es tut einfach weh. Mein Grandpa war immer für mich da, wenn meine Mom zu viel gearbeitet hat und mein Dad vergessen hat, mich zu besuchen. Er war die einzige Konstante in meinem Leben. Und ich vermisse ihn wahnsinnig. Aber er hat mich verlassen, genau wie mein Dad. Und er kommt nicht zurück.«

Sie schluchzte und vergrub das Gesicht in seinem T-Shirt. Und Trevin hielt sie einfach im Arm und ließ sie weinen. Er wiegte sie in den Armen und murmelte besänftigende Worte. Als sie genug geweint hatte, zog sie sich von ihm zurück. »Tut mir leid, ich habe dein T-Shirt nass geheult.«

Er betrachtete die feuchten Flecken auf seinem Shirt und zuckte die Achseln. »Ist schon gut.«

»Ich sollte die Bühne wahrscheinlich jetzt verlassen«, sagte Daisy. Sie stand auf und wischte sich das Gesicht ab.

Er hielt sie am Arm fest. »Singst du auch?«

»Nein, ich kann ums Verrecken keinen Ton halten.«

»So schlecht kannst du gar nicht sein.« Trevin zog sie wieder zu sich herunter auf die Bank. Seine Finger flogen über die Tasten, als er *Imagine* von den Beatles anstimmte.

Sie lachte. »Doch, ich bin so schlecht. Frag jeden, der mich kennt. Ich mag das Talent meines Grandpas fürs Klavierspiel geerbt haben, aber das Gesangstalent hat mich glatt übersprungen.«

»Komm schon. Sing eine Zeile für mich.« Trevin richtete sein Scheinwerferlächeln auf sie.

»Uff, schön, aber sag nicht, ich hätte dich nicht gewarnt.« Sie schmetterte den Refrain.

Als Trevin in Gelächter ausbrach, verstummte sie. »Okay, ich muss fair sein, du hast mich wirklich gewarnt«, stellte er fest. »Das war, na ja, ich denke, man müsste ein wenig daran arbeiten.«

»Ein wenig?« Sie zog die Augenbrauen hoch.

»Na schön, eine Menge.«

»Und hält dich das davon ab, mit mir zusammen sein zu wollen?« Daisys Herz klopfte ihr bis zum Hals, als hämmere jemand auf Töpfen und Pfannen herum.

»Nein. Hast du dir das erhofft? Dass du mich mit deinem Gesang verschreckst?« Er verschränkte seine Finger mit ihren.

»Vielleicht.«

»Da wirst du dir schon etwas mehr Mühe geben müssen.«

Genau davor hatte sie Angst. Sie war bescheuert, sich mit Trevin auf irgendetwas einzulassen. Das Problem war, je mehr Zeit sie mit ihm verbrachte, desto mehr wackelten ihre Schutzschilde. Wenn sie nicht vorsichtig war, würde sie nicht nur Trevin fertigmachen, sondern sich selbst gleich mit. Nur gut, dass der nächste Schritt ihres Racheplans im Gang war. Er würde sie zumindest etwas ablenken.

Kapitel 13

Trevin rollte sich am nächsten Morgen aus seiner Koje und versuchte, die anderen nicht zu wecken. Er zog sich ein T-Shirt über und ging zum Kühlschrank, um sich eine Flasche Kakao zu holen. Ihr gestriges Konzert war jedenfalls schräg gewesen. Mehr als tausend Höschen waren ihm auf die Bühne geworfen worden. Die Crew hatte die Slips gezählt, weil Ryder sie dazu gedrängt hatte. Als sie fertig waren, hatte Trevin darauf bestanden, dass man sie wegwarf. Ihm war noch nie im Leben etwas so peinlich gewesen. Auch LJ war nicht besonders glücklich darüber gewesen, Scherz hin, Scherz her. Er fand, Trevin sah dadurch wie ein Aufreißer aus.

Natürlich hatte Ryder Trevin deswegen Saures gegeben. Trevin fragte sich, ob Ryder vielleicht sogar etwas damit zu tun gehabt hatte. Vielleicht war es Ryders Versuch, ihn wie einen Playboy dastehen zu lassen, damit Daisy ihn nicht mochte? Aber wer wollte das wissen. Nach einem weiteren Schluck Kakao klopfte jemand lautstark an die Tür des Busses. Nur eine einzige Person konnte so früh am Morgen so nervtötend sein. Verdammt, sie hatten nur an die vier Stunden Schlaf bekommen.

»Sag Lester, er soll sich verpissen«, rief Ryder und riss den Vorhang seiner Koje zu.

»Ich kümmere mich um ihn, bleibt ihr mal im Bett.« Trevin stellte den Kakao auf den Tisch und ging nach vorn, um die Tür aufzuschließen.

»Wurde aber auch Zeit, dass ihr aufsteht. Ihr gebt ein Interview beim örtlichen Fernsehsender. Sag den anderen, dass sie sich anziehen sollen.« LJ ging durch den schmalen Gang zu ihren Kojen. »Raus mit euch. Ihr könnt nach der Show heute Abend schlafen.«

»Ich dachte, du wolltest ihn wegschicken.« Ryder streckte den Kopf heraus. »Können wir nicht noch eine Stunde schlafen?«

Miles stolperte aus dem Bett, nur mit Boxershorts bekleidet. »Verdammt, es ist zu früh für Interviews. Ich könnte mich verplappern und den Paparazzi aus Versehen etwas erzählen, was die nicht wissen sollen. Dass Will bei jedem Vollmond Teufelshörner sprießen, zum Beispiel.«

Will schlug Miles mit einem Kissen an den Kopf. »Oder dass Miles seinen britischen Akzent nur vortäuscht und in Wirklichkeit aus Alabama stammt.«

»Jungs, es ist zu früh für so was«, sagte LJ. »Steht jetzt auf. Trevin, komm kurz mit mir nach draußen. Ich will ein paar Dinge mit dir besprechen.«

Trevin stöhnte. »Lass mich wenigstens schnell Schuhe anziehen.«

Er schob die Füße in ein Paar Flipflops und nahm seinen Kakao mit, ehe er in die kühle Morgenluft hinaustrat. Nebel waberte über den Parkplatz des Stadions wie blasse Zuckerwattewolken.

LJ ging auf und ab, einen Becher Kaffee in der Hand. »Ryder und Miles scheinen sich in letzter Zeit wieder öfter zu streiten. Ich dachte, du würdest das im Keim ersticken.«

Trevin seufzte. »Hör mal, die streiten sich nicht ständig. Meistens kommen sie gut miteinander aus... aber wenn wir zu lange eingepfercht sind, werden wir reizbar. Vertrau mir, ihre kleinen Scharmützel werden schon nicht die Band entzweien. Du hast keinen Grund zur Sorge.«

»Ich hoffe, dass du recht hast. Diese Band hat noch viele Jahre vor sich; ich möchte dafür sorgen, dass ihr Jungs da alles rausholt, was geht. Wir brauchen keine Skandale, und es darf nicht passieren, dass die Band sich trennt, weil ihr euch ständig streitet.«

»Wie gesagt, es wird alles gut werden.« Trevin hasste diese Gespräche. An jeder dritten Etappe ihrer Tour wurde er beiseitegenommen und bekam gesagt, was er alles für die Band tun müsse. Es war ermüdend. Aber er nahm es sich zu Herzen, weil er der Älteste war, der Frontmann. Er war derjenige, zu dem alle kamen. Und im Moment war das total ätzend.

»Gut, gut, ich weiß, dass ich mich auf dich verlassen kann. Du verstehst meinen Hintergrund. Du weißt Bescheid über meine letzte Band. Die haben sich auch ständig gestritten, und sieh dir an, was aus ihnen geworden ist.«

»Ich weiß. Alles wird gut. Um wie viel Uhr müssen wir fertig sein?«

»Das Interview beginnt um neun, deshalb will ich, dass bis acht alle im Bus sitzen. Verstanden?« Er klopfte Trevin auf den Rücken. »Ach, und noch etwas. Mir ist aufgefallen, dass du mit Beaus rothaariger Tochter rumhängst. Muss ich mir da Sorgen machen?«

Trevin hatte keine Ahnung, worauf LJ hinauswollte, und reagierte daher mit einem nichtssagenden Achselzucken. »Nein. Sie ist wirklich nett. Wir haben tatsächlich eine Menge gemeinsam.«

»Ich finde, du solltest versuchen, mit ihr zusammen zu sein, solange sie hier ist.«

»Was?« Obwohl er darüber längst selbst nachdachte, wenn Lester das vorschlug, hatte er dazu irgendwelche Hintergedanken. Er hatte Ryder und Miles die Hölle heißgemacht, als sie ihre Freundinnen kennengelernt hatten, warum also der plötzliche Sinneswandel?

»Sagen wir einfach, ich halte es für wichtig, dass deine Fans sehen, dass du normale Mädchen magst. Sozusagen mit dem Dienstmädchen ausgehst. Das wäre wirklich gut für dein Image. Und wenn du mich fragst, sieht es seltsam aus, wenn du der Älteste in der Gruppe bist und an niemandem Interesse zeigst. Ich sage nicht, dass du heiraten oder etwas Ernsthaftes anfangen sollst, aber zeig, dass Mädchen wie Beaus Tochter bei Jungen wie dir eine Chance haben. Du weißt schon: Mädchen aus einfachen

Verhältnissen kommt mit dem Mitglied einer Boyband zusammen und so.«

Trevin biss die Zähne zusammen und grub sich die Fingernägel in die Handflächen. Er hatte Mühe, sich zu beherrschen und LJ nicht ins Gesicht zu schlagen. »Daisy ist kein Dienstmädchen.«

»Ich weiß, aber ihr Dad arbeitet immerhin für uns.« Er grinste Trevin an. »Nimm die Dinge nicht so wörtlich. Ich sag ja nur, dass es gut wäre, mit einem bodenständigen Mädchen auszugehen. Jetzt geh wieder in den Bus und sorg dafür, dass die Jungen fertig werden; bis gleich.«

Als LJ wegging, warf Trevin seine Kakaopackung gegen den Bus. Manchmal war LJ so ein Arschloch. Daisy das Dienstmädchen zu nennen? Aber plötzlich war Trevin sich nicht sicher, ob er besser war. Vielleicht sollte er die Wette abblasen. Musste er wirklich mit Pierce zusammenarbeiten? Es war sein Traum gewesen, aber es würde ihn auch nicht umbringen, wenn es nicht klappte.

Warum hatte LJ überhaupt etwas sagen müssen? Wenn er mit Daisy zusammen war, dann zu seinen eigenen Bedingungen, nicht zu LJs oder denen irgendeines anderen Menschen. Er hatte es satt, dass LJ versuchte, jeden Aspekt seines Lebens zu kontrollieren. Geh mit dieser Person aus, fluche nicht, setz ein Lächeln auf, umarme dieses Mädchen, weil ihre Eltern berühmt sind und dir das gute Publicity bescheren wird.

Aber selbst während ihm diese Gedanken durch den Kopf gingen, wusste er, dass er diesem Leben nicht den Rücken kehren würde. Er liebte es, Musik zu machen, und er liebte seine Bandkameraden wie Brüder. Wenn sie sich nur nicht die ganze Zeit mit LJ hätten herumschlagen müssen. Zu Anfang hatte er sich mehr wie eine Vaterfigur benommen, aber in letzter Zeit ging er Trevin wahnsinnig auf die Nerven.

Er stapfte die Treppe des Busses hinauf und ging in den Wohnbereich. Will und Nathan waren bereits wach und angezogen.

Miles, der sich das Haar mit einem Handtuch trocknete, kam den Gang entlang. »Alles in Ordnung, Kumpel?«

Trevin schenkte ihm ein gezwungenes Lächeln. »Klar.«

»Was hat Lester diesmal wieder gesagt?« Ryder griff sich eine Flasche Mountain Dew aus dem Kühlschrank und warf sich aufs Sofa.

»Dass wir uns besser benehmen sollen und dass ich mit Daisy ausgehen soll, weil sie so etwas wie ein Dienstmädchen ist.«

Ryder spuckte beinahe seine Limonade aus. »Er hat was gesagt?«

»Du hast mich gehört. Er meint, es wäre gut für mein Image, mit einem normalen Mädchen auszugehen, damit unsere Fans sich Hoffnungen machen können, dass einer von uns sich in sie verliebt.«

»Also geht es dabei nur um dein Image?« Nathan sah ihn mit schmalen Augen an.

»Nein.«

»Dann geht es um die Wette?«

»Gott, nein. Ich mag sie! Ich meine, ich will die Wette gewinnen, aber ich hasse seine Versuche, sich in alles einzumischen. Er denkt offenbar, dass er jeden Aspekt unseres Lebens kontrollieren kann.« Trevin schleuderte seine Flipflops von den Füßen und ging zu seinem Schrank, um etwas Passenderes für das Interview anzuziehen. Obwohl er damit rechnete, dass jetzt jeden Moment Kostüm und Maske an die Tür klopfen würden. Er schlüpfte in ein Paar zerrissene Jeans, dann zog er sich ein *Star-Wars*-T-Shirt über den Kopf, auf dem Han Solo Gitarre spielte.

»Weißt du, wir könnten aus diesem Interview einen Spaß auf seine Kosten machen«, bemerkte Ryder.

»Oh nein, denn wenn wir das verkacken, dann darfst du dreimal raten, bei wem Lester sich beschweren wird.« Trevin kaute auf seinem Daumennagel.

»Ehrlich gesagt finde ich auch, dass wir was tun sollten. Ich finde, die Leute sollten sehen, wie wir wirklich sind«, schaltete Will sich mit einem Grinsen ein.

Miles kicherte. »Wir könnten ein paar Flüche einstreuen, ihr wisst schon, unser quietschsauberes Image ein bisschen in den Dreck ziehen.«

»Ich weiß nicht, Leute, ich glaube, LJ wäre wirklich angepisst.« Nathan zappelte auf seinem Stuhl herum.

»Was soll er schon machen? Uns feuern? Ohne uns hat er gar nichts. Außerdem kann er von uns nicht erwarten, dass wir die ganze Zeit perfekt sind. Wenn er will, dass die Leute sich mit uns identifizieren können, dann sollten sie uns so erleben, wie wir wirklich sind.« Ryder sah einen nach dem anderen an.

»Ich bin dabei. Ich habe dieses Affentheater satt«,

erklärte Trevin. Und es wäre schön, wenn Daisy mehr von dem wahren Trevin zu sehen bekäme.

Nachdem sie Outfits angezogen hatten, die von der Stylistin und LJ abgesegnet waren, eilte Trevin zum SUV, wo Daisy bereits wartete.

»Morgen.« Sie lächelte ihn an.

»Morgen. Wie hast du geschlafen?«

»An die Kojen muss man sich erst gewöhnen. Ich habe keine Ahnung, wie ihr das jede Nacht schafft. Ich schwöre, ich hatte das Gefühl, als wäre ich in diesen winzigen Raum eingesperrt und könnte mich nicht bewegen.« Daisy strich sich ihr Sommerkleid glatt.

»Man gewöhnt sich auf jeden Fall dran. Die Kojen bieten nicht viel Raum, aber wenn du müde genug bist, schläfst du überall.« Trevin schaute ihr in die Augen und beugte sich näher zu ihr. »Übrigens, du siehst wunderschön aus heute.«

Ihr Hals wurde rot, und die Röte breitete sich weiter über ihre Wangen aus. »Danke. Und was genau machen wir hier so früh am Tag?«

»Wir geben ein Interview, das eine totale Katastrophe werden wird.«

Sie lachte. »Ich bezweifle, dass es eine Katastrophe wird. Ihr sagt immer genau das, was alle hören wollen.«

»Du wärest überrascht, was hinter den Kulissen wirklich vor sich geht. Oh, habe ich erwähnt, dass dieses Interview live gesendet wird?«

»Sag nicht, der große Trevin Jacobs ist nervös?« Sie stieß sein Bein mit ihrem an.

Sein Blut kochte. Gott, er wünschte sich so sehr, sie zu küssen. Er starrte auf ihre Lippen, die sich zu einem perfekten Lächeln verzogen, und schaute zu, wie sie sich eine Haarsträhne um den Finger wickelte. Er fing ihre Hand ein und führte sie an die Lippen. Er fragte sich, ob Ryder das als gewonnene Wette betrachten würde? Er würde ihn fragen müssen, wie er beweisen sollte, dass Daisy sich in ihn verliebt hatte.

»Ich bin nicht nervös, aber sagen wir einfach, die Leute bekommen heute eine ganz neue Seite von uns zu sehen.«

»Ist das was Schlechtes?« Sie entzog ihm die Hand und legte sie in den Schoß.

»Schon möglich. Aber du hast mich inspiriert, ich selbst zu sein. Warte einfach ab, was ich in dem Interview tun werde.«

Daisy versuchte, sich zu beschäftigen, indem sie aus dem Auto auf die Landschaft sah. Das Problem war, immer wenn Trevin sich auf seinem Sitz bewegte, berührten sie sich irgendwo. Sie konnte noch immer seine Lippen auf ihrer Hand spüren, wo er sie eben geküsst hatte. Sie strich geistesabwesend mit dem Daumen über die Stelle.

»Also, heute Abend, dachte ich, könntest du nach der Show mit uns im Bus einen Film gucken, während wir nach South Carolina fahren.« Trevin schlang ihr einen Arm um die Schultern.

Sie sah ihn an. »Klar, wenn mein Dad damit einverstanden ist.«

»Hoffentlich bleibe ich lange genug wach.«

»Ja, ihr habt letzte Nacht nur so um die vier Stunden Schlaf bekommen, oder?«

»Wenn überhaupt. Ich werde vor unserer Show heute Abend ein Nickerchen machen.«

»Ist das immer so? Ich meine, das ständige Getrieben werden?«

»Meistens. Nach einer Weile gewöhnt man sich daran, aber es ist schön, ab und zu einen freien Tag zu haben.«

Daisy beobachtete ihn, wie er ein Muster aus Kreuzen auf sein ledernes Armband zeichnete. »Wann hast du zuletzt deine Familie gesehen?«

»Im Januar, um die Feiertage herum.«

Ohne nachzudenken, griff Daisy nach seiner Hand. »Es muss hart sein, von ihnen getrennt zu sein.«

Er warf ihr einen überraschten Blick zu, und seine Augen weiteten sich, als er auf ihre Hände starrte. »Das ist es. Aber das hier will ich mein ganzes Leben lang machen – Musik. Dafür müssen wir Opfer bringen. Von den Leuten getrennt sein, die wir lieben, Schlafmangel, Ruhm ...« Er verschränkte seine Hand mit ihrer.

»Also hast du im Grunde gar keine Zeit für eine Beziehung«, entgegnete sie und beobachtete ihn.

»Für das richtige Mädchen würde ich Zeit schaffen«, erwiderte er.

Bestimmt würde er das tun, genauso, wie er sich Zeit genommen hatte, mit ihr zum Homecoming zu gehen. Aber vielleicht hatte er ihr Date nicht aus Bosheit versäumt, und vielleicht war er wirklich einfach beschäftigt gewesen.

Der Wagen fuhr auf den Parkplatz des Fernsehstudios. Ihr Dad und die anderen Leibwächter stiegen aus, gefolgt von den Jungs. Trevin hielt Daisys Hand fest, als man sie durch eine Masse kreischender Mädchen ins Studio geleitete.

Plötzlich kam Mimi, eine von *S2J*s PR-Damen, auf LJ zugeeilt. »Ich habe versucht, dich anzurufen. Hattest du dein Telefon nicht an?«

»Nein, ich wollte nicht gestört werden«, antwortete LJ. »Auch mir steht manchmal eine Auszeit zu.«

»Wir müssen reden, bevor sie da reingehen«, erklärte Mimi.

LJ runzelte die Stirn. »Dafür haben wir keine Zeit.«

»Nun, du solltest vielleicht sehen, was in den sozialen Medien gerade Thema ist.« Sie reichte ihm ihr Telefon.

LJs Gesicht wurde knallrot. »Trevin. Was zum Teufel ist das?« Er hielt ihm das Handy hin.

Trevins Augen weiteten sich. »Moment mal, das habe ich nie geschrieben.«

»Wirklich? Das sind nämlich deine Benutzerkonten! Was ist in dich gefahren, dass du Mädchen dazu aufforderst, ihre Unterwäsche zum Konzert mitzubringen? Weißt du, wie schlecht das für das Image der Band ist?«

Trevin drehte sich zu Ryder um. »Warst du das? War das ein Streich, um dich für irgendwas an mir zu rächen?«

Ryder nahm Trevin das Handy ab, und Daisy konnte nur beobachten, wie die Ereignisse ihren Lauf nahmen. Nun wusste LJ über die ganze Höschen-Geschichte Bescheid. Mist, es war nicht ihre Absicht gewesen, Trevin in Schwierigkeiten zu bringen. Sie hatte bloß einen Spaß auf seine Kosten machen wollen. Und jetzt stritten die Jungen miteinander. Sie schaute zu Boden. Vielleicht sollte sie diese Rachegeschichte für eine Weile ruhen lassen. Aber in der Liebe und im Krieg war alles erlaubt, richtig? Zumindest redete sie sich das ein. Warum also tat sich in ihrem Innern gerade ein riesiges schwarzes Loch auf?

»Ich war nicht an deinem verdammten Telefon.«

»Wer sollte es sonst gewesen sein?«

»Beruhig dich einfach, Alter. Wir können nach dem Interview darüber reden«, schaltete Miles sich ein.

»Nein, ich glaube, wir sollten das Interview ganz absagen«, unterbrach LJ sie.

Aber bevor noch jemand etwas tun konnte, kam einer der Leute vom Fernsehsender zu ihnen. »Ich hoffe, ihr Jungs seid so weit. Wir haben heute eine stattliche Menge an Fans da. Die stehen zum Teil schon seit dem Morgengrauen Schlange.«

»Ach, haltet euch einfach an das Skript.« LJ starrte sie nieder. »Wir dürfen die Fans nicht enttäuschen.«

Einen Moment später trat noch jemand von der Show zu ihnen. »Hey, ich bin Lauren, es ist schön, euch Jungs endlich hier zu haben«, sagte die Moderatorin der Talkshow. Ihr blondes Haar fiel ihr in Locken über die Schultern. Sie trug ein rotes Kleid und rote, hochhackige Schuhe. »Wir werden an euren Shirts ein Mikro befestigen. Wollt ihr irgendetwas zu trinken haben, bevor wir anfangen?«

»Nein danke, wir haben alles, was wir brauchen.« Miles schenkte ihr ein schnelles Lächeln.

Daisy verzog sich in eine Studioecke, hinter die Kameras, um zuzusehen. Lauren schnappte sich einen Stapel Karten und nahm auf einem der Stühle Platz, dann bedeutete sie der Band, sich auf die Sofas zu setzen.

Miles, Trevin und Nathan setzten sich auf die eine Couch, während Ryder und Will sich auf der anderen niederließen.

»Okay, wir sind live auf Sendung in drei, zwei, eins... Guten Morgen, Orlando! Heute haben wir *Seconds to Juliet* bei uns. Ich weiß, dass die Fans die ganze Woche auf diese Show gewartet haben.« Daisy verdrehte die Augen. Die Band gab jedem so ziemlich das gleiche Interview. Sie bezweifelte, dass die Fans von diesem etwas Neues erfahren würden. Na ja, das Einzige, worüber sie begeistert sein würden, war, sie überhaupt im Fernsehen zu sehen. Früher einmal war auch sie total versessen auf alles gewesen, was diese Jungs von sich gaben.

Eine der Bühnenhilfen brachte ihr einen Hocker, damit sie sich setzen konnte.

»Danke«, flüsterte sie.

Ihr Dad stand mit vor der Brust verschränkten Armen neben ihr und beobachtete die Jungen. Als dächte er, jemand könnte versuchen, sie vor laufender Kamera umzulegen.

»Na, wie ist die Tournee bisher gelaufen? Ist irgendetwas besonders Amüsantes oder Ungewöhnliches passiert?«

»Die Tournee war bisher fantastisch. Wir haben an einer Menge toller Orte gespielt, und die Fans waren umwerfend«, antwortete Miles. »Das einzig Schlechte war bisher der Schlafmangel.«

»Ja, wir schlafen während einer Tournee definitiv nicht viel. Normalerweise beenden wir ein Konzert und rennen sofort zum Tourbus, um zur nächsten Show weiterzufahren«, sagte Trevin, der beinahe geistesabwesend wirkte.

»Also bekommt ihr kaum Gelegenheit, die Orte, an denen ihr auftretet, richtig kennenzulernen?«, fragte Lauren.

»Nur bis zu einem gewissen Grad«, entgegnete Ryder. »Die Sache ist die, wir sind nicht so perfekt, wie die Leute es von uns denken. Miles und ich streiten uns zum Beispiel oft. An den meisten Tagen mögen wir einander, aber wir neigen dazu, uns auf den Sack zu gehen.«

»Und wir fluchen verdammt viel«, warf Will ein. »Was viele der Fans wohl nicht wissen. Wir sind wirklich ganz normale Jungs, die das Gleiche machen wie alle Jungs. Und es ist schwer, dieses quietschsaubere Image aufrechtzuerhalten, das uns gar nicht entspricht.«

»Wie in San Francisco zum Beispiel. Da sind wir sogar mit unserem Manager in einen Strip-Club gegangen«, erzählte Ryder grinsend. »Na ja, zumindest ein paar von uns sind hingegangen – das Küken der Gruppe natürlich nicht.« Er beäugte Nathan.

LJ schob sich näher an sie heran, aber Daisys Dad hielt ihn zurück. »Sie sind live im Interview, da kannst du nicht einfach auf die Bühne stürmen.«

»Erst das mit Trevin gestern Abend und jetzt das hier. Sie werden ihr Image ruinieren.«

»Indem sie ein bisschen Spaß haben?« Ihr Dad sah ihn an.

»Ja.«

Daisy hielt sich den Mund zu, um nicht zu kichern. Ryder übertrieb total. Na ja, das taten sie alle. War es das, wovon Trevin vorhin gesprochen hatte? Okay, also hatte ihre Unterwäscheaktion ihnen vielleicht sogar geholfen. Zumindest bis LJ sie später in die Finger bekam.

Wenn Lauren von ihren Antworten beunruhigt war, so ließ sie es sich zumindest nicht anmerken. Stattdessen machte sie mit der nächsten Frage weiter. »Und, was ist mit festen Freundinnen? Ich weiß, dass ein paar von euch in Beziehungen sind, aber was ist mit den Übrigen?«

»Ryder und ich sind beide vergeben«, sagte Miles. »Ryder ist, wie Sie wissen, mit Mia zusammen, unserer neuesten Vorgruppe. Und ich gehe mit der jüngeren Schwester meines besten Freundes.«

»Trevin, was ist mit dir? Ich habe Gerüchte gehört, dass du mit der Tochter deines Leibwächters zusammen bist?«

Trevin fuhr sich mit der Hand durch die Haare. »Also, ich kann dazu nur sagen, dass ich meine Beziehungen gern privat halte. Es ist schwer genug, mit jemandem zusammen zu sein, auch ohne denjenigen ins Rampenlicht zu stellen.«

Daisys Herz stotterte. Oh Gott. Wer zum Teufel hatte erwähnt, dass sie ein Paar waren? Sie drehte sich um und sah den finsteren Ausdruck auf dem Gesicht ihres Dads. Offensichtlich war das auch für ihn eine Neuigkeit.

»Euer Manager hat gesagt, deine Freundin spiele deine Angebetete in eurem neuen Musikvideo, das nächste Woche rauskommt«, fuhr Lauren fort, um noch mehr Klatsch zu ergattern. »Wir haben tatsächlich einige Standfotos von euch beiden, wie ihr euch auf dem Set küsst.«

Ihr Dad fuhr zu LJ herum. »Warum zum Teufel hast du dem Sender das erzählt?«

LJ zuckte die Achseln. »Komm schon, Beau, die Medien lieben es, irgendwelchen Klatsch zu bekommen. Diese Woche ist es halt deine Tochter.«

Ihr Dad spießte LJ mit Blicken auf. »Meine Tochter ist keine Story, hörst du?«

LJ wandte sich von ihm ab und starrte wieder auf den Bildschirm im Studio.

Plötzlich füllte ein Foto von Daisy und Trevin beim Küssen am Strand den Monitor aus. Daisy schnappte nach Luft. Sich selbst mit ihm zu sehen, in seinen Armen, bescherte ihr eine Gänsehaut. Es sah so richtig aus, und sie erinnerte sich nur zu gut daran, wie es sich angefühlt hatte. Heilige Scheiße. Jetzt würden wirklich alle annehmen, dass sie zusammen waren.

»Dann stimmt es also?«, fragte Lauren.

Trevin lächelte. »Wie gesagt, ich möchte diesen Teil meines Lebens für mich behalten.«

»Du leugnest also nicht, dass du eine Freundin hast.«

»Nein. Ich leugne es nicht, aber ich bestätige es auch nicht.«

»Kannst du uns dann etwas über diese Nachricht erzählen, die du gestern Abend auf deiner Website gepostet hast? Du hast die Mädchen gebeten, ihre Höschen zum Konzert mitzubringen und sie dir auf die Bühne zu werfen. War das ein PR-Gag, und hast du die Bemerkungen gelesen, die wütende Eltern hinterlassen haben?«

»Tatsächlich hat jemand sein Telefon gehackt«, kiekste Nathan. »Sie wissen ja, wie die Leute so sind.«

Als niemand sonst etwas sagte, ging Lauren zur nächsten Frage weiter. »Ich habe aus verlässlicher Quelle gehört, dass ihr eine gewisse Regel habt, was euren Tourbus und das andere Geschlecht betrifft?«

Will kicherte. »Ja, wir dürfen keine Mädchen für außerschulische Aktivitäten in den Bus mitnehmen, wenn Sie wissen, was ich meine.«

Lauren errötete. »Du sprichst davon, Mädchen zu küssen?«

»Ja, so was in der Art.« Ryder zwinkerte der Moderatorin zu. »Aber natürlich halten sich einige von uns nicht an diese Regeln. Stimmt's, Miles?«

»Stimmt. Wer einmal einen Briten im Bett hatte, der will nie wieder was anderes.« Er lachte. »Habe ich nicht recht, Mädels?« Er winkte den Mädchen durchs Fenster zu, die der Show auf dem großen Bildschirm folgten.

Die Fans draußen schrien noch lauter.

»Wenn ich diese Jungen in die Finger bekomme«, murrte LJ.

»Lass es gut sein. Wenn das hier das Schlimmste ist, was sie tun, dann kannst du dich glücklich schätzen«, erwiderte ihr Dad. Obwohl Daisy davon überzeugt war, dass ihr Vater bloß froh war, dass sie und Trevin nicht länger im Zentrum der Aufmerksamkeit standen.

»Nathan, ist es schwer, der Jüngste in der Gruppe zu sein?«

Nathans Blick wanderte über das Studio-Publikum, bis er Daisy entdeckte. »Nein, eigentlich nicht. Ich meine, es gibt ein paar Dinge, die ich nicht mit den anderen machen kann. Ich kann zum Beispiel nicht mit ihnen in manche Clubs gehen. Aber das ist nicht so schlimm. Größtenteils machen wir einfach Blödsinn im Bus, kriegen was auf den Arsch von unseren Leibwächtern, weil wir uns alleine rausschleichen, oder spielen unserer Crew irgendwelche Streiche.«

»Hat Nathan gerade Arsch gesagt?« LJ packte Beau am Arm. »Bitte sag mir, dass ich mir das einbilde.«

»Er ist sechzehn.« Daisys Dad machte sich von LJ los und ging ein paar Schritte von ihm weg, um sich dort an die Wand zu lehnen.

»Du solltest deinem Freund sagen, dass er aufpassen sollte, was er in diesen Interviews von sich gibt«, sagte LJ zu Daisy. »Er bringt die Band in Schwierigkeiten.«

»Ich weiß nicht, ich finde es irgendwie lustig. Außerdem wollen die Leute sich mit Promis identifizieren können.«

»Nein, wollen sie nicht. Sie wollen etwas über ihr glamouröses, perfektes Leben lesen.«

»Und du bist offensichtlich kein Mädchen im Teenageralter.« Daisy kletterte von ihrem Hocker und stellte sich neben ihren Dad. LJ war eine Schlange. Wahrscheinlich war er derjenige, der die Informationen über sie und Trevin hatte durchsickern lassen. Ganz davon abgesehen, dass er ihren Vorschlag komplett abgeschmettert hatte, Recycling-Behälter in allen Tourbussen einzuführen. Wer machte so was?

Sie war froh, dass die Jungen heute rebelliert hatten. Dieses Interview war das erste realistische Bild von *Seconds to Juliet*, das die Öffentlichkeit bekommen hatte.

Kapitel 14

»Was zum Teufel ist in euch gefahren, dass ihr euch im Fernsehen so benommen habt?«, fauchte LJ, sobald sie aus dem Studio auf den Parkplatz traten.

»Jetzt chill mal, Lester, die Fans fanden es toll«, sagte Ryder.

»Steigt einfach in den Wagen, sofort.« LJ zeigte auf den SUV und packte Trevin am Arm, bevor er es den anderen gleich tun konnte. »Ich hab gedacht, du hättest die Jungs besser im Griff.«

Trevin seufzte. »Hör mal, das ist nicht das Ende der Welt. Und ich habe den Babysitter gespielt. Die meiste Zeit mache ich nichts anderes. Aber sie sind alt genug, um ihre eigenen Entscheidungen zu treffen. Ich kann nicht jede Sekunde des Tages auf sie aufpassen.«

»Willst du, dass diese Band funktioniert?« LJs Kaffeeatem wehte Trevin ins Gesicht.

»Natürlich will ich das und sie wird funktionieren.« Scheiße. Hatte LJ recht? Hatte er die Jungs hängen lassen, weil er sie nicht von ihrem Plan für das Interview abgebracht hatte?

»Nicht, wenn ihr noch mal so eine Nummer abzieht. Eltern werden nicht wollen, dass ihre Töchter sich irgendwelche Asis auf der Bühne ansehen. Euer Image ist alles. Ich werde von den PR-Leuten die Geschichte streuen lassen, dass sich jemand in deine Social-Media-Konten gehackt hat. Ich weiß nicht, ob es wirklich so war oder nicht, aber das ist die Story, an die wir uns halten werden. Kapiert?« Er nahm ein Päckchen Kaugummi aus der Tasche, stopfte sich ein paar Streifen in den Mund und kaute wie wild darauf herum.

Trevin sah ihm nach, als er zu dem anderen Wagen stolzierte. Verdammt. Warum hatte alles gleichzeitig passieren müssen? Wenn sich die Sache mit den Unterhosen nicht viral verbreitet hätte, wäre es nicht so schlimm gewesen, dass sich heute alle danebenbenommen hatten.

»Ignorier ihn, ihr habt gar nichts falsch gemacht«, sagte Beau und klopfte ihm auf den Rücken. »LJ benimmt sich einfach wie ein Mistkerl.«

Trevin stieg in den Wagen und setzte sich neben Daisy.

»Bist du okay?«, fragte sie.

»Mir geht's gut.« Aber tatsächlich war alles ein riesiger Schlamassel. Ein Schlamassel, den er hätte verhindern können.

»Du siehst aber nicht so aus.« Sie starrte ihn an.

Er schenkte ihr ein gezwungenes Lächeln. »Wirklich, es ist alles bestens.«

»Sagte der Junge mit dem falschen Lächeln«, entgegnete Daisy. »Du bist Sänger, nicht Schauspieler.«

Er gluckste und diesmal war es echt. »Wie kommt es,

dass du mich erst seit einer Woche kennst und mich schon so gut durchschaust?«

»Ich hab halt eine gute Menschenkenntnis.«

Trevin nahm ihre Hand in seine. Gott, es fühlte sich so gut an, mit ihr zusammen zu sein. Wenn er ehrlich war, verliebte er sich gerade rapide und heftig. Was vielleicht nicht klug war. Was würde am Ende des Sommers geschehen? Oder wenn sie herausfand, dass er wegen einer Wette hinter ihr her gewesen war? Er versuchte, es für Ryder gut aussehen zu lassen, doch das Verhängnisvolle war, dass er sich wirklich langsam für die Idee erwärmte, sie in seiner Nähe zu haben. Wenn er mit ihr zusammen war, konnte er er selbst sein. Nicht irgendeine von LJ veränderte Version seiner selbst.

Nachdem sie ihr Equipment abgeladen hatten, in der Maske gewesen waren und kurz geprobt hatten, stand Trevin hinter der Bühne und wartete darauf, dass das Konzert begann.

»Du hängst dich richtig hardcoremäßig rein, um diese Wette zu gewinnen, was?« Ryder grinste. »Ich hab nicht gedacht, dass du das Zeug dazu hättest.«

»So wie ich nicht gedacht habe, dass du dich dazu herablassen würdest, mich mit kindischen Streichen zu sabotieren.« Trevin stopfte die Hände in die Taschen und starrte ihn finster an.

»Glaub mir, ich brauche keine Streiche, um dich wie einen Vollpfosten aussehen zu lassen.«

»Und wann erklären wir die Sache für entschieden?«, fragte Trevin.

»Wenn sie zugibt, dass sie dich liebt und deine Freundin ist. Sie hat sich offensichtlich ein wenig für dich erwärmt, aber ich kaufe dir noch nicht ab, dass sie schon komplett die Deine ist.«

»Sie ist mir so gut wie sicher.«

»Wir werden sehen.« Ryder zwinkerte ihm zu und ging weg.

Genau in dem Moment trat Daisy in sein Blickfeld und kam auf ihn zu. »Und, wie geht's dir nach dem ganzen Interview-Fiasko?«

Er runzelte die Stirn. »Könnte besser sein. Es ist einfach ätzend, weil ich so hart daran arbeite, auf die Jungs aufzupassen und alle auf Kurs zu halten, und dann bin ich derjenige, dem man vorwirft, alles zu ruinieren. Ich habe es einfach satt, mich so abzustrampeln, um perfekt zu sein, verstehst du?«

»Die Jungs liegen dir wirklich am Herzen, nicht wahr?«

»Wir sind wie eine Familie, vor allem da ich meine richtige Familie nicht sehr oft sehe. Sie sind alles, was ich hier draußen habe. Und ich muss einfach alle weiterhin zusammenhalten. LJ hätte mich heute am liebsten umgebracht. Ich glaube, er würde mich gern aus einem fahrenden Wagen werfen und es als Unfall deklarieren, um mich loszuwerden.«

»Falls dich das tröstet, ich finde, dass Lester ein Sack ist.« Sie lächelte. »Du reißt dir hier den Arsch auf. Und es ist okay, mal eine Pause zu machen oder Spaß zu haben. Kannst du es fassen, dass er meinen Vorschlag abgelehnt hat, ein Recycling-Programm auf eurer Tournee einzuführen?«

»Ich könnte versuchen, dir dabei zu helfen; vielleicht kann ich ihn überreden, seine Meinung zu ändern.«

»Wirklich? Ihr schmeißt eure Plastikflaschen doch immer in den Müll.«

»Ein Grund mehr, dich zu unterstützen. Siehst du, du wirst mich noch in einen Umweltaktivisten verwandeln«, neckte er sie.

Sie lachte. »Das werde ich. Vielleicht nachdem ich dir beigebracht habe, wie man Eyeliner benutzt.«

»Ist er schon wieder verschmiert?«

Ihre Arme berührten sich, als sie sich auf die Zehenspitzen stellte, um nachzusehen. Ihr Gesicht war so nah, dass er den Duft ihres Kaugummis mit Wintergrün-Geschmack auffing. Sie sahen sich an und er beugte sich vor, und er wünschte sich nichts mehr, als ihre Lippen auf seinen zu spüren. Sich in einem ihrer umwerfenden Küsse zu verlieren. Er brauchte sie nur in die Arme zu nehmen.

»Nö, alles in Ordnung«, flüsterte sie und ihr Atem strich ihm warm über die Wange.

»Trevin, hier ist dein Mikro«, unterbrach sie einer der Bühnenhelfer.

Er trat einen Schritt zurück, genervt über die Störung. »Toll, danke.«

»Ich sehe dich nach der Show.« Daisy winkte ihm zu.

Er beobachtete, wie sie wegging, und wünschte sich sehnlichst, ihr folgen zu können. Einen abgelegenen Ort zu finden und sich für eine Weile zusammen dort zu verstecken.

»Alter, bist du wach?« Miles wedelte mit einer Hand vor Trevins Gesicht herum.

»Ja, ich stehe doch hier oder etwa nicht?«

»Dich hat es schwer erwischt.« Miles feixte.

»Wovon redest du?«

»Von Daisy.«

»Ich kenne sie kaum«, antwortete Trevin und reihte sich hinter Ryder ein.

»Netter Versuch, Kumpel. Ich sehe doch, wie du sie anschaust und wie du dich in ihrer Gegenwart benimmst. Du hast dich verliebt und du weißt es nicht mal.«

»Es ist bloß eine Wette.«

»Rede dir das ruhig weiter ein«, sagte Miles.

S2J stellten sich kurz im Kreis auf und gingen ihr Ritual vor der Show durch, obwohl Trevin an alles andere dachte als die Show. Ihre Musik setzte ein und Trevin eilte auf die Bühne hinaus. Er musste sich auf seine Darbietung konzentrieren. Aber bei jedem Satz, den er über Liebe sang, sah er Daisys Gesicht vor sich. Verdammt. Er wollte es nicht zugeben, aber es bestand die Möglichkeit, dass Miles recht hatte.

Sie war so dumm. Warum war sie dort hinübergegangen, um mit Trevin zu reden? *Weil du ihn davon überzeugen willst, dass er dir etwas bedeutet.* Nur dass sie sich tatsächlich mies fühlte, weil sie sich in seine Konten gehackt hatte. Sie hatte den Schmerz und den Zorn in seinen

Augen gesehen, als LJ ihn angeschrien hatte. Ganz zu schweigen davon, wie sehr er sich für die Band verantwortlich fühlte, als laste ihr Erfolg auf seinen Schultern.

Daisy schloss die Augen und lehnte sich an die Wand. Nein. Sie musste aufhören, ein schlechtes Gewissen zu haben. Trevin hatte sie zuerst verletzt. Sie versuchte nur, ihn etwas von seiner eigenen Medizin schmecken zu lassen. Aber um welchen Preis? Sein Herz? Ihr Herz? War es wirklich notwendig, ihn so fertigzumachen?

Mist. Jetzt war ein großartiger Zeitpunkt, um sich plötzlich Sorgen um seine Gefühle zu machen. Heute Abend sollte sie mit ihm im Bus Filme gucken, während sie nach South Carolina fuhren. Vielleicht konnte sie krank spielen.

»Du darfst jetzt keinen Rückzieher machen«, flüsterte sie.

Genau in dem Moment hörte sie Trevins Stimme, als er *Hanging On* schmetterte. Ein Song über den Versuch, ein Mädchen zurückzugewinnen, nachdem er ihm unrecht getan hatte. Argh. Ernsthaft? War das ein Wink des Schicksals, sich nicht so anzustellen und ihren Hass hinter sich zu lassen? Das Ding war bloß, sie glaubte nicht an Schicksal, kein bisschen.

Als das Konzert zu Ende war, folgte sie der Band in den Bus. Daisy nahm ihren gewohnten Platz vorn neben dem Fahrer ein, während die Jungen sich umzogen. Einige Minuten später kam Trevin, um sie zu holen.

Als sie in den Wohnbereich kamen, waren nur Will, Trevin und sie da. »Wo sind die anderen?«

»Die haben sich schon hingehauen«, antwortete Trevin.

Daisy sah die dunklen Ringe unter seinen Augen. »Willst du ins Bett gehen? Wenn ja, kann ich einfach allein hier abhängen.«

»Nein. Ich will mit dir zusammen sein. Außerdem brennen Will und ich jetzt schon seit Wochen darauf, uns diesen Film anzusehen.« Er zeigte ihr die Hülle eines Zombie-Films. »Du hast doch nichts gegen Horror-Streifen, oder?«

»Sie sind in Ordnung.« Daisy schaute ihren Dad an. »Hast du was dagegen, wenn ich mir einen Film mit den beiden ansehe?«

»Nein, das ist in Ordnung. Ich werde mich für eine Weile nach vorn zu Donnie setzen und mein Abendessen essen«, erwiderte ihr Dad. »Vielleicht versuche ich mal, ein Auge zuzumachen. Wenn du müde wirst, weck mich einfach, und dann lasse ich dich hier vorne sitzen.«

»Okay.«

Trevin schnappte sich eine Decke aus einer Schublade in der Nähe und klopfte dann neben sich auf das Sofa. »Ich habe dir einen Platz reserviert.«

»Hast du bemerkt, dass er nicht mich eingeladen hat, dort zu sitzen?«, neckte Will sie und zog an dem Hebel für die Fußstütze des Fernsehsessels. »Er mag dich wohl lieber.«

»Tja, ich rieche eben besser«, flachste Daisy zurück.

»Hey, ich habe gerade zwei verdammte Stunden lang getanzt, und ich bin zu faul, um jetzt zu duschen.« Will schlug sie mit einem Kissen. »Ich wette, Trevin stinkt auch.«

Daisy lehnte sich zu Trevin. Sie fing einen Hauch seines Rasierwassers und Deos auf. »Nein, er riecht total gut.«

»Hm, echt wahr?« Trevin zog sie enger an sich, ließ sich auf dem Sofa zurückfallen und schlang beide Arme um sie.

»Dir ist aber schon klar, dass mein Dad nur ungefähr drei Meter von uns entfernt sitzt, oder?« Daisy rückte herum, bis sie mit dem Rücken an seiner Brust lehnte. Sie bekam eine Gänsehaut, und die hatte nichts damit zu tun, dass sie fror.

»Jepp, aber mach dir keine Sorgen, ich habe keine Angst vor ihm. Außerdem kann ich dich als Schutzschild benutzen.« Er lachte.

Sie stieß ihm den Ellbogen in die Rippen. »Das ist wirklich mutig.«

»Ich weiß.«

»Haltet ihr zwei jetzt mal die Klappe, damit wir uns das ansehen können?« Will drehte die Lautstärke hoch.

»Keine Angst, ich sorge dafür, dass Daisy leise ist.« Trevin strich ihr das Haar aus dem Gesicht und legte erneut die Arme um sie.

Daisy war sich nur allzu bewusst, wie nahe sie sich waren. Wie perfekt sie sich an ihn anschmiegte. Ihre Finger zitterten, als sie ihn am Arm berührte und die Konturen seiner Muskeln nachzeichnete. Er zog sie noch fester an sich.

Sein Atem strich warm über ihren Hals, als er den

Mund zu ihrem Ohr senkte. »Dir ist aber schon klar, dass dein Dad nur ungefähr drei Meter von uns entfernt sitzt, oder?«

»Oh, jetzt machst du dir also Sorgen wegen meines Dads? Vor fünf Sekunden hast du das noch nicht getan.«

»Das liegt daran, dass ich vor fünf Sekunden noch nicht kurz davor war, dich zu küssen.«

»Trevin«, flüsterte sie. »Ich ... das geht nicht.« Ihr Herz klopfte ihr bis zum Hals. Ihr wurde von oben bis unten so heiß, als hätte man sie auf ein Lagerfeuer geworfen.

»Ich weiß. Außerdem glaubst du hoffentlich nicht, dass ich jemand bin, der in Gesellschaft mit einem Mädchen rumknutschen würde, oder?«

Sie drehte sich leicht, damit sie ihn ansehen konnte. Seine Wange ruhte an ihrer. »Ich weiß es nicht. Bist du so jemand?«

Er lachte. »Nein. Ich hab's gern privat.« Er kitzelte sie an den Rippen. »Weißt du, du solltest diesen Film angucken, nicht mich.«

Sie errötete. »Tut mir leid, ich war abgelenkt.«

»Ich auch. Aber ehrlich gesagt finde ich das nicht weiter schlimm.«

Daisy schmiegte sich an ihn. Ihre Lider waren schwer. Worauf zum Kuckuck hatte sie sich da eingelassen? Sie war einen Kuss davon entfernt, sich ihm auf Gedeih und Verderb auszuliefern. Konnte sie ihre Pläne trotzdem durchziehen? Wollte sie sie durchziehen? Sie brauchte einen kühlen Kopf. Na ja, vielleicht nicht heute Abend ... morgen würde sie sich wieder auf Kurs bringen.

Kapitel 15

Als Trevin am nächsten Morgen aufwachte, lag der Duft von Äpfeln in der Luft. Er stöhnte und rutschte zur Seite, um sich aufzurichten, als ihm klar wurde, dass jemand direkt neben ihm lag. Er öffnete die Augen und sah Daisy zusammengerollt neben sich auf dem Sofa.

Er legte sich wieder hin und schlang die Arme um sie, bis er ein Räuspern hörte. Er schaute auf und sah Beau dort stehen und ihn anfunkeln.

»Natürlich, Trevin darf ein Mädchen über Nacht im Bus haben und wir dürfen es nicht«, sagte Ryder, der aus dem Kojenraum wankte. Er öffnete den Kühlschrank und schnappte sich ein Stück übrig gebliebene Pizza und eine Dose Mountain Dew.

»Wir sind einfach eingeschlafen. Es ist nichts passiert.« Trevin richtete sich auf und versuchte, Daisy dabei nicht zu wecken.

»Das will ich auch gefälligst hoffen. Ich dachte, wir hätten das besprochen.« Beau deutete zwischen Trevin und Daisy hin und her.

»Was habe ich verpasst?« Miles kam ebenfalls ins

Wohnzimmer. Er grinste, als er Daisy der Länge nach neben Trevin liegen sah. »Ah, also ist Trevin der neue Bad Boy der Gruppe?«

»Miles!« Beau wirbelte zu ihm herum.

»Es ist nichts passiert«, wiederholte Trevin, obwohl niemand ihm zuhörte.

Daisy rührte sich und öffnete die Augen. Als sie ihren Dad sah, richtete sie sich mit einem Gähnen auf. »Ist es schon Morgen?«

»Ja.« Beau schritt zum Sofa und zog Daisy hoch, bis sie in der Mitte des Raums stand. »Ich denke, du solltest für ein Weilchen vorne Platz nehmen.«

»Warum denn?«

»Das fragst du noch?« Er deutete auf Trevin.

Sie verdrehte die Augen. »Ich bin eingeschlafen, Dad, da war nichts. Himmel, bleib mal locker.«

Trevin wartete darauf, dass Beau explodierte, aber stattdessen stieß er einen lauten Seufzer aus. »Seht zu, dass ihr alle frühstückt, bevor wir in die Konzerthalle fahren.«

Beau ging zum Beifahrersitz und ließ sie allein.

»Tja, Bro, wenn du versuchst, Beau ans Bein zu pissen, dann machst du deine Sache gerade großartig.« Ryder biss in die Pizza und spülte sie dann mit einem Schluck Dew herunter.

Miles lachte. »Falls wir von einem verärgerten Fan angegriffen werden, wette ich, dass Beau ihm erlaubt, Trevin k. o. zu schlagen, um ihn von Daisy fernzuhalten.«

»Ha ha, freut mich, dass ihr das komisch findet.« Er

rutschte an die Sofakante, damit er Daisy näher sein konnte.

»Es ist irre komisch«, bemerkte Will vom Liegesessel aus. »Ausnahmsweise bist du mal derjenige, der Ärger kriegt. Dein Image als braver Junge ist in Gefahr. Ich wette, LJ tickt aus, wenn er das rausfindet.«

Verdammt. Er musste dafür sorgen, dass Beau ihn nicht verpfiff. Trevin war Beau immer nahe gewesen, na ja, außer in letzter Zeit, seit seine Tochter zu Besuch war. Hier draußen auf der Tour war Beau so etwas wie ein Dad für Trevin. Er trat für ihn ein, wenn LJ sich allzu albern benahm. Aber würde er mit LJ reden, damit Trevin sich von Daisy fernhielt? Trevin wollte das nicht glauben, aber Beau hatte seiner Tochter gegenüber einen ausgeprägten Beschützerinstinkt.

Daisy sah ihn an. »Tut mir leid, dass ich dich in Schwierigkeiten gebracht habe.«

»Ist schon gut. Ich bin gern mit dir zusammen. Ich lasse mich davon nicht abschrecken.« Er lächelte sie an. Mann, er hoffte wirklich, dass seine Anstrengungen sich auszahlen würden.

Einen Moment später kam Nathan dazu. »Was habe ich verpasst?«

»Trevin wurde von Beau in die Mangel genommen«, sagte Will.

Nathan sah Trevin und Daisy an. »Was habt ihr getan?«

»Er hat letzte Nacht mit Daisy geschlafen.« Ryder zwinkerte.

»Du hast was?« Nathans Kopf fuhr hoch.

»Sie veräppeln dich nur«, warf Daisy ein.

Ein Ausdruck der Erleichterung zog über Nathans Gesicht und Trevin runzelte die Stirn. Vielleicht hatte er doch richtig geraten und Nathan hatte ebenfalls ein Auge auf Daisy geworfen. Was ätzend wäre, denn er wollte kein böses Blut zwischen ihnen. Würde er wirklich zulassen, dass ein Mädchen ihre Freundschaft zerstörte?

»Hat Trevin dir nichts von den Busregeln erzählt?« Miles stupste Daisys Arm an. »Küssen ist nicht erlaubt.«

»Ich glaube, davon habe ich gestern während eures Interviews gehört«, entgegnete sie.

»Aber Trevin konnte die Hände nicht von ihr lassen und jetzt kriegen wir alle Ärger«, sagte Ryder.

Trevin errötete. »Wir hatten keinen Sex! Wir sind bloß auf dem Sofa eingeschlafen.«

»Behauptet er.« Ryder beendete seine Mahlzeit und ließ sich auf einen Stuhl fallen.

Nachdem alle gegessen hatten, stieg die Band aus dem Bus und ging ins Gebäude. Trevin suchte sich den nächstbesten Stuhl und setzte sich mit dem Telefon in der Hand hin. Er hatte mehrere Nachrichten von seiner Familie bekommen. Er schrieb seinen Eltern, dass es ihm gut gehe, dann schickte er allen Geschwistern eine Nachricht. Die Nachricht seiner Schwester Caroline besagte nur: *Ruf mich an.*

Da er noch einige Minuten Zeit hatte, wählte er ihre Nummer. »Ach, mein berühmter Bruder hat endlich Zeit gefunden, seine kleine Schwester anzurufen«, sagte Caroline am anderen Ende der Leitung.

»Dir auch einen guten Morgen!«

»Mom und Dad haben Wind von dem Interview gekriegt, das ihr in Orlando gegeben habt. Mom ist fast durchgedreht, als Ryder die Strip-Clubs erwähnt hat. Ich glaube, sie überlegt ernsthaft rüber zu fliegen, um nach dir zu sehen.«

Er stöhnte. Obwohl er inzwischen achtzehn war, betrachtete ihn seine Mom immer noch als ihr Baby, um das man sich kümmern musste. »Das war ein Witz. Du weißt doch, wie Ryder ist.«

»Ja, das tue ich. Also, was ist mit dem anderen Teil des Interviews? Bist du mit jemandem zusammen?«

»Also ehrlich, Carly!« Er benutzte ihren Spitznamen. »Ist das der einzige Grund, warum du mit mir reden wolltest? Um an den neusten Insider-Klatsch zu bekommen?«

»Du musst stellvertretend für mich leben. Weißt du, was ich in diesem Sommer getan habe? Ich habe auf der Farm gearbeitet. Wenn ich noch mehr Heu zu Ballen pressen muss, verwandele ich mich noch in eine verdammte Vogelscheuche.«

Trevin wand sich innerlich. Er liebte seine Familie, aber die Farm seines Dads vereinnahmte das ganze Leben dort. Als er noch zu Hause gewohnt hatte, war der Großteil seiner Zeit dafür draufgegangen, Ställe auszumisten oder Kühe zu melken. Er erinnerte sich daran, wie aufgebracht sein Dad gewesen war, als er es damals in die

Band geschafft hatte. Er hatte wissen wollen, wer denn später da sein würde, um die Dinge auf der Farm zu regeln. Zum Glück hatte Trevins Mutter sich für ihn eingesetzt, weil sie ihm diese Chance hatte ermöglichen wollen. Sie hatte gewusst, dass er sich mit seiner Gitarre auf den Heuboden schlich, um zu komponieren, und dass er die ganze Zeit sang, wenn er auf einem Trecker festsaß.

Er wollte mehr vom Leben, als nur auf der Farm zu arbeiten. Es war schön, nach Hause zu kommen und alle zu sehen, aber er hatte eigene Pläne.

»Trev, bist du noch dran?«, fragte Caroline.

»Ja, tut mir leid, ich war abgelenkt. Wir haben gerade unsere nächste Konzerthalle in South Carolina erreicht, und alles ist total chaotisch, weil Sets ausgeladen und Kostüme reingeschleppt werden.«

»Und? Wirst du mir von diesem Mädchen erzählen?«

»Na schön, aber du solltest das besser für dich behalten.«

»Versprochen. Außerdem haben wir Sommer, wem sollte ich es da erzählen? Den Ziegen?«

»Die Tochter unseres Leibwächters ist für den Sommer hier und ich stehe irgendwie auf sie.«

»Beaus Tochter?«

»Ja.«

»Okay, du stehst *irgendwie* auf sie oder magst du sie richtig?«

»Ich mag sie, sehr sogar. Ich weiß nicht. Sie ist anders als die Mädchen, die ich normalerweise während einer Tournee kennenlerne. Als wir uns das erste Mal begegnet sind, hat sie mich gehasst. Ich meine, sie hat mich wirklich bei jeder Gelegenheit abgebügelt«, fügte Trevin hinzu. Er richtete sich plötzlich auf. Hatte er gerade laut zugegeben, dass er sie mochte? Hatte er es nur gesagt, um die Neugier seiner Schwester zu befriedigen, oder hatte sich diese Wette zu etwas Größerem entwickelt? Das Problem war, dass wegen der jüngsten Ereignisse die Band an erster Stelle kommen musste. Dafür war die Geschichte mit seinem gehackten Telefon Beweis genug.

»Ooh, ich mag sie jetzt schon.« Caroline lachte.

»Nett, tolle Art, für deinen großen Bruder einzutreten.«

»Hat sie einen Namen?«

»Daisy Morris.«

»Hm, warum kommt mir dieser Name so bekannt vor?«, fragte Caroline.

Trevin konnte die Räder, die sich im Kopf seiner Schwester am anderen Ende der Leitung drehten, praktisch hören. »Ich habe keine Ahnung. Aber hör mal, ich muss mal Schluss machen. Lester ist gerade hereinspaziert, und er sieht genervt aus.«

»Na schön, aber warte nicht wieder so lange, bis du anrufst. Ich vermisse dich.«

»Ich vermisse dich auch.«

Trevin legte auf und wünschte, seine Schwester könnte von der Farm wegkommen, so wie er weggekommen war. Sie war eine talentierte Künstlerin, die auf dem jährlichen Volksfest der Gegend immer einige ihrer Gemälde verkaufte. Ihre Kunstlehrerin veranstaltete ein Kunstcamp und wollte, dass Caroline es besuchte, aber bisher hatte ihr Dad sich nicht erweichen lassen. Trevin hoffte, dass seine Mutter ihn überreden konnte. Aber sein Dad war immer ein total nüchterner Typ gewesen. Er wollte, dass sie alle aufs College gingen oder zum Militär anstatt ihr Leben zu vergeuden. Singen, malen, schauspielern – das war in seinen Augen alles keine richtige Arbeit. In Trevins Fall hatte er geplant, ihm eines Tages die Farm zu übergeben, was natürlich nicht passieren würde.

Als Trevin seinen ersten großen Scheck von *S2J* bekam, hatte er seinen Eltern einen neuen Truck gekauft und jedem seiner fünf Geschwister etwas Geld zum Einkaufen geschenkt. Sein Dad war sauer auf ihn gewesen und hatte ihm gesagt, er gebe nur an und werfe mit Geld um sich. Obwohl Trevin ihnen nur hatte helfen wollen.

Danach hatte seine Mom ihm nicht mehr erlaubt, irgendetwas Größeres für sie zu tun. Obwohl er seinen Geschwistern immer noch heimlich Geld zusteckte. Er fragte sich, ob sein Dad jemals stolz auf ihn sein würde wegen dem, was er erreicht hatte.

»Warum so ernst?« Daisy stand vor ihm.

Er setzte ein Lächeln auf. »Es gibt keinen Grund. Ich bin einfach nur müde.«

»Ich glaube, Miles und Ryder haben sich gerade in ihren Garderoben hingelegt«, berichtete Daisy.

»Hm, Schlaf klingt gut.«

»Oder hättest du vielleicht Lust, mit mir einen Kaffee zu trinken?«

»Müssen wir uns wieder rausschleichen?« Er rappelte sich hoch und fuhr sich mit der Hand durchs Haar.

»Nein, anscheinend gibt es in der Lobby ein Starbucks, das für euch geöffnet hat.«

»Ah, mein eigenes Starbucks-Café, ich träume wohl.« Sie lachte. »Komm mit.«

Beau, der mit einigen anderen Sicherheitsleuten redete, schaute zu ihnen herüber.

»Wohin wollt ihr zwei?«

»Nur auf einen Kaffee nach oben«, antwortete Daisy.

»Soll ich dir einen mitbringen?«

»Nein, ich brauche nichts. Aber bleibt nicht zu lange weg.«

»Wir sind gleich wieder da«, versprach Trevin. Doch ausnahmsweise wünschte er sich, sie müssten nicht sofort zurückkommen, sondern könnten ein richtiges Date haben und müssten sich keine Sorgen wegen Menschenansammlungen und Paparazzi machen, oder dass Beau Verdacht schöpfte. Aber er wusste, dass es noch lange so sein würde. Und er würde das Beste aus der wenigen Zeit machen müssen, die sie zusammen verbringen konnten. Zumindest war Beau entspannter, seit sie nicht mehr im Bus waren. Und er hatte LJ nicht verraten, dass Daisy auf dem Sofa eingeschlafen war, also gewöhnte er sich vielleicht langsam daran, dass sie Zeit mit Trevin verbrachte. Wenn er allerdings von der Wette erfuhr, die Trevin mit Ryder laufen hatte, würde das vermutlich alles ändern.

Daisy sah Trevin an, während sie die Treppe hinaufgingen. Sie konnte nicht glauben, dass sie gestern Nacht an ihn gekuschelt eingeschlafen war. Es hatte ihr gefallen, heute Morgen in seinen Armen zu erwachen – es hatte sich richtig angefühlt. Wobei sie nicht vorhatte, ihm das zu sagen. Verdammt. Was machte er mit ihr? Bald würde sie zu tief drinstecken, um sich jemals an ihm zu rächen. Mit jedem Tag, der verging, fand sie mehr Gründe, ihren langgehegten Racheplan zu verschieben.

Denn je besser sie ihn kennenlernte, desto mehr begriff sie, dass er vielleicht doch nicht der Mistkerl war, für den sie ihn gehalten hatte.

»Hast du mal was von deiner Mom gehört?« Trevin griff nach ihrer Hand.

Daisy überließ sie ihm, als sie sich langsam dem Starbucks näherten. »Nicht seit dem Tag des Video-Shootings. Sie ist mit ihrem Freund in Italien, also ist sie bestimmt total beschäftigt. Was ist mit dir? Hörst du oft von deiner Familie?«

Er lächelte. »Ja, tatsächlich habe ich heute Morgen mit meiner Schwester gesprochen. Sie versucht, einen todlangweiligen Sommer auf unserer Farm zu überleben.«

»Es muss Spaß gemacht haben, auf einer Farm groß zu werden, mit all den Tieren und dem ganzen Land.«

Er zuckte die Achseln. »Glaub mir, es war ein Haufen Arbeit. Wir hatten kaum Zeit, irgendetwas anderes zu tun, als uns um die Ernte und die Kühe und so was zu kümmern.«

Er nahm seine Brieftasche heraus, als sie sich dem Café näherten. Der Barista kam an die Theke, um sie zu bedienen. »Was darf ich euch bringen?«

»Einen Mocca Frappucchino.« Daisy nahm ihr Geld

heraus, weil sie nicht wollte, dass er immer alles bezahlte. Es war schön zu wissen, dass er ein normaler Typ gewesen war, bevor *Seconds to Juliet* so groß wurde. Dass er kein reicher, arroganter Schnösel war, der mit Geld um sich warf. Sie fragte sich, womit sie sonst noch falsch lag, wenn sie sich in diesem Punkt schon so geirrt hatte.

»Ich nehme das Gleiche«, erklärte Trevin und schob Daisy ihr Geld wieder hin. »Lass mich diese Runde übernehmen.«

»Aber du hast mir in Georgia schon dieses Kleid gekauft und das war teuer.«

»Daisy, bitte. Ich möchte dich einladen. Außerdem wird von Männern erwartet, dass sie bei einem Date bezahlen.«

Sie zog eine Augenbraue hoch. »Das hier ist also ein Date?«

Ein Anflug von Nervosität packte sie. Sie musste zugeben, dass sich das gut anhörte.

Trevin bezahlte den Barista. »Es kommt einem Date so nah, wie das möglich ist, während wir auf Tournee sind.«

Sobald sie ihre Getränke bekommen hatten, zog Daisy Trevin zu einem kleinen Tisch mit Blick auf einen Garten. »Da wir noch etwas Zeit haben, sollten wir wenigstens ein bisschen Ruhe genießen.«

Trevin stieß einen zufriedenen Seufzer aus und setzte sich ihr gegenüber hin. »Ich vermisse solche Dinge. In Ruhe irgendwo zu sitzen, Sachen einfach genießen zu können, ohne dass irgendwelche Leute mich jagen.«

»Denkst du manchmal daran, die Band zu verlassen?«
Daisy spielte mit dem Strohhalm in ihrem Glas.

Er streckte die Beine aus und lehnte sich auf seinem Stuhl zurück. »Nein. Das eben sollte nicht falsch rüberkommen, ich liebe es, Musik zu machen und mit den Jungs auf Tour zu sein. Ich vermisse bloß die Auszeiten.«

»Wirst du demnächst mal frei haben?«

»Schwer zu sagen. Diese Tournee wird den ganzen Sommer gehen, und dann hat LJ davon geredet, dass wir im Ausland auftreten sollen. Also werden wir vielleicht um Weihnachten herum ein paar Tage nach Hause können. Aber er plant bereits ein Silvesterkonzert für uns.«

Daisy konnte sich nicht vorstellen, nie zu Hause zu sein. Na ja, zumindest nicht, bis sie im nächsten Jahr aufs College ging. »Also konntest du die Elfte und Zwölfte gar nicht an der Highschool machen?«

»Jepp.« Er grinste. »Glaub mir, es hat mir nicht allzu viel ausgemacht.«

»Das heißt, du warst nie beim Homecoming oder auf einem Abschlussball?«

»Nein. Ich habe bei privaten Tutoren und Lehrern Unterricht gehabt. Und während alle anderen auf ihre Schulbälle gingen, habe ich Konzerte gegeben und Preisverleihungen moderiert.«

Daisy wand sich.

»Ich wette, die Typen haben Schlange gestanden, um mit dir zum Ball zu gehen«, sagte Trevin.

»Nein, so war das nicht. Der letzte Typ, der mit mir zum Homecoming gehen sollte, hat mich am selben

Abend versetzt. Es war ziemlich mies, also habe ich von da an Schulbälle genauso boykottiert wie jedes andere schulische Event, für das man ein Date brauchte.« Daisy nahm einen Schluck und mied Trevins Blick.

»Ernsthaft? Dich hat jemand versetzt? Was für ein Arsch. Diesen Typen würde ich gern mal kennenlernen.«

Ihm war nicht klar, dass der Arsch ihr direkt gegenübersaß. Sie wollte es ihm sagen, damit er sich mies fühlte, aber stattdessen biss sie sich auf die Zunge. Warum zum Teufel fiel es ihm so schwer, sich daran zu erinnern, was er getan hatte? Selbst jetzt, während er ihr gegenübersaß und sie ihm davon erzählte, lösten ihre Worte keinerlei Erinnerung bei ihm aus.

»Wegen ihm bin ich seitdem nicht so scharf auf Dates«, sagte sie schließlich. »Weil die Dinge am Ende nie gut laufen. Mein Dad ist fortgegangen, und ich bin mir nicht sicher, ob ich damit fertigwerden würde, wenn mir noch jemand so was antun würde.«

Trevin beugte sich über den Tisch und ergriff ihre Hand. »Daisy, ich bin nicht dein Dad. Ich würde dich niemals so verletzen.«

Das Problem war, er hatte es bereits getan, und Daisy glaubte nicht, dass es davon ein Zurück gab. Ihre Kehle schnürte sich zusammen und sie wandte den Blick ab. Sie wollte glauben, dass er sich geändert hatte, dass er so etwas nie wieder tun würde, aber zwei Punkte sprachen bereits gegen ihn: dass er sie damals überhaupt versetzt hatte und dass er sich nicht an sie erinnerte.

»Hör mal, ich bin mir sicher, dass du ein supernetter

Typ bist, aber du hast auch viel um die Ohren. Du wirst keine Zeit für Dates oder eine ernsthafte Beziehung haben.« Sie schaute auf ihre ineinander verschränkten Hände.

»Vielleicht doch. Sollte das nicht meine Entscheidung sein?« Trevin entzog ihr seine Hand, um ihr damit übers Gesicht zu streichen.

Ihr stockte der Atem und ihr Puls hämmerte in ihren Ohren. Er fuhr ihr mit dem Daumen über die Lippen, als wolle er ihnen einen Kuss entlocken. Trevin beugte sich vor, bis seine Stirn ihre berührte.

»Willst du irgendwo mit mir hingehen?«, fragte er.

»Was schwebt dir denn vor?« Mist, sie musste das Date abbrechen und zwar sofort. Wenn sie irgendwo mit ihm hinging, würde sie vielleicht nicht stark genug sein, Trevins Charme zu widerstehen. Schon jetzt schien sie kopfüber mit der Seele in seine Augen zu tauchen. Und wenn gestern Nacht ihr Dad nicht mit ihnen im Bus gewesen wäre, hätte sie womöglich mehr getan, als nur in seinen Armen einzuschlafen.

»Etwas in der Nähe, sonst wird dein Dad mich vielleicht mit irgendwas erdolchen, was er in der Kantine findet«, neckte er sie, dann zog er sich ein klein wenig zurück, sodass er ihr in die Augen schauen konnte. »Ich glaube, ich habe eine Tür gesehen, die in den Garten da draußen führt. Wir könnten dort rausgehen – dann verlassen wir zwar das Gebäude, aber das Gelände nicht.«

Sie lächelte. »Man sollte immer auf die Kleinigkeiten achten, richtig?«

»Jepp, siehst du, wir brechen die Regeln, ohne sie zu brechen.« Sein Stuhl kratzte über die Fliesen, als er ihn zurückschob und aufstand, dann hielt er ihr die Hand hin, um ihr aufzuhelfen.

Daisy folgte Trevin durch einen breiten Gang, dessen braune und weiße Fliesen das Licht reflektierten. Die Klimaanlage pustete ihnen kalte Luft entgegen, als sie um die Ecke bogen. Dort führten auf der rechten Seite Glastüren nach draußen. Trevin drückte sie auf, und ein Hitzeschwall schlug ihnen entgegen, als sie in die Sonne hinaustraten. Der Duft von Blumen umgab sie und Schmetterlinge trudelten über die Grashalme. Wasser tröpfelte aus einem kleinen Springbrunnen im hinteren Teil des Gartens, wo zwei große Bäume etwas Schatten vor der Mittagshitze boten.

»Wow, es ist wunderschön hier draußen.« Daisy drehte sich im Kreis und sah sich um.

»Es ist herrlich, draußen an der frischen Luft zu sein. Dazu komme ich nicht mehr oft.« Trevin fand ein Plätzchen unter einem der Bäume, zog sich sein Sweatshirt über den Kopf und benutzte es als Kissen, auf das er sich legte.

Daisy nahm neben ihm Platz und schaute zu, wie er die Augen schloss. Er sah so friedlich aus. Und süß. Sie war hin und weg davon, wie seine Mundwinkel nach oben zeigten. Sie genoss es, seine Bauchmuskeln aufblitzen zu sehen, als er die Arme hob.

»Beobachtest du mich?«

Sie errötete. »Nein.«

Er öffnete ein Auge, dann zog er sie zu sich herunter, bis ihr Kopf in seiner Armbeuge zu liegen kam. »Du riechst gut.«

»Tja, ich habe heute Morgen nicht geduscht, also wirst du sicher bald deine Meinung ändern.«

»Nein, das glaube ich nicht.« Er hielt inne. »Habe ich dir schon gesagt, wie oft ich über unseren Kuss nachgedacht habe?« Er strich ihr ein paar Haarsträhnen aus dem Gesicht und stützte sich dann auf den Ellbogen.

Sie fuhr sich über die Lippen. »Nein.«

»Ich denke jeden Abend daran, wenn ich dich hinter der Bühne stehen sehe, oder wenn du mir während der Mahlzeiten gegenübersitzt. Ich denke daran, bevor ich einschlafe.«

Sie dachte ebenfalls daran. Öfter, als sie zugeben wollte. In ihrem Magen flatterte etwas, wie winzige Flügel, die sie kitzelten. Er legte ihr seine warme Hand in den Nacken und zog sie näher zu sich. Dann drückte er seine Lippen auf ihre, und sie schlang die Arme um ihn und erlaubte ihm, sie zu küssen.

Sie fühlte eine unbekannte Hitze in sich aufsteigen und das Blut rauschte in ihren Ohren. Sie öffnete die Lippen und fing den schwachen Geschmack von Mocca Frappucchino auf. Sie musste aufhören. Doch entzog sich ihm nicht; stattdessen gab sie nach. Gab einem Jahr aufgestauter Gefühle nach. Der Sehnsucht, die sie empfunden hatte, bevor das alles passiert war. Ihre Finger durchwühlten seine Nackenhaare. Es war, als machten sie da weiter, wo sie während des Video-Shootings aufgehört hatten. Als sie mehr gewollt hatte, es aber nicht gewagt hatte, es zu genießen.

Seine Zunge liebkoste ihre und er strich ihr mit kleinen Kreisbewegungen über den Rücken.

»Trevin.« Sie flüsterte seinen Namen und zog seine Unterlippe zwischen die Zähne.

»Soll ich aufhören?« Sein Atem strich ihr über den Hals.

Ja, dachte sie. Aber das war nicht das Wort, das aus ihrem Mund kam. »Nein.«

In der Ferne glaubte Daisy zu hören, wie eine Tür geöffnet wurde, aber sie ignorierte es. »Ich hoffe, ich störe nicht«, sagte Miles. »Aber LJ sucht nach dir, Kumpel.«

Daisy riss sich von Trevin los und strich sich schnell ihre Kleider glatt. »Ich sollte wahrscheinlich meinen Dad suchen gehen.«

»Daisy, warte«, rief Trevin und hielt sie am T-Shirt fest, bevor sie weglaufen konnte.

»Tut mir leid, dass ich so hereingeplatzt bin«, sagte Miles.

»Nein, ist schon in Ordnung.« Daisy sah Trevin an. »Es ist wahrscheinlich besser so. Wir sehen uns später.«

Diesmal eilte sie davon und schaute nicht zurück. Was zum Teufel hatte sie getan? Es war eine Sache, ihn in einem Musikvideo zu küssen, aber eine ganz andere, aus freien Stücken in einem Garten mit ihm herumzuknutschen. Verdammt, sie musste sich wieder auf ihr Ziel besinnen. Vielleicht einen Ausschnitt des Videos finden, in dem er sie versetzt hatte. Das sollte der Eimer kalten

Wassers sein, den sie jetzt brauchte. Aber war das Video immer noch eine Option? Wollte sie ihn wirklich dermaßen fertigmachen? Gott, sie war so verwirrt. Trunken von seinen Küssen und seinen süßen Worten.

Kapitel 16

Trevins Körper kribbelte immer noch, als hätte er einen elektrischen Zaun angefasst. Er wusste nicht, was über ihn gekommen war, aber er konnte nicht genug von Daisy kriegen. Nach ihrem ersten Kuss hatte er nur noch daran gedacht, einen zweiten und dritten zu bekommen. Er liebte es, mit ihr zusammen zu sein, aber in diesem Augenblick schien es fast unmöglich. Vielleicht hatte sie recht. Vielleicht war es eine schlechte Idee, etwas mit ihr anzufangen.

Warum sagte sein Herz ihm dann etwas anderes? Mist. Er war prima klargekommen, bevor sie aufgetaucht war. Er hatte sich auf seine Musik konzentriert und dafür gesorgt, dass die Jungs nicht aus der Reihe tanzten. Jetzt verbrachte er die Hälfte der Zeit damit, sich Tagträumen über sie hinzugeben oder ihren Dad gegen sich aufzubringen. Er musste sich in Erinnerung rufen, warum er überhaupt angefangen hatte, sich an sie ranzumachen. Er hatte die großartige Gelegenheit mit einem der besten seines Fachs zusammenzuarbeiten. Aber ging es darum überhaupt noch?

»Alter, ich hätte nie gedacht, dass ich den Tag erlebe, an dem dich ein Mädchen zu Fall bringt«, sagte Miles.

»Fang gar nicht erst davon an. Was du gerade beobachtet hast, war ein Moment der Schwäche.« Trevin warf sich sein Sweatshirt über die Schulter und folgte Miles zurück ins Gebäude.

»Das redest du dir ein, Kumpel. Aber ich kenne diesen Ausdruck, ich habe ihn auf meinem eigenen Gesicht, wenn ich mit Aimee zusammen bin.«

»Ich weiß einfach nicht, was ich tun soll. In der einen Sekunde denke ich, dass sie mich wirklich mag, und in der nächsten stößt sie mich weg. Sie hat ein riesiges Vertrauensproblem, wenn es um Männer geht. Außerdem ist das ja alles gar nicht echt, verstehst du?« Zumindest redete er sich das immer wieder ein. Tief im Innern war er sich da nicht mehr so sicher.

»Netter Versuch, aber ich glaube, es hat aufgehört, um die Wette zu gehen, nachdem du sie am Strand geküsst hast.« Miles schlug ihm auf den Arm.

»Meinst du, ich mache einen Fehler?« Trevin hatte keine Ahnung, woher all die Zweifel kamen. Normalerweise war er sich seiner stets so sicher.

»Ich weiß es nicht. Die Antwort kennst nur du selbst. Wenn du sie magst, dann nein. Aber wenn du nicht auf sie stehst, dann ja. Vielleicht solltest du mit Ryder einen Schlussstrich unter das Ganze ziehen, Alter.«

»Wow, das war jetzt eine große Hilfe.« Trevin verdrehte die Augen. Aber vielleicht hatte Miles recht.

»Ich stecke voller guter Ratschläge. Zum Beispiel, iss

keinen gelben Schnee. Oder, benutze nach dem Zähneputzen Zahnseide. Und, piss Typen nicht ans Bein, die größer sind als du.«

»Ja, du bist ein wandelndes Lexikon der Weisheit.«

Als sie unten ankamen, wartete LJ neben Trevins Garderobe. »Gut, Miles hat dich gefunden. Ich muss kurz mit dir reden.«

»Klar.« Sie gingen hinein und LJ schloss die Tür hinter ihnen.

Er hockte sich auf die Armlehne eines kleinen Sofas. »Ich hoffe, wir können den gestrigen Zwischenfall hinter uns lassen. Ich habe bereits mit der PR geredet und zu deinem Glück fanden die Fans euch lustig. Aber du darfst so was nicht noch mal zulassen. Wer weiß, ob wir beim nächsten Mal den Schlamassel beheben können. Hast du verstanden?«

Trevin seufzte und stopfte die Hände in die Jeanstaschen. »Ja, ich hab's kapiert.«

»Und du musst vorsichtig mit Beaus Tochter sein. Ich will nicht, dass du von dem abgelenkt wirst, was um dich herum geschieht. Ist dir zum Beispiel klar, dass Ryder sich vor ein paar Tagen mit Mia davongeschlichen hat? Bevor dieses Mädchen aufgetaucht ist, hast du immer genau gewusst, wo alle waren.«

»Ich dachte, du hättest gesagt, es sei gut, mit ihr auszugehen.« Trevin ballte die Fäuste in den Taschen. Auf keinen Fall würde er sich von Lester vorschreiben lassen, mit wem er eine Beziehung haben durfte und mit wem nicht.

»Ich habe gesagt, es sei gut für dein Image, mit dem

Dienstmädchen auszugehen, nicht, mit ihr ins Bett zu gehen.« LJ schnaubte und warf sich ein Life-Saver-Bonbon in den Mund.

Trevin schäumte vor Wut. Was für ein mieser Drecksack. Glaubte er wirklich, Daisy hätte mit ihm geschlafen? Wenn ja, wer zum Teufel hatte ihm überhaupt von dem Zwischenfall im Bus erzählt? »Es passt mir nicht, dass du so über Daisy sprichst. Und zu deiner Information, wir hatten keinen Sex. Und selbst wenn, ich bin achtzehn! Du bist mein Manager, nicht mein verdammter Life-Coach!« Trevin riss die Tür auf und stürmte aus dem Raum.

»Trevin, so habe ich das nicht gemeint. Hör mal, beruhigen wir uns doch erst mal wieder!«, rief Lester hinter ihm her.

Will warf ihm einen Blick zu, als er die Konzerthalle verließ, aber seine Bandkollegen versuchten nicht, ihn aufzuhalten. Sekunden später hörte Trevin Beau hinter sich.

»Du willst also einfach ohne Leibwächter abhauen?« Er hielt Trevin an der Schulter fest, sodass er stehen bleiben musste.

»Ich hab Lester so verdammt dicke. Ich bin es leid, dass er dauernd seine Nase in meine Angelegenheiten steckt. Dass er mir vorschreibt, mit wem ich ausgehen darf und mit wem nicht. Und ich bin es absolut leid, dass er mich zwingt, den Babysitter für alle anderen zu spielen. Als wäre jede ihrer Fehlentscheidungen meine Schuld.« Trevin atmete schwer. Mit einem Ächzen riss er sich von

Beau los und schlug gegen die eine Backsteinmauer. Der Schmerz schoss ihm durch die Hand den Arm hinauf. Aber es fühlte sich gut an, Dampf abzulassen. Er wollte einfach nur sein Leben leben und niemandem gegenüber Rechenschaft ablegen müssen.

»Hey.« Beau hinderte ihn daran, erneut gegen die Mauer zu schlagen. »LJ ist ein Wichser. Und ich gebe dir recht, dass er sich nicht in jeden Bereich deines Lebens einmischen sollte. Er ist euer Manager, was bedeutet, dass er sich um die Band kümmern muss. Nichts von dem, was die anderen Jungen tun, ist deine Schuld oder liegt in deiner Verantwortung. Sie treffen alle ihre eigenen Entscheidungen und müssen die Konsequenzen dafür tragen. Leider wirken sich einige der Dinge, die sie tun, darauf aus, wie Außenstehende die Band als Ganzes sehen. Aber du hast dieses Benehmen hier nicht nötig, Trevin. Lass dich von Lester nicht zu so was verleiten.«

»Weißt du, ich war ja bereit, mir seinen Bullshit anzuhören, bis er erwähnt hat, dass ich mit Daisy geschlafen hätte. Es hat mir nicht gepasst, wie er das gesagt hat.« Trevin starrte finster ins Leere. »Ich weiß, ich hab dich verärgert, als ich mit ihr auf dem Sofa eingeschlafen bin, aber ich verspreche dir, dass ich nie respektlos mit ihr umgehen würde. Zwischen uns ist nichts passiert, aber irgendjemand hat LJ gegenüber sein verdammtes Maul aufgemacht.« Da Ryder LJ überredet hatte, die Videokameras im Bus abzuschaffen, wusste Trevin, dass die undichte Stelle entweder einer seiner Bandkameraden oder jemand von der Crew gewesen sein musste.

»Vielleicht hat einer der Jungs im Scherz etwas zu ihm gesagt. Ich weiß, dass du gestern Nacht nichts mit ihr angestellt hast. Wenn ich auch nur für eine Sekunde gedacht hätte, dass du die Situation ausgenutzt hast, hätte ich ihr nicht erlaubt, vorhin mit dir Kaffee trinken zu gehen. Ich vertraue dir – bis zu einem gewissen Grad.«

»Was? Du glaubst nicht, dass ich einen tollen Schwiegersohn abgeben würde?« Trevin grinste.

»Jetzt treibst du es zu weit. Zwing mich nicht, dich windelweich zu prügeln und im nächsten Mülleimer zu entsorgen«, witzelte Beau und ließ Trevins Arm los. »Meinst du, dass du dich ausreichend beruhigt hast, um wieder reinzugehen?«

»Solange Lester mich die nächsten Stunden in Ruhe lässt«, sagte Trevin.

»In Ordnung, wie wär's, wenn ich Daisy zu dir in die Garderobe schicke, damit sie dir Gesellschaft leistet? Unter der Voraussetzung, dass du deine Hände bei dir behältst.«

Trevin nickte. »Das werde ich.«

»Gut. Dann sage ich LJ, dass du ein bisschen Zeit zum Abregen brauchst und dass er später mit dir reden kann.« Beau schaute auf Trevins Hand. »Das sollten wir vielleicht angucken lassen. Ich glaube, sie schwillt an.«

Trevin rieb sich seine geprellte Hand. »Das geht schon. Wenn sie nach der Show heute Abend immer noch wehtut, können wir vielleicht morgen auf dem Weg nach Tennessee im Krankenhaus vorbeifahren.«

Trevin ließ sich von Beau zurück ins Gebäude führen.

Er fragte sich, ob sein Leibwächter ihm so bereitwillig erlaubt hätte, Zeit mit Daisy zu verbringen, wenn er von ihrem zweiten Kuss im Garten gewusst hätte.

Daisy erwartete ihn mit großen Augen an der Tür zu seiner Garderobe. »Geht es dir gut? Miles sagte, du seist nach draußen gerannt.«

»Er ist okay. Warum vertreibt ihr euch nicht ein bisschen zusammen die Zeit? Ich muss mich mit LJ unterhalten«, sagte Beau.

Daisy starrte ihren Dad an. »Warte mal, du erlaubst mir tatsächlich, allein in seine Garderobe zu gehen?«

»Ja. Aber gewöhn dich nicht daran. Es gibt immer noch Regeln.« Er sah sie beide durchdringend an. »Keine Dummheiten, das gilt für euch beide.«

»Ach, verdammt, das war's dann mit der Nacktmassage, die ich für heute Nachmittag geplant hatte«, entgegnete Trevin.

»Jetzt treibst du es wirklich zu weit«, bemerkte Beau, aber immerhin lächelte er.

»Och, und ich hatte mich schon so darauf gefreut.« Daisy zog einen Schmollmund.

Beau schnaubte. »Ich sehe euch zwei später.«

Als er weg war, ließ Trevin sich aufs Sofa fallen und rieb sich die Schläfen. Er musste unbedingt das mit der Wette regeln. Er sah Daisy an, die vor ihm stand und ihn beobachtete. »Weißt du, du musst nicht bleiben, wenn du nicht willst. Ich bin mir nicht sicher, ob ich gerade gute Gesellschaft bin.«

»Das ist in Ordnung, es sei denn natürlich, du willst

allein sein.« Sie streckte die Hand nach der Türklinke aus.

Er sprang auf und legte seine Hand auf ihre, um sie am Weggehen zu hindern. »Bleib. Bitte.«

»Willst du darüber reden?« Sie gingen zum Sofa und setzten sich.

»Eigentlich nicht. Sonst werde ich wahrscheinlich nur wieder sauer.« Er betrachtete die Schwielen an seinen Fingern, die vom Gitarrespielen stammten.

»Wir könnten ein wirklich tolles Spiel spielen, das ich kenne«, schlug Daisy vor.

»Okay, ich bin ganz Ohr. Was ist das für ein Spiel?« Trevin rutschte näher an sie heran.

»Ich sehe was, was du nicht siehst.«

Er lachte. »Das soll ein wirklich tolles Spiel sein?«

Sie schlug ihm zum Scherz auf den Arm. »Hey, du solltest wissen, dass dieses Spiel mir in meiner Kindheit geholfen hat, viele lange Autofahrten zu überstehen.«

»Hm ... Ich sehe was, was du nicht siehst und das ist wunderschön.« Trevin berührte sie an der Wange.

Daisy rümpfte die Nase. »Ich habe nicht gesagt, dass du das Spiel für kitschige Anmachsprüche benutzen sollst.«

»Das war kein Spruch. Ich finde dich wirklich wunderschön. Und klug. Ganz zu schweigen davon, dass du mich glücklich machst. Vor zwei Sekunden wollte ich Lester noch den Arsch aufreißen, und jetzt schaffst du es, dass ich lächele.«

Daisy wich vor ihm zurück und setzte sich auf die

Armlehne des Sofas, um ihn auf Abstand zu halten. Sie kaute an ihrem Fingernagel und musterte ihn, als wäre er ein wildes Tier, das sich gleich auf sie stürzen würde.

»Trevin, ich weiß nicht, was ich wegen uns tun soll.« Sie deutete auf ihn und dann auf sich selbst. »Einerseits denke ich, dass es eine ganz schlechte Idee wäre, mich in dich zu verlieben, andererseits will ich mich am liebsten kopfüber da reinstürzen und nie wieder zurückblicken.«

»Wenn du meine Meinung hören willst: Nur zu«, neckte er sie. Obwohl er nicht wirklich scherzte. Er wollte sie unbedingt an seiner Seite haben.

Sie spielte mit dem Saum ihres Shirts und sah Trevin nicht in die Augen, als sie sagte: »Ich bin nicht gut in solchen Dingen. Menschen an mich ranzulassen. Im Moment habe ich das Gefühl, als ginge ich einen Abgrund entlang, als würde mich eine falsche Bewegung in die Tiefe stürzen.«

»Glaubst du, für mich ist es einfach? Ich hab nicht gerade Dates wie am Fließband gehabt. Ich hatte erst eine richtige Freundin, und die hat mich wegen eines blöden Schauspielers, der jetzt Pornofilme macht, sitzen lassen.« Trevin befeuchtete sich die Lippen. Verdammt. Er wollte sie nicht verschrecken. Aber sie musste wissen, dass es für ihn auch nicht gerade leicht war. Sie war nicht die Einzige, die ein Risiko einging.

»Ich habe Angst«, flüsterte sie.

Er stand auf und ging zu ihr, dann nahm er ihr Gesicht in seine Hände. »Blitzmeldung: ich auch. Gib mir bloß den Sommer, um dir zu beweisen, dass das mit uns funktionieren kann. Wenn du am Ende der Tournee immer noch nicht überzeugt bist, können wir getrennte Wege gehen.« Aber Trevin wusste gar nicht, ob er in der Lage sein würde, sie ziehen zu lassen. Er hatte nur wenig Zeit zur Verfügung, um ihr zu beweisen, dass er es ernst meinte. Er hoffte, dass es genügen würde. Wette hin, Wette her, alles hing davon ab, wie der Sommer verlief. Es stand jetzt erheblich mehr auf dem Spiel als nur seine Zusammenarbeit mit Pierce. Inzwischen ging es auch um sein Herz.

Daisy geriet in Panik. Trevin schien es ernst zu meinen, dass er mit ihr zusammen sein wollte. Wie konnte sie sich sicher sein, dass es diesmal anders laufen würde als beim letzten Mal? Sie wollte nicht, dass ihr Sommer wieder mit einem gebrochenen Herzen endete oder dass sie auf ihrer Veranda stehen und sich fragen würde, warum er sie versetzt hatte.

Zu ihrem Glück brauchte sie ihm nicht sofort zu antworten, weil Will und Miles hereinstürmten, um Trevin zu einer kurzfristig angesetzten Tanzprobe abzuholen.

Daisy zottelte zurück nach oben und setzte sich in den Garten. Dann holte sie ihr Handy hervor und wählte Lenas Nummer.

»Hey, ich habe seit einer Ewigkeit nichts mehr von dir gehört«, sagte Lena, als sie den Anruf entgegennahm. »Wie läuft deine Rache an Trevin?«

Daisy barg den Kopf in den Händen. »Schrecklich.«

»Beißt er nicht an?« Lena klang überrascht.

»Doch, er *beißt* an.«

»Und das ist ein Problem?«

»Ja. Ich wollte mich jetzt schon so lange an ihm dafür rächen, dass er mich blamiert hat ... aber Lena, je mehr Zeit ich mit ihm verbringe, desto klarer wird mir, dass er vielleicht gar nicht so übel ist, wie ich dachte. Bin ich dumm?« Daisys Magen verkrampfte sich und sie zupfte an einem Grashalm neben ihrem Fuß.

»Nein, du bist nicht dumm. Du bist wahrscheinlich einfach von ihm geblendet. Ich meine, du hast Trevin total angehimmelt als Star, und obwohl er blöd zu dir war, schenkt er dir jetzt sehr viel Aufmerksamkeit. Vielleicht bist du tief im Innern nie über deine Verknalltheit hinweggekommen.«

»Aber es ist keine gute Idee, mich mit ihm einzulassen, stimmt's?«, fragte Daisy, unsicher, ob sie die Antwort hören wollte.

Lena schwieg für einen Moment. »Die Sache ist die, er hat dich schon einmal enttäuscht. Wer kann sagen, ob es nicht wieder passiert? Er wird oft auf Tournee sein, oder man wird ihn bitten, irgendwo aufzutreten oder irgendwelche Preisverleihungen zu moderieren, er wird nicht immer Zeit für dich haben. Wir leben in der realen Welt; er lebt in einem Märchen.«

Daisy wusste, dass Lena recht hatte. »Mist, was soll ich dann tun? Es kommt mir beinahe nicht mehr richtig vor, mich an ihm zu rächen. Ich weiß, dass er es verdient, und irgendwie will ich ihn immer noch fertigmachen. Es ist verrückt. Ich kann nicht glauben, dass mein Gewissen ausgerechnet diesen Zeitpunkt wählt, um sich bemerkbar zu machen.«

»Das liegt daran, dass du im Gegensatz zu ihm ein wirklich netter Mensch bist und dir die Gefühle anderer nicht egal sind.«

Aber eigentlich traf das tief im Innern auch auf Trevin zu. Zumindest glaubte sie das. Vielleicht konnte sie während des Sommers einfach mitspielen und ihn dann am Ende der Tournee ziehen lassen. Es wäre irgendwie so, als würde sie sich an ihm rächen. Und wenn er ihr in naher Zukunft etwas Schreckliches antat, konnte sie jederzeit auf ihren ursprünglichen Plan zurückgreifen. Sie hatte das Video von damals, als er sie versetzt hatte, sicher in ihrem Koffer verstaut und auf dem Handy gespeichert.

»Also, weißt du, was du tun wirst?«, fragte Lena.

»Ich werde erst mal weiter mitspielen. Nur weil er sich verliebt, heißt das nicht, dass ich das auch tun muss.«

»Gut, und du weißt, du könntest ihn auch mal testen, um zu sehen, wie sehr er wirklich auf dich steht.«

»Wie testen?«

»Ich weiß nicht, du könntest noch etwas mehr Unheil stiften oder reinen Tisch machen und ihm erzählen, dass er dich damals versetzt hat. Lass ihn dumm dastehen, weil er sich nicht an dich erinnert.«

»Aber das ist genau das Problem: ich will, dass er sich von allein daran erinnert, nicht weil ich ihn darauf gestoßen habe.«

»Tja, ich finde, du solltest es tun. Ihm wenigstens einen kleinen Seitenhieb verpassen«, sagte Lena.

Daisy stand auf und ging ins Gebäude zurück. »Hör mal, ich muss Schluss machen. Wir reden später weiter.«

»In Ordnung. Sei einfach vorsichtig.«

»Mach ich.« Zumindest würde sie es versuchen.

»Daisy?«

»Ja?«

»So gern ich es sähe, wenn du dich an ihm rächen würdest – wenn du ihn wirklich magst, tu einfach, was du für richtig hältst. Ich bin für dich da, egal wie du dich entscheidest. Mir geht es nur darum, dass du okay bist, weißt du?«

»Ich weiß.« Daisy seufzte. »Danke für alles.«

Als sie zurückging, waren die Jungen mit ihrer Tanzprobe fertig, und LJ hatte sie versammelt, um mit ihnen zu reden.

»Also, hier ist der Plan. Wir brechen nach der Show heute Abend nach Memphis auf. Und danach sind wir in Nashville, wo wir mit *Entertainment Tonight* ein Interview für euch vereinbart haben. Sie werden zum ersten Mal überhaupt euer neues Video für *Let Me Make You Smile* vorstellen.« LJ steckte sich ein Kaugummi in den Mund und fügte dann hinzu: »Während dieses Interviews müsst ihr euch anständig benehmen, verstanden? Ich will nicht noch mal so eine Nummer wie in Orlando erleben. Jetzt macht euch für die Show fertig.«

Trevin fing Daisys Blick auf und winkte sie heran. »Hey, ich schätze mal, in ein paar Tagen wirst du total berühmt sein.«

»Wie bitte?« Sie runzelte die Stirn.

»Das Video wird zum ersten Mal ausgestrahlt, was bedeutet, dass du in sämtlichen Fernsehsendern zu sehen sein wirst, im Internet, in Zeitschriften ... die Leute werden unseren Kuss sehen.« Er grinste und legte ihr einen Arm um die Schulter.

»Ich dachte, du wolltest unsere Beziehung privat halten.« Daisy warf ihm einen Seitenblick zu und folgte ihm in seine Garderobe.

»Das möchte ich. Aber das heißt nicht, dass ich nicht mit dir gesehen werden will.« Er zerzauste ihr das Haar und lächelte dann noch breiter. »Warte, hast du gerade gesagt, wir hätten eine Beziehung? Heißt das, dass du über alles nachgedacht hast?«

Daisy blickte zu Boden. Verdammt. Sie hoffte, dass sie das nicht irgendwann bereuen würde. »Wider besseres Wissen, ja, wir haben eine Beziehung.« Aber ob es eine reale oder nur eine vorgetäuschte sein würde, wusste sie noch nicht genau. Obwohl sie und Lena die Sache besprochen hatten, war sie sich noch nicht sicher, was sie tun würde. »Ich gehe erst mal zu meinem Dad raus, damit du dich umziehen kannst.«

»Bis später.« Er beugte sich vor und drückte ihr einen Kuss auf die Lippen.

Ihre Haut kribbelte und sie holte tief Luft. Würde sie sich jemals an das elektrisierende Gefühl gewöhnen, das sie verspürte, wenn sie mit ihm zusammen war? Benommen schlenderte sie zu ihrem Dad zurück.

Er seufzte und sah sie kopfschüttelnd an. »So viel dazu, dass du Trevin nicht magst, hm?«

»Nur weil wir zusammen abhängen, heißt das nicht, dass wir ein Paar sind.«

»Sei einfach vorsichtig, Kleines. Und ich will, dass du fragst, bevor du irgendwohin verschwindest, verstanden?«, fügte er hinzu.

Sie nickte. »Dann bist du also damit einverstanden?«

»Na ja, du bist alt genug für Dates, aber du musst dich trotzdem an die Sperrstunde halten, und du wirst dich bei mir an- und abmelden.«

»Das mache ich.« Sie zögerte einen Moment lang, dann umarmte sie ihn. Vielleicht um Danke zu sagen oder vielleicht, um sich dafür zu entschuldigen, dass sie anfangs so zickig gewesen war.

Zuerst schien er verblüfft, aber dann erwiderte er ihre Umarmung. »Hör zu, morgen Abend habe ich vor dem Konzert ein paar Stunden frei. Ich hab gedacht, wir könnten ein Vater-Tochter-Essen veranstalten oder so was.«

»Klingt gut.« Daisy trat einen Schritt zurück. Vielleicht ging es in diesem Sommer um mehr als nur darum, sich an Trevin zu rächen. Vielleicht ging es darum, die ganzen Beziehungen in ihrem Leben zu kitten. »Ich muss Lena ganz schnell eine SMS schicken. Sie wird sauer sein, wenn ich sie nicht über alles auf dem Laufenden halte, was *S2J* betrifft.«

Daisy nahm ihr Telefon wieder heraus und simste Lena, dass das Musikvideo in ein paar Tagen bei *Entertainment Tonight* zu sehen sein würde.

Lena antwortete mit einem großen *OMG* und Smiley,

gefolgt von: *Ich werde es aufnehmen. Du wirst berühmt sein. Emma wird total blöd dastehen, wenn alle Trevin und dich zusammen sehen.*

Allerdings war das für Daisy nicht das erste Mal, dass sie im Rampenlicht stand. Sicher, beim letzten Mal waren es nur Lokalsender gewesen, aber sie hatte es trotzdem in die Schlagzeilen geschafft. Sie hoffte nur, dass es diesmal besser lief als beim letzten Mal.

Kapitel 17

Trevin lag ausgestreckt auf dem Bett, ein Kissen unter dem Kopf. Er hielt sein Telefon hoch und versuchte, den Winkel der Kamera genau richtig hinzubekommen.

»Hey, kannst du uns sehen?« Carolines Gesicht erschien auf dem Bildschirm umringt von dem seiner Mom und den Gesichtern seiner anderen Geschwister.

»Ja, ihr passt kaum auf mein Telefon.« Er spürte einen Stich, als er seine Schwestern und Brüder betrachtete, und ignorierte den Kloß in seinem Hals. Er hatte seit Monaten keinen von ihnen persönlich gesehen; bis auf seine Mom, die für zwei Konzerte zu Besuch gekommen war und für die Jungs gekocht hatte.

Sein jüngerer Bruder Lee stieß Caroline aus dem Weg. »Und, hat Caroline dir erzählt, dass ich es ins Footballteam geschafft habe?«

»Nein, aber das ist super. Auf welcher Position wirst du spielen?«

»Runningback.« Er lächelte. Seine dunklen Haare waren feucht und zerzaust, wahrscheinlich vom Tragen eines Footballhelms. »Dad hat gesagt, solange ich meine

Pflichten erfülle, darf ich es machen. Aber zur Erntezeit werde ich auf den Feldern helfen müssen. Und natürlich ist Caroline sauer, weil sie mich zum Training in die Stadt fahren muss.«

»Tja, einige von uns haben ein Leben und wollen nicht ihre gesamte Zeit auf dem Footballfeld verbringen.« Caroline drückte ihn nach unten, bis er auf den Knien vor ihr hockte.

»Du krallst dir immer den Wagen«, sagte Tai, seine andere Schwester. »Ich komme kaum mal hinters Lenkrad. Immer wenn ich irgendwo hinfahren will, hat sie das Auto.«

»Immer? Ernsthaft? Du hast erst vor zwei Wochen deinen Führerschein gemacht.« Caroline verdrehte die Augen. »Wenn sie denkt, sie könnte ständig den Wagen haben, dann ist sie verrückt. Außerdem bin ich die Älteste von uns, daher sollte mir der Wagen öfter zur Verfügung stehen.«

»Vielleicht kann Trevin mir einen neuen kaufen«, schlug Tai vor.

Trevin versteifte sich. »Du weißt, dass ich es täte, wenn ich könnte.«

»Mädchen«, zischte seine Mom und schaute über die Schulter.

Sie überzeugte sich wahrscheinlich davon, dass sein Dad nicht in Hörweite war. Denn wenn er mitbekam, dass sie Trevin um irgendwelche Dinge anbettelten, zwang er sie, das Gespräch zu beenden. Es war ätzend, dass Trevin nicht mehr für sie tun konnte. Nicht, dass er sie total verwöhnen wollte, aber Himmel, er hatte Geld genug. Er überlegte, sich Ende des Jahres ein eigenes Haus zu kaufen. Vielleicht irgendwo in der Nähe seiner Familie. Oder vielleicht ein Haus am Strand, in das er seine Familie in den Ferien einladen konnte.

»Tut mir leid, ich hab ja nur gefragt«, sagte Tai.

»Streiten wir uns nicht. Trevin hat nicht viel Zeit zum Reden.« Seine Mutter tätschelte seiner Schwester den Arm.

»Ist schon gut, Mom.« Trevin grinste. An Tagen wie diesen hatte er das Gefühl, dass sich nicht viel verändert hatte, seit er gegangen war. Und gleichzeitig schien es, als hätte sich alles verändert. Alle sahen so viel erwachsener aus. Es war ätzend, dass seine einzige Verbindung zu ihnen der Videochat war.

»Und, Thomas und Clare, hat euer Naturwissenschaftsprojekt den ersten Preis gewonnen?«, fragte er.

»Ja.« Clare hielt ihre blaue Schleife hoch. »Aber ich habe den Großteil der Arbeit gemacht. Thomas hat die meiste Zeit Kendra Parker getextet.« Sie funkelte ihren Zwillingsbruder an.

»Ich hab ihr nicht die ganze Zeit Nachrichten geschickt. Sie hatte mich zu ihrer Geburtstagsfeier eingeladen, aber ich konnte nicht hingehen, weil wir die Scheune ausmisten mussten.«

Trevin wand sich. Er erinnerte sich nur allzu gut an die Sommer, die er auf der Farm hatte helfen müssen und nicht mit seinen Freunden hatte abhängen dürfen. Obwohl er in späteren Jahren klug geworden war und seine

Kumpel nach Hause eingeladen hatte, damit sie ihm halfen. Je schneller er seine Pflichten erledigt hatte, desto schneller konnte er zum Schwimmen oder zum Quadfahren gehen. Es war nicht so, als hätte er die Farm seiner Familie nicht gemocht – durch die Farm waren sie Selbstversorger –, aber sie verschlang jede freie Sekunde, die sie hatten.

Nachdem alle die Gelegenheit gehabt hatten zu reden, verkrümelten sich die Jüngeren langsam und wandten sich wieder ihrem Leben und ihren Aufgaben zu. Aber Caroline und seine Mom blieben noch sitzen.

»Und, isst du auch vernünftig?«, fragte seine Mom.

»Ja, Marsha behält da ein Auge drauf.«

Trevins Mutter lachte. »Miles' Mom ist eine gute Frau.«

»Was macht Daisy?« Caroline zwinkerte ihm zu. »Sag mir bitte, dass du mit diesem Mädchen ein richtiges Date hattest.«

Er rieb sich den Nacken. »Irgendwie schon. Ich habe sie zum Mittagessen in ein koreanisches Restaurant eingeladen und bin dann mit ihr an den Strand gegangen.«

»Hat hier jemand was von koreanischem Essen gesagt?« Miles warf sich auf Trevins Kojenbett und streckte den Kopf ins Bild, um den Jacobs' zuzuwinken. »Schickt ihr uns Kimchi? Ist es das, worüber wir reden?«

Trevins Mom lächelte. »Vermisst du mein Essen?«

»Ja. Das Essen auf der Tour ist okay, aber es lässt sich nicht mit Ihren vergleichen. Ich sage Trevin immer wieder, dass er Sie noch mal herholen muss.«

»Ich hoffe, ihr Jungs seid brav«, erwiderte sie.

»Das sind wir«, sagten Trevin und Miles wie aus einem Mund.

»Den Interviews zufolge seid ihr es nicht.« Seine Mom runzelte die Stirn.

»Ach, glauben Sie nicht alles, was Sie hören. Aber ich fürchte, das ist mein Stichwort, um mich zu verabschieden. Aimee wird jede Sekunde anrufen.«

»Pass auf dich auf, Miles, bis zum nächsten Mal.« Trevins Mom winkte.

Miles kletterte wieder aus der Koje heraus und verzog sich ans andere Ende des Tourbusses. Als er fort war, ging das Gespräch weiter.

»Also, wir wollten heute den Videochat mit dir machen, weil auch Dad mal mit dir sprechen wollte«, erklärte seine Mom.

Trevins Augen weiteten sich. »Wirklich?« Vielleicht hatte sein Vater ja seine Einstellung geändert. Vielleicht würde er heute endlich Trevins Entscheidung gutheißen, sich *Seconds to Juliet* angeschlossen zu haben.

»Ja. Er lässt es sich nicht immer anmerken, aber er vermisst dich.«

Er beobachtete, wie sein Dad in Sicht kam, in einer schmutzigen Jeans, einem alten Chiefs-T-Shirt und Arbeitsstiefeln.

»Oh, ich sehe Trevin auf dem Bildschirm. Was muss ich machen?« Sein Dad starrte in die Kamera.

»Rede einfach, John. Er kann uns auf seinem Gerät sehen.«

»Ich gehe mal nach den Zwillingen schauen«, sagte Caroline. »Hab dich lieb, großer Bruder.«

»Hab dich auch lieb.«

Sein Dad setzte sich. Unter seinen Augen lagen dunkle Ringe. »Und, wie geht es dir, Junge?«

»Gut, wir sind jetzt in Memphis. In ein paar Stunden fängt das Konzert an, und danach fahren wir mit dem Bus nach Nashville. Wir haben da ein paar Auftritte und ein weiteres Fernsehinterview. Ich glaube, LJ wird versuchen, uns auch ins Tonstudio zu bekommen.«

Sein Dad runzelte die Stirn. »Ich hoffe, dieses Interview läuft besser als das letzte. Es hat mir gar nicht gefallen zu hören, was ihr Jungs so getrieben habt. Nur weil du jetzt berühmt bist, heißt das nicht, dass du tun kannst, was du willst. Ich kann dir immer noch gehörig den Hintern versohlen.«

»Dad, die Jungs haben nur Quatsch erzählt. Wir waren nie in einem Strip-Club und haben auch nichts von diesen anderen Sachen gemacht.«

»Was hat es mit diesem Unterwäsche-Unsinn auf sich?«

»Gar nichts. Mein Telefon wurde gehackt.« Trevin seufzte. Natürlich würde sein Dad jede negative Schlagzeile nutzen, um ihm einen Vortrag zu halten. Konnte er nicht ausnahmsweise einfach stolz auf ihn sein?

»Es gefällt mir jedenfalls nicht. Nichts von alledem wäre passiert, wenn du zu Hause geblieben wärest, um auf der Farm zu helfen. Du weißt gar nicht, wie sehr ich dich in diesem Jahr auf den Feldern gebrauchen könnte.«

Da war es wieder.

»Ich weiß. Du erzählst mir das, seit ich von zu Hause weggegangen bin. Aber ich liebe das, was ich tue. Singen, reisen und mein eigenes Geld verdienen.«

»Du warst schon immer ein Träumer, Trevin. Was du tust, mag für den Augenblick Spaß machen, aber früher oder später wird es enden. Du wirst nicht ewig jung sein, und worauf kannst du dann zurückgreifen? Du bist nicht aufs College gegangen. Du hast keine Arbeitserfahrung, außer auf der Farm.«

»John, komm schon, du hast ihn seit Januar nicht gesehen. Kannst du nicht über etwas anderes reden?«, meldete Mom sich zu Wort. »Zum Beispiel, dass du endlich nachgegeben und den Kindern erlaubt hast, Ziegen anzuschaffen? Oder was ist mit dem neuen Trecker?«

»Er will doch sicher nichts über die Farm hören.« Sein Dad schaute auf seine Hände. »Hör mal, es war schön, dich zu sehen. Aber ich muss die Kühe von der Weide holen gehen. Versuch, uns bald wieder anzurufen. Die Kinder freuen sich, wenn sie von dir hören.«

Trevin schluckte. Warum musste sein Dad immer so hart sein? Warum konnte er sich nicht wenigstens ein wenig darüber freuen, was sein Sohn geleistet hatte?

»Bis dann«, sagte Trevin.

»Pass auf dich auf.« Sein Vater erhob sich und verließ den Raum.

»Er liebt dich, weißt du«, murmelte seine Mom.

»Vielleicht.«

»Doch, das tut er. Er ist einfach kein redegewandter

Mensch. Lass ihm Zeit, er wird sich schon einkriegen. Er ist stolz auf dich – neulich habe ich gehört, wie er Bert Keller alles über dich und deine Tournee erzählt hat.« Sie lachte. »Stell dir das vor.«

»Er benimmt sich nicht so, als wäre er stolz; er hält mir nur Vorträge.«

»Ich weiß. Aber eines Tages wird er dir zeigen, dass er stolz auf dich ist. Also, warum ruhst du dich nicht ein wenig aus? Du siehst erschöpft aus.«

Trevin verdrehte die Augen. »Ja, ja. Wie kannst du so weit weg sein, und mir immer noch wegen so was in den Ohren liegen?«

»Weil es das ist, was Mütter tun.«

»Hab dich lieb.«

»Hab dich auch lieb, Schätzchen. Pass auf dich auf.«

Als der Bildschirm schwarz wurde, legte Trevin den Kopf in den Nacken. Verdammt. Er vermisste sie. Selbst nach dem nicht besonders ermutigenden Gespräch mit seinem Vater wünschte er trotzdem, er könnte für einen Besuch nach Hause fahren.

»Alles in Ordnung mit dir, Kumpel?« Miles streckte den Kopf wieder in den Schlafbereich.

»Du hast also meinen Dad gehört?«

»Ja. Willst du reden?«

»Eigentlich nicht.«

»Zieh dich an; du kannst mit meiner Mum und mir zum Abendessen gehen.«

Trevin rutschte aus seiner Koje und warf das Telefon aufs Bett. Er schlüpfte aus seinen Basketballshorts und stieg in Cargo-Shorts. Dann klopfte er Miles auf die Schulter. Er wusste nicht, was er ohne seinen besten Freund getan hätte. Miles hatte die Gabe, ihn aufzumuntern, ihn die Bemerkungen seines Dads vergessen zu lassen.

»Danke, Mann.«

»Keine Ursache. Obwohl es mich überrascht, dass du nicht mit Daisy abhängst. Was hast du getan? Hast du die Sache aufgegeben?«

»Nein, sie ist heute Abend bloß mit Beau unterwegs. Ich dachte, ich gönne ihr besser eine Pause von meiner Genialität. Ich will nicht, dass sie eine Überdosis kriegt.«

Miles schnaubte. »Wie du meinst, Alter. Lass uns was essen gehen.«

Als Trevin den Bus verließ, wurde ihm klar, dass es ihm irgendwie fehlte, Daisy dort rumhängen zu sehen. Sie hatte immer das Talent, ihm ein Lächeln zu entlocken oder ihn alles andere vergessen zu lassen. Das würde er Miles gegenüber allerdings nicht zugeben. Auf keinen Fall.

Daisy saß ihrem Dad gegenüber in der Sitznische. Er schnitt sein Steak in Stücke und tunkte es in eine Pfütze A.1.-Steaksoße, während sie mit einer Gabel in ihrem Geflügelsalat herumstocherte. Im Hintergrund spielte Countrymusik. Kellnerinnen in Cowgirl-Stiefeln drehten ihre Runden.

»Und, wie gefällt dir die Tournee bisher?«, erkundigte sich ihr Dad.

»Es ist nicht so übel, wie ich dachte.« Daisy konnte kaum glauben, dass ihr diese Worte über die Lippen gekommen waren. Aber es stimmte. Die Jungen von *S2J* waren nicht die Arschlöcher, für die Daisy sie gehalten hatte. Na ja, jedenfalls nicht durchweg.

Beau lächelte und legte sein Besteck beiseite. »Ich bin froh, dass du zu Besuch gekommen bist.«

»Ich auch.«

Sein Lächeln bröckelte, und er sah sie an. »Daisy, ich ... ich weiß, ich war nicht gerade der beste Dad. Und ich weiß, dass ich dich im Laufe der Jahre oft enttäuscht habe. Dafür entschuldige ich mich. Du hast es nicht verdient, dass ich nie da war. Es gibt eine Menge Dinge, die du über unsere Scheidung nicht weißt. Sachen, über die ich mit dir nicht geredet habe, weil ich nicht wollte, dass du deine Mom oder mich hasst.«

Sie hielt seinem Blick stand, obwohl sich ihr der Magen umdrehte. »Was für Sachen?«

»Vielleicht hätte ich das nicht zur Sprache bringen sollen, denn so gern ich dir jetzt davon erzählen würde, denke ich nicht, dass ein Restaurant der richtig Ort dafür ist. Aber lass mich klarstellen, dass ich, als ich aus dem Irak zurückkam, nicht erwartet hatte, so verletzt zu werden, dass ich nicht mal mehr in ihrer Nähe sein konnte. Das ist der Grund, warum ich weggeblieben bin, Daisy. Es war nicht wegen dir, es ging um deine Mom. Ich konnte sie nicht ansehen, ohne total wütend zu werden. Also bin ich weggeblieben.«

»Hatte sie eine Affäre?« Daisy wollte es nicht glauben,

aber im Laufe der Jahre hatte ihre Mom immer wieder gesagt, dass sie ihren Dad nicht hassen solle, dass er nicht der Einzige sei, den Schuld treffe.

Er kratzte mit der Gabel über seinen Teller, zeichnete Formen in die Soße und mied Daisys Blick. »Ich würde es vorziehen, wenn du sie selbst danach fragst. Du sollst nur wissen, dass ich nie aufgehört habe, dich zu lieben. Und wenn ich dir je das Gefühl gegeben habe, du wärst mir nicht wichtig, dann tut es mir leid, denn du bist mir sehr wichtig. Ich schulde dir außerdem eine Entschuldigung, weil ich einen so übertriebenen Beschützerinstinkt an den Tag gelegt habe, seit du hier bist, aber ich will dir ein besserer Dad sein, und Menschen zu beschützen ist etwas, auf das ich mich gut verstehe.« Er sah sie wieder an. »Ich habe alle deine Schulfotos und Kopien von deinen Zeugnissen aufgehoben, die deine Mom mir geschickt hat. Selbst Weihnachtskarten und Schmuck, den du für mich gemacht hast, als du klein warst. Sie liegen alle in einer Schachtel in meinem Schrank. Ich habe alles aufgehoben.«

Daisy kamen die Tränen. Vielleicht war es nicht zu spät für sie beide, ihre Beziehung in Ordnung zu bringen. Schließlich gab er sich Mühe, richtig? »Mir tut es auch leid. Ich weiß, dass ich dir das Reden nie leicht gemacht habe. Wenn Mom wieder anruft, werde ich sie bitten, mir die Wahrheit zu sagen.«

Er nickte. »Wenn du Fragen hast, nachdem du mit ihr gesprochen hast, kannst du zu mir kommen.«

Daisy beugte sich über den Tisch und drückte ihrem

Dad die Hand. »Das werde ich tun. Danke, dass du mit mir gesprochen hast und dass du mich hier bei dir haben wolltest.«

»Ich will dich immer bei mir haben.«

Diese Worte hoben eine riesige Last von ihren Schultern, als hätte jemand einen Staubsauger benutzt, um die ganze Dunkelheit aufzusaugen, die über ihr gehangen hatte. All der Schmerz und die Zweifel verschwanden mit ihr. Zum ersten Mal seit langer Zeit war Daisy sich nicht sicher, was sie mit sich anfangen sollte.

Ihr Dad ließ ihre Hand los und schaute auf seine Armbanduhr. »Wir sollten wahrscheinlich ins Stadion zurückkehren. Ich will nicht, dass jemand die Jungen während des Konzerts belästigt.«

Sie kicherte. »Ja, diese Zehnjährigen sind eine echte Plage.«

Als sie das Stadion erreichten, waren die meisten Bandmitglieder in der Maske. Also ging Daisy einen Flur entlang, setzte sich auf den Boden und lehnte sich an die Wand. Sie schloss die Augen und rieb sich die Schläfen. Sie musste über so vieles nachdenken. Zum Beispiel darüber, dass sie all diese Jahre gedacht hatte, ihr Dad wäre allein Schuld an der Scheidung. Jetzt war sie sich nicht mehr so sicher. Hatte sie die falsche Person gehasst? Wenn ja, warum hatte ihre Mom ihr dann nicht früher erzählt, was geschehen war? Auf die eine oder andere Art würde sie die wahre Geschichte aus ihr herausholen. Aber das Ganze machte ihr noch etwas anderes klar: Wenn ihr Dad ihr nicht hatte wehtun wollen, hatte

Trevin es vielleicht auch nicht gewollt. Möglicherweise verdiente er ihr Vertrauen ja doch.

Sie öffnete die Augen, stand auf und strich sich die Haare aus dem Gesicht.

In dem Moment kam Nathan vorbeigeschlendert. Er trug Skinny-Jeans und ein blaues T-Shirt mit einem Bild von Queen. »Alles in Ordnung mit dir?«

Daisy fuhr sich über das Gesicht. »Mir geht es gut.«

Er sah sie lange an, dann schnappte er nach Luft. »Jetzt erinnere ich mich.«

»Woran erinnerst du dich?« Sie kniff die Augen zusammen.

»Du bist das Mädchen, das unseren Wettbewerb gewonnen hat«, sagte er.

Daisy erschrak und griff nach seinem Arm. »Bitte, verrate es niemandem.«

»Das ist der Grund, warum du Boybands so sehr hasst«, sagte Nathan. »Stimmt's?«

»Ich flehe dich an, bitte, sprich nicht darüber.« Hektisch zog Daisy ihn in einen der Tunnel hinein.

»Wieso willst du nicht, dass Trevin davon erfährt?«

»Ich will ja, dass er davon erfährt, aber ich will, dass er sich von selbst daran erinnert. Es hatte offensichtlich für ihn nicht die gleiche Bedeutung wie für mich.« Sie spielte mit den Glasperlen ihres Armbands und sah sich um, während die Bühnenmannschaft weitere Requisiten brachte. »Ich bin vor laufender Kamera blamiert worden, und er macht sich nicht mal die Mühe herauszufinden, warum ich so wütend auf ihn bin.«

»Ich schwöre dir, dass er normalerweise nicht so desinteressiert mit Leuten oder ihren Gefühlen umgeht. Er ist ein wirklich anständiger Typ. Er ist derjenige, der dafür sorgt, dass wir alle auf dem Boden bleiben, wie ein großer Bruder. Er würde niemals jemandem mit Absicht wehtun.«

»Aber er erinnert sich nicht mal daran, dass er mich versetzt hat. Und das macht es umso unerträglicher. Es ist, als spiele das, was er getan hat, überhaupt keine Rolle, verstehst du?«

»Ja, das kann ich nachempfinden.« Nathan seufzte. »Hör mal, ich halte meine Klappe in dieser Sache, solange du versprichst, zumindest zu versuchen, Trevin besser kennenzulernen. Ich schwöre, er ist nicht so übel, wie es durch diese Sache aussieht.«

»Na schön«, versprach Daisy.

Nathan stand da und starrte die Wand an, dann weiteten sich seine Augen plötzlich. »Moment mal, es gibt da etwas, das du wissen solltest. LJ ist derjenige …«

»Hey, Nathan, die Kostümabteilung sagt, dass sie dich brauchen, weil du andere Schuhe bekommst«, rief Beau.

»Du solltest wahrscheinlich gehen, damit du keinen Ärger kriegst. Aber danke, dass du dich erinnert hast und dass du dieses Geheimnis für dich behältst.«

»Aber Daisy, es war nur LJs Schuld, dass Trevin damals nicht aufgetaucht ist.«

Sie schnaubte. »Hör mal, du brauchst dir keine Entschuldigungen für ihn auszudenken. Behalte es bitte einfach für dich.«

»Aber ...«

Daisy ignorierte ihn und zerrte ihn den langen Flur entlang. Warum gab Nathan sich solche Mühe, sie zu überzeugen? Hatte Trevin ihn dazu angestiftet?

»Wo hattet ihr zwei euch denn versteckt?«, fragte Ryder und warf Nathan einen Football zu, während sie durch den Tunnel eilten. »Vielleicht hat Trevin ja doch Konkurrenz. Hast du uns was verheimlicht, kleiner Nate?«

»Wir haben nur geredet.« Er zwinkerte Daisy zu.

Sie lächelte ihn an. »Wir schmieden Pläne, euch alle kaltzumachen.«

Daisy entging die Falte zwischen Trevins Brauen nicht. War er eifersüchtig? Ihr Herz legte einen Stepptanz hin. Vielleicht stimmte es. Vielleicht hatte Trevin Jacobs sich bereits in sie verliebt. Und vielleicht würde es diesmal anders sein. Sie lernte ihn langsam kennen und eigentlich mochte sie ihn irgendwie. Sehr sogar.

Daisy stand neben ihrem Dad und sah sich das Konzert an. Zum ersten Mal seit ihrer Ankunft fiel ihr auf, wie gut die Jungen wirklich waren. Wie sie tanzten. Wie sie sangen. Sie verstand, warum alle Mädchen sie anhimmelten.

Daisy fuhr im *Hanging-On*-Bus mit, bis sie Nashville erreichten. Sobald sie geparkt hatten, brachte ihr Dad die Band ins Hotel, dann kam er zurück, um sie zu holen.

Er nahm ihr den Koffer ab und rollte ihn ins Hotel. Während ihr Dad sie eincheckte, fiel Daisy ein Schild für einen Tanzabend mit Musik aus den fünfziger Jahren auf. Der Tanzabend fand am übernächsten Abend statt. Sie würden Musik aus der Ära ihres Grandpas spielen. Vielleicht sogar einige seiner Songs. Das war genau ihr Ding. Sie musste hingehen.

Sie biss sich auf die Unterlippe. Vielleicht würde Trevin sie begleiten. Sie stellte sich vor, mit ihm im sanften Schein der Lichter zu tanzen und ihren Lieblingssongs zu lauschen. Es konnte ihre Chance sein, doch noch zusammen in den Genuss dieses besonderen Erlebnisses zu kommen, das sie beim Homecoming verpasst hatten. Und sie wusste bereits, welches Kleid sie anziehen würde.

Nachdem ihr Entschluss getroffen war, plante Daisy ihr perfektes Date mit Trevin.

Es würde endlich wahr werden.

Kapitel 18

Trevin war froh, als sie in dem Hotel eincheckten, das während der nächsten zwei Nächte ihr Zuhause sein würde. Sie hatten hier in Nashville jede Menge zu tun: Fernsehinterviews, ein paar Stücke im Tonstudio aufnehmen, zwei Konzerte. Mit anderen Worten, sie würden beschäftigt sein.

Seufzend griff er nach dem Telefon und rief in Daisys Zimmer an.

»Hallo?«, erklang ihre Stimme.

»Hey, ich dachte, wir könnten heute Abend nach dem Konzert ein bisschen chillen«, schlug er vor. Gott, er liebte es, sie reden zu hören. Die Art, wie sie den Buchstaben O betonte, typisch für Leute aus dem Norden. Wie ihre Stimme weich wurde, wenn sie von ihrer Familie sprach.

»Klar, was schwebt dir denn so vor?«

»Tja, das ist eine Überraschung.«

»Was für eine Überraschung?«

»Ich würde sie verderben, wenn ich sie dir verriete.« Trevin lächelte und rieb sich den Nacken. »Daher das Wort Überraschung.«

»Na schön, wie du willst.«

»Also sehen wir uns später?«

»Ja.«

Nachdem er aufgelegt hatte, trottete er zur Küchenzeile und nahm sich einen Donut. Himbeergelee tropfte ihm übers Kinn, und er griff nach einem Papiertuch, um es wegzuwischen.

Miles warf sich auf das Sofa. »Ich will einfach nur hier sitzen und mich vierundzwanzig Stunden lang nicht bewegen. Ich brauche so dringend Schlaf.«

»Du hättest gestern im Bus mehr schlafen sollen.«

Miles schnaubte. »Netter Versuch. Es ist irgendwie schwer einzuschlafen, wenn ich die ganze Zeit höre, wie im Wohnzimmer Zombies abgeschlachtet werden.«

Trevin grinste. »Das tut mir leid, Will wollte Videospiele spielen.«

»Natürlich, gib nur ihm die Schuld, er ist ja nicht hier, um sich zu verteidigen. Außerdem weiß ich, wie sehr du Videospiele liebst, deshalb zieht diese Ausrede bei mir nicht.«

»Ach, hör auf rumzuzicken, du hast ohnehin mit Aimee geskypt, also weiß ich verdammt gut, dass du nicht versucht hast zu schlafen.«

»*Sch*, du ruinierst meine Einsamkeit und meine Meditation.«

»Egal. Wir müssen uns noch ein paar Mal *Closer to Me* anhören, bevor wir morgen zum Aufnehmen ins Studio gehen.«

»Vielleicht kann ich das im Schlaf machen.«

Trevin steckte sich seine Ohrstöpsel ins Ohr, drückte auf Play und lauschte den Harmonien. Er wiederholte den Song mehrfach und versuchte, sich die Worte einzuprägen. Als er fertig war, arbeiteten er und Miles den Song einige Male durch, bevor sie beide beschlossen, sich vor dem Konzert einfach zu entspannen.

Doch er musste noch einen der Hotelportiers erwischen, um einen Picknickkorb zu bestellen. Er wollte, dass der heutige Abend perfekt wurde.

Trevin prüfte kurz seinen Atem in der gewölbten Hand, dann eilte er zu Daisys Zimmer und klopfte an die Tür. Eine Sekunde später öffnete Daisy. Ihm stockte der Atem, als sein Blick über sie huschte. Ihr langes kastanienbraunes Haar fiel ihr in losen Locken über den Rücken, sie trug ein hellblaues Sommerkleid und sah heute Abend sogar noch umwerfender aus als bei ihrer ersten Begegnung. Er stand da und starrte sie an.

»Hey«, begrüßte sie ihn.

»Hey. Wow, du siehst wunderschön aus.« Trevin bemerkte Beau hinter ihr.

»Sieh zu, dass ihr zwei nicht zu spät zurück seid«, mahnte er.

Trevin nickte, denn er wusste, dass er Beau bei Laune halten musste, wenn er weiterhin Zeit mit Daisy verbringen wollte. »Geht klar. Bis später.«

Als sie unten ankamen, ging er zur Rezeption, um den Picknickkorb und eine Decke zu holen.

Daisy sah ihn an. »Und, was genau machen wir?«

»Komm mit und du wirst es herausfinden.« Er nahm ihre Hand und zog sie hinter sich her. Sie schlüpften durch eine der Seitentüren und folgten dem Weg zum hinteren Parkplatz, auf dem die Tourbusse standen.

»Okay, wir sind also hergekommen, um auf dem Parkplatz abzuhängen?«

»Nein, wir werden uns die Sterne ansehen.«

Daisy kicherte beim Anblick der halb nackten Jungs auf den Bussen. »Also, wessen Idee war es eigentlich, euch oben ohne auf euren Bussen posieren zu lassen?«

»Das war LJs Idee. Angeblich mögen die Mädels das.«

»Findet ihr manchmal Frauen oder Männer am Bus, die eure Fotos streicheln?«

»Tut mir leid, das ist eine streng geheime Information. Moment mal, warst du hier draußen und hast mein Foto gestreichelt, als ich heute Abend auf der Bühne war?«

»Nein, ich stehe nicht so richtig auf Kraftfahrzeuge. Sie sind nicht mein Typ.«

»Was ist denn dein Typ?«

»Ich bin mir nicht sicher. Ich lass es dich später wissen.«

»Ach, wirklich?« Er kitzelte sie.

»Wie soll ich bei dem Gekitzel einen Stern am Himmel entdecken?«

»Hallo, dein Star steht doch direkt vor dir!«

»Du bist so von dir eingenommen. Du bist ja noch schlimmer als Ryder. Was ich nie für möglich gehalten hätte. Aber ich muss mich anscheinend eines Besseren belehren lassen.«

Er kicherte und sie schauten beide zum Himmel. Daisy machte ein paar funkelnde Sterne aus, aber wegen der vielen Lichter der Stadt war es schwer, sie zu sehen.

»Ich glaube nicht, dass wir heute Abend viele finden werden«, meinte er.

»Das ist schon in Ordnung, dir zufolge habe ich ja meinen eigenen *Star* gleich hier.« Sie tätschelte seine Wange.

Er beugte sich leicht vor, sodass seine Lippen ihre berührten. Es war ein sanfter, neckender Kuss. Einer, der mehr versprach. »Ich wette, du hast nicht gewusst, dass wir Stars so gut küssen können.«

»Wer hat dir das denn erzählt?«

»Du bist übermütig heute Abend, was?« Trevin zog eine Augenbraue hoch. Aber er liebte es, diese verspielte Seite an ihr zu sehen. Zu sehen, wie glücklich sie war.

»Sagt der Junge, der sich für einen Star hält.«

»Komm hier herauf.« Er führte sie zu der Leiter hinten am Bus.

»Gehen wir da hoch?«

»Ja.« Er kletterte mit dem Korb voraus. Als er oben war, stellte er den Korb ab und half Daisy hinauf. Sobald sie beide oben waren, öffnete Trevin den Picknickkorb, zog eine Decke heraus, breitete sie auf dem Dach aus und packte eine Vielzahl von Desserts aus. Schokolade. Torte. Kekse. Schließlich holte er eine Dockingstation hervor, stöpselte seinen iPod ein und startete seine Oldies-Playlist.

Er setzte sich und klopfte auf den Platz neben sich. »Voilà, dein süßes Picknick unter den Sternen steht jetzt bereit.«

Daisy lächelte. »Du hättest das alles nicht für mich zu tun brauchen.«

»Wollte ich aber.« Er streckte sich auf dem Dach des Busses aus, stützte sich auf einen Ellbogen und schaute in den Himmel.

Daisy legte sich neben ihn. Er fing den schwachen Apfelduft ihrer Haare auf. Gott, roch sie gut. Das tat sie immer. Er bettete die Wange an ihrem Kopf und genoss es, wie sie sich an ihn drückte.

»Ich bin froh, dass wir endlich unser erstes richtiges Date haben«, bemerkte Trevin.

Sie schaute mit ihren großen braunen Augen zu ihm auf. »Es ist ziemlich perfekt.«

»Nur ziemlich?«, neckte er sie.

Mit einem Lachen rutschte sie näher an ihn heran. »Na schön, es ist wirklich perfekt. Die Musik, die Atmosphäre, Zeit mit dir zu verbringen ...«

»Ja, es ist ziemlich toll, Zeit mit mir zu verbringen.«

Sie schnaubte. »Wag es nicht, mir wieder mit diesem Mist zu kommen.«

»Wie meinst du das?«

»Als wir uns kennengelernt haben, hast du die ganze Zeit versucht, mich zu beeindrucken.«

»Und es hat offensichtlich funktioniert.« Er zwirbelte sich eine ihrer Locken um den Finger.

»Nein, es ist wohl eher so, dass du mich mürbe gemacht hast. Mir sind die Ausreden ausgegangen, um dich auf Abstand zu halten.«

»Ach, so ist das?« Trevin gefiel ihr Geplänkel; tatsächlich gab es nicht viel an ihr, das ihm nicht gefiel. Es fühlte sich gut an, er selbst sein zu können, jemanden zu haben, mit dem er seine Zeit verbringen konnte. Aber nicht irgendjemanden, sondern ein Mädchen, das ihn verstand und ihn glücklich machte.

Ein Teil von ihm dachte, dass die Dinge vielleicht zu schön waren, um wahr zu sein, aber er schob diesen grausamen Gedanken beiseite. Er hatte genug Zeit damit verbracht, an sich selbst und daran zu zweifeln, ob er in der Lage sein würde, mit jemandem zusammen zu sein. Er wollte, dass dies sein Neuanfang war. Und er wollte ihn mit Daisy. Er musste dringend mit Ryder reden. Auf keinen Fall konnte er mit der Wette weitermachen. Musikalische Zusammenarbeit hin oder her, er mochte Daisy viel zu sehr, um sie weiter zu hintergehen.

Daisy klammerte sich an Trevin. Sie liebte es, wie er lächelte und wie seine Augen zu funkeln schienen, als müsse er innerlich grinsen. Der heutige Abend war magisch, perfekt, und ihre Schutzschilde fielen scheppernd von ihr ab.

Vielleicht würde das mit ihnen wirklich funktionieren. Vielleicht hatte das Universum beschlossen, dass Daisy an der Reihe war, glücklich zu sein.

Jetzt wäre der perfekte Augenblick, um ihn wegen des Tanzes zu fragen. Ihr Magen krampfte sich zusammen. Sie musste einfach ruhig bleiben und es wagen. Sie holte tief Luft und nahm die Hände von seinen Schultern.
»Also, ich wollte dich fragen, ob du vielleicht zu diesem Fünfziger-Jahre-Tanzabend gehen würdest, den das Hotel

morgen im Ballsaal veranstaltet. Ich meine, da du den Abend doch frei hast?«

Er sah ihr in die Augen. »Du lädst mich zu einem Date ein?«

»Ja. Ich dachte, es wäre irgendwie cool, sich in Schale zu werfen und Tänze aus den Fünfzigern zu tanzen. Du weißt schon, den Twist, so tun, als würden wir schwimmen, vielleicht könntest du sogar ein paar Bewegungen lernen, die du bei einer deiner Shows einsetzen könntest. Oh, vielleicht könntet ihr, wenn ihr euren Song *Wet* aufführt, das mit den Schwimmbewegungen machen. Das wäre heiß«, schlug Daisy vor.

»Du findest mich heiß?« Er zog die Augenbrauen hoch.

»Eine Lady verrät so etwas nicht.« Sie lächelte und tat so, als würde sie auf dem Bus rückwärts schwimmen, nur um Trevin auf den Kopf zu schlagen. »Oh, tut mir leid, das habe ich überhaupt nicht gewollt.«

»Immer mit der Ruhe, Killer, du hättest mich mit deinen Armen fast zerhackt.« Trevin zog sie enger an sich.

»Ach, das hast du nicht gewusst, oder? Meine Arme sind wie Waffen.«

»Jetzt klingst du wie dein Dad.«

»Das ist das Unromantischste, was du zu einem Mädchen sagen kannst.« Daisy schlug nach ihm.

Er kicherte. »Du hast wahrscheinlich recht.« Er nahm sie wieder in die Arme.

Daisy kaute auf ihrer Unterlippe und schmiegte den Kopf an seine Brust. Einen Moment lang schloss sie die

Augen und lauschte den langsamen Doo-Wop-Klängen aus dem iPod. »Also, gehst du mit mir hin?«

»Liebend gern.« Er strich ihr einige Locken aus dem Gesicht. »Bedeutet das, dass wir uns anziehen dürfen wie in den Fünfzigern?«

Sie öffnete die Augen und betrachtete ihn. Trevin Jacobs hatte Ja gesagt. Oh. Mein. Gott. Sie konnte nicht glauben, dass das wirklich geschah. Sie bekam endlich die Chance, mit ihm Tanzen zu gehen. »Allerdings.«

»Klingt spaßig. Also, wir sollten wahrscheinlich was von den Sachen essen, die ich hier hochgebracht habe. Ich will nicht, dass sie schlecht werden.« Er beugte sich vor, griff nach einer Praline und schob sie ihr in den Mund.

Daisy richtete sich auf und kaute an dem mit Schokolade bedeckten Karamell. Es schmolz in ihrem Mund, und sie seufzte. Eine kühle Brise kam auf, Daisy rieb sich die Arme.

»Wird dir langsam kalt?«

»Ein bisschen, aber es geht schon.«

»Willst du für eine Weile in den Bus? Ich habe einen Schlüssel.« Trevin griff in seine Tasche und zog den Schlüssel heraus.

»Bist du dir sicher, dass es okay ist?«

»Ja, kein Problem.«

»Was ist mit all den Sachen?« Sie deutete auf die Decke und die Leckereien.

»Wir können sie uns schnappen, bevor wir später ins Hotel zurückgehen.«

Sie kletterten vom Dach des Busses herunter und gingen nach vorn, aber bevor sie einstiegen, küsste Trevin sie und drückte sie so fest an sich, als wäre sie eine Decke, in die er sich einhüllen wollte. Dann führte er sie die Stufen hinauf in den Bus, und dort schlang sie ihm die Arme um den Hals und drückte ihren Mund auf seinen. Sie liebte es, wie er sich anfühlte, liebte seinen Duft, die Art, wie er sie festhielt. Und sie konnte nicht genug davon bekommen.

Er stöhnte und ließ die Hände an ihrer Taille heruntergleiten, um sie erneut so dicht an sich zu ziehen, dass kein Raum mehr zwischen ihnen war. Trevin küsste sich ihren Hals entlang, und Daisy schnappte nach Luft.

Ihr Körper kribbelte, als wäre sie aus einen Flugzeug gesprungen und stürze mit hoher Geschwindigkeit auf die Erde zu. Sie hatte so etwas noch nie mit irgendjemandem gemacht. Und sie wollte auf keinen Fall damit aufhören.

Trevin schob sie nach hinten, bis sie auf das Sofa kippten und er sich über ihr auf die Ellbogen stützte. »Ist das okay?«, fragte er.

Sie nickte. »Ja.«

Sie streichelte sein Gesicht und ließ die Finger dann über seine Brust wandern. Ihre Hand zitterte auf seinen harten Muskeln. Sie zog an seinem T-Shirt, und er nahm erneut ihre Lippen in Besitz. Seine Zunge berührte ihre, und Daisys Atmung wurde schwerer.

»Daisy«, stieß er heiser hervor und berührte ihr nacktes Bein.

Das Blut hämmerte ihr in den Ohren, wie Wellen, die

ans Ufer schlugen. Sie liebte den Klang ihres Namens auf seinen Lippen. Sie küsste ihn wieder, und diesmal zog sie ihm das T-Shirt hoch, damit sie mit den Händen die Konturen seines Rückens nachzeichnen konnte.

Genau in dem Moment wurde die Tür aufgerissen, und ihr Dad kam hereinspaziert. Selbst in dem schwachen Licht sah sie die Wut in seinen Zügen. »Was zum Teufel ist hier los?«

Trevin sprang auf, und Daisy folgte seinem Beispiel und strich sich ihr Kleid glatt. »Wir haben uns nur geküsst«, sagte sie.

»Es sah so aus, als hättet ihr gleich noch viel mehr getan, als euch nur zu küssen. Ich habe euch beiden vertraut. Daisy, du hast zwei Sekunden Zeit, deinen Hintern in dein Zimmer hinaufzuschwingen. Und du«, er funkelte Trevin an, »parkst deinen Hintern besser auf einem Stuhl, bis ich zurückkomme.«

Ihr Dad packte sie am Arm und zerrte sie ins Hotel und in ihre Suite hinauf. Sobald sie hinter geschlossenen Türen waren, fuhr er zu ihr herum.

»Du darfst nicht mit Trevin allein im Bus sein, verstehst du mich? Was glaubst du, wäre passiert, wenn ich nicht hereingekommen wäre?«

»Wir haben uns nur geküsst. Himmel, er ist der erste Junge, den ich je geküsst habe, und ich mache nächstes Jahr meinen Highschool-Abschluss. Es ist ja nicht so, als hätte ich vorgehabt, ihn in seiner Koje zu vernaschen.«

»Rede nicht so. Von jetzt an gehst du nirgendwo allein mit ihm hin, hast du mich verstanden?«

»Dad, es tut mir leid, bitte, kannst du mir nicht einfach vertrauen?«

»Zieh deinen Schlafanzug an. Ich komme später zurück.« Er stürmte aus dem Raum.

Ihr stiegen die Tränen in die Augen. Verflixt. Ihr Dad war total sauer. Was, wenn er ihr verbot, Trevin wiederzusehen? Oder schlimmer noch, was, wenn er ihn verprügelte? Verdammt. Sie hatte ihn nicht in Schwierigkeiten bringen wollen.

Sie ging in ihrem Zimmer auf und ab und fragte sich, was zum Teufel sie tun sollte. Einige Minuten später klingelte das Telefon. Sie beeilte sich, an den Apparat zu gehen.

»Hallo?«

»Daisy, ich bin's, Trevin. Es tut mir so leid, ich wollte nicht, dass du Ärger bekommst.«

»Ist schon gut.«

»Ich wollte eigentlich vorbeikommen, um zu sehen, ob du okay bist, aber ich schätze, ich sollte mich besser eine Weile nicht blicken lassen. Aber ich verspreche, ich gehe trotzdem mit dir zu dem Tanzabend morgen.«

»Also hat mein Dad dich nicht zu sehr verschreckt?«

»Er war zu wütend, um mit mir zu reden, und hat mich erst mal in mein Zimmer geschickt. Also nehme ich an, dass er bald vorbeikommen wird, um ein wenig zu plaudern. Aber keine Sorge, wir kriegen das schon hin«, fügte er hinzu. »Eines steht fest, ich werde heute Nacht verdammt schöne Träume haben.«

Daisy lachte unter Tränen. »Zumindest betrachtest du

das Ganze von der positiven Seite. Um wie viel Uhr wollen wir uns denn morgen treffen?«

»Wie wäre es mit halb acht? Das gibt uns nach dem Tonstudio genug Zeit, um uns anzuziehen und dann nach unten zu gehen.«

»Klingt gut.«

»Und Daisy?«

»Ja?«

»Danke für den heutigen Abend und dafür, dass du du bist. Die Zeit mit dir war superschön.«

Sie wickelte sich die Telefonschnur um den Finger. »Gleichfalls, ich meine, ich fand es auch superschön mit dir.«

»Schlaf schön.«

»Gute Nacht«, sagte Daisy, dann legte sie auf. Sie ließ sich auf ihr Bett fallen und schaute zur Decke. Sie berührte ihre Lippen, die nur Minuten zuvor auf denen von Trevin gelegen hatten. Was wäre passiert, wenn ihr Dad sie nicht gestört hätte? Hätte sie mit Trevin geschlafen? Sie stellte sich seine Hände auf ihrem nackten Schenkel vor. Zeit, das Kopfkino auszuschalten.

Eines stand fest: Sie hatte sich verliebt. Sie war sich nicht sicher, wann es passiert war, aber es ließ sich nicht länger leugnen.

Kapitel 19

»Tja, ich hab gehört, du bist gestern Abend aufgeflogen, Kumpel.« Miles schwang sich auf Trevins Bett wie ein Wrestler, der sich vom obersten Seil des Rings abstößt.

Trevin stöhnte und rollte sich auf die Seite. »Du hast also gehört, wie Beau mich zusammengestaucht hat.«

»Ich bin mir sicher, dass jedes Zimmer in unserem Stockwerk das gehört hat. Er hat sogar LJ erzählt, du hättest im Bus mit Daisy rumgeknutscht.«

»Scheiße. Sag mir bitte, dass Lester noch nicht vorbeigekommen ist.«

»Nö. Aber er hat angerufen und gesagt, wir müssten fertig sein, um demnächst ins Studio zu fahren.«

»Das ist wahrscheinlich ganz gut so. Ich glaube, ich muss mich heute einige Stunden von Daisy fernhalten, damit Beau sich abregen kann. Daisy und ich wollen heute Abend zu dem Fünfziger-Jahre-Tanzabend gehen, falls Beau nicht seine Meinung ändert.«

»Du kneifst doch nicht etwa, oder?« Miles stützte sich auf einen Ellbogen auf.

»Nein, aber ich würde gern den morgigen Tag noch erleben, deshalb halte ich mich für eine Weile bedeckt.«

»Guter Plan. Aber weißt du, du solltest dich wahrscheinlich einfach mit Beau hinsetzen und ihm erklären, dass du Daisy sehr magst und dass du nirgendwo hingehst. Mach ihm klar, dass du ihr nicht wehtun wirst.«

»Dieses Gespräch hatten wir irgendwie schon, aber nach dem gestrigen Abend würde er mir am liebsten jeden einzelnen Knochen im Leib brechen. Er hat mir gesagt, er sei enttäuscht von mir, dass ich versucht hätte, Daisy zu gefährden, was gar nicht meine Absicht war.«

»Du bist immer sein Liebling gewesen; er wird sich schon wieder einkriegen. Halt einfach durch.«

Es klopfte an der Tür, und Miles stand vom Bett auf und ging ins Nebenzimmer.

»Trevin, wir müssen reden«, rief Ryder.

»Ich liege im Bett.«

»Tja, dann schwing deinen Arsch hier her. Wir haben zu tun.«

Trevin schlüpfte unter den Decken hervor. Da die Jungs jetzt auf waren, wusste er, dass er keinen Schlaf mehr bekommen würde. Er trottete in den Wohnbereich. »Was willst du?«

»Ich habe gehört, dass du den Titel des Bad Boy an dich zu reißen versuchst. Aber in dieser Band ist nur Platz für einen von uns.« Er grinste.

»Wie zum Teufel hast du das rausgefunden?«

»Frag James Bond hier. Er konnte es heute Morgen gar nicht erwarten, es auszuplaudern.« Ryder deutete mit dem Kopf auf Miles, setzte sich aufs Sofa und warf die Beine auf den Couchtisch.

»Verdammt, wissen denn alle davon?« Trevin fuhr sich mit einer Hand durchs Haar.

»So ziemlich jeder von uns hier, LJ, Beau, die anderen Leibwächter. Das war's dann wohl«, entgegnete Miles lächelnd.

»Wow, sind das alle?« Trevin schnaubte.

»Nein, ich habe es womöglich Mia erzählt«, warf Ryder ein.

»Und ich habe es Aimee verraten. Sie meinte, es wurde auch langsam Zeit, aber sie fand es witzig, dass du Beau so verärgert hast.«

»Meine Fresse, ihr hättet genauso gut die Paparazzi informieren können, ob sie vielleicht einen Insiderbericht wollen.«

Es klopfte erneut an der Tür und Will kam herein, Nathan im Schlepptau. »Es gibt dich also noch, das ist eine gute Nachricht. Ich war mir nicht sicher, ob Beau dich den heutigen Tag noch erleben lassen würde.«

»Jepp, es gibt mich noch, und jetzt gehe ich duschen und mich anziehen.«

»Trevin, du musst vorsichtig mit ihr sein«, mahnte Nathan.

Trevin sah ihn an und fragte sich, ob sein Anfangsverdacht doch richtig gewesen war. Hatte Nathan auch eine Schwäche für Daisy? »Ich werde vorsichtig sein.«

»Du verstehst nicht...«

»Doch, und jetzt muss ich unter die Dusche.«

Er ging, machte sich fertig und schlüpfte in seine Klamotten. Als er aus dem Bad kam, war LJ ebenfalls da. »Okay, Jungs, ich will alle eure Telefone in dem Korb da sehen und zwar pronto.« Er zeigte auf den dekorativen Bastkorb auf der Theke. »Ich will keinerlei Ablenkungen während der Aufnahmen. Wir haben nur den heutigen Tag im Studio und müssen einige dieser Tracks gebacken kriegen.«

Mit einem Stöhnen warfen die Jungen ihre Telefone in den Korb.

»Sind das alle?«

Trevin zählte die Handys. »Ja.«

»Gut, dann lasst uns aufbrechen.«

Ausnahmsweise hielt er Trevin keinen Vortrag, was ihn überraschte. Es konnte natürlich sein, dass er bis später warten würde, um mit ihm zu reden oder ihn zu bestrafen. Manchmal ließ er einen ein wenig schmoren, bevor er zuschlug.

Als sie das Studio erreichten, wurden die Jungen in den Aufnahmeraum geschickt. Malcolm und Gary, zwei ihrer Produzenten, saßen bereits hinter der Scheibe, bereit, das Mischpult zu bedienen.

»Okay, Jungs, fangen wir doch mal mit *Closer to Me* an«, schlug Gary vor.

Trevin setzte den Kopfhörer auf und trat an sein Mikrofon, und die anderen taten das Gleiche. Sie verbrachten den Großteil des Tages im Tonstudio, bis die Abmischung stimmte. Nach einigen Stunden schaute Trevin auf die Uhr. Verflixt, sie mussten bald fertig werden, sonst würde er nicht genug Zeit haben, sich für den Tanzabend schick zu machen.

LJ streckte den Kopf in den Aufnahmeraum. »Okay, ich denke, wir haben, was wir brauchen.«

Alle marschierten aus dem Raum. »Endlich«, murmelte Ryder. »Ich bin halb verhungert.«

LJ schnappte sich sein Jackett von einem der Stühle. »Ihr müsst euch beeilen und in die Limousine steigen.« Er lief zur Tür und bedeutete ihnen, ihm zu folgen.

»Gut, ich muss ins Hotel zurück. Daisy und ich gehen heute Abend zu dem Fünfziger-Jahre-Tanzabend.«

»Ich auch«, warf Ryder ein und grinste dann. »Na ja, ich meine, ich habe heute Abend auch ein Date, aber nicht mit Daisy. Mia und ich gehen essen und sehen uns dann vielleicht einen Film an.«

»Ich will schlafen«, erklärte Will.

»Du willst immer schlafen.« Trevin verdrehte die Augen.

»Das liegt daran, dass irgendjemand mich nachts immer zu lange mit Videospielen wach hält.«

»Siehst du, Kumpel. Ich wusste doch die ganze Zeit über, dass du der Schuldige warst.« Miles boxte Trevin in den Arm. Zu Will sagte er: »Trevin versucht dauernd, dir das späte Schlafengehen in die Schuhe zu schieben, aber ich habe neulich deine Ehre verteidigt.«

»Endlich gibt mir mal jemand Rückendeckung«, antwortete Will.

Sie drängten sich alle in die Limousine und Trevin fielen fünf Kleidersäcke ins Auge. Es schienen Anzüge zu sein. Der Wagen fuhr los und rollte durch die Stadt. Doch erst als er hielt, begriff Trevin, dass sie nicht am Hotel waren.

»Ihr Jungs werdet heute Abend für nichts anderes Zeit haben. Lars Blancon hat hier eine Modenschau und er hat ausdrücklich um eure Anwesenheit gebeten. Er kleidet euch nicht nur für diesen Abend ein, ihr werdet auch bei der Show auftreten, wenn die Models rauskommen.«

»Moment mal, ich hatte heute Abend schon was vor«, protestierte Trevin. Er presste die Augen zusammen. Seine Finger gruben sich in die Armlehne seines Autositzes. Nein, nein, nein. Warum zum Teufel hatte LJ ihnen nicht vorher gesagt, dass sie einen Auftritt hatten?

»Tja, jetzt hast du etwas anderes vor.« LJ durchbohrte alle mit seinem Blick. »Schnappt euch eure Anzüge von den Haken. Jeder Sack ist mit einem Namen beschriftet. Seht also zu, dass ihr euren eigenen Anzug erwischt.«

Trevin stöhnte. Verflucht, das konnte nicht wahr sein. Er hatte Daisy versprochen, mit ihr zum Tanz zu gehen. Er konnte sein Versprechen nicht einfach brechen.

LJ führte sie aus dem Wagen und ihre Leibwächter trieben sie eilig durch eine Hintertür ins Gebäude.

»Hat irgendjemand ein Handy?« Trevin sah seine Bandkameraden an.

»Nein«, sagte Ryder. »Erinnerst du dich, LJ hat uns gezwungen, sie in deinem Zimmer zu lassen.«

»Dieser Hurensohn. Ich bin am Arsch.«

»Du bist nicht der Einzige, der Pläne für heute Abend hatte.« Ryder runzelte finster die Stirn.

»Ja, Kumpel. Aimee erwartet, dass ich heute Abend um acht Uhr mit ihr skype. Und das wird offensichtlich auch nicht passieren.« Miles rauschte auf seine Garderobe zu, den Anzug über die Schulter geworfen.

»Warum hat er uns das nicht gesagt?«

»Vielleicht macht er das absichtlich, weil er mit unseren Freundinnen nicht einverstanden ist«, sagte Ryder grimmig.

Trevin runzelte die Stirn. Würde Lester wirklich so tief sinken? In letzter Zeit schien bei dem Mann alles möglich zu sein. Verdammt.

»Lester, lass mich dein Telefon benutzen. Ich muss Daisy anrufen«, drängte Trevin.

»Nein, ich habe gesagt, keine Telefone. Du wirst einen Abend überleben, ohne mit diesem Mädchen zu reden.«

»Hör mal, du verstehst das nicht, wir hatten ein Date. Wenn du mir nicht erlaubst, dein Telefon zu benutzen, würdest du dann bitte im Hotel anrufen und ihr eine Nachricht hinterlassen?« Wenn er es nicht machen würde, saß Trevin ziemlich in der Scheiße.

»Na schön. Du gehst dich fertig machen, und ich rufe sie an. Okay?«

»Vergiss es nicht.«

»Ich bin schon dran.« LJ hielt sein Telefon hoch.

Seufzend ging Trevin in einen Garderobenraum, um sich für die Show in Schale zu werfen. Er hoffte inständig, dass Daisy ihm verzeihen würde. Selbst wenn er nicht bei ihr war, konnte er nur an sie denken. Vielleicht hatte er sich zu heftig verliebt, zu schnell. Aber jetzt konnte er nicht mehr auf die Bremse treten. Er war irgendwie im freien Fall und er liebte das Gefühl.

Daisy tigerte im Zimmer auf und ab, ihr schwarzes Kleid raschelte um ihre Knie. Es war das Kleid, das Trevin ihr gekauft hatte. Sie hatte eine Stunde damit verbracht, sich fertig zu machen. Sie schaute in den Spiegel und versuchte sich davon zu überzeugen, dass ihr Haar und ihr Makeup immer noch in Ordnung waren. Als sie damit fertig war, setzte sie sich auf die Kante ihres Bettes und checkte zum tausendsten Mal ihr Telefon. Wo zum Teufel steckte Trevin? Es war bereits viertel vor acht. Er hatte gestern Abend gesagt, dass er um halb acht da sein würde. Vielleicht war er eingeschlafen, nachdem er den ganzen Tag im Tonstudio gearbeitet hatte? Sie rief in seinem Zimmer an. Aber es klingelte nur durch. Vielleicht war er nach unten gegangen, um einen Happen zu essen? Oder vielleicht war er unter die Dusche gesprungen und hörte das Telefon nicht.

Seufzend stand sie wieder auf und schaute aus dem Fenster zu dem Pool unter ihr. Sie betrachtete die Abendsonne, die auf dem klaren Wasser glitzerte. Ihr Anblick erinnerte sie an den Sommer, und daran, wie oft ihr Grandpa mit ihr zum Schwimmbad in der Stadt gegangen war. Der Pool war immer gerammelt voll gewesen mit Kids, die mit Wasser spritzten und tauchten und sprangen. Man konnte für ein paar Dollar den ganzen Tag dort bleiben.

In ein paar Tagen war sein Todestag. Es war ihr fast

gelungen, den Schmerz über seinen Verlust zu vergessen, dank Trevin und der neuen Beziehung. Aber als sie jetzt allein in ihrem Zimmer saß, hatte sie zu viel Zeit zum Nachdenken.

Verdammt. Sie schaute wieder auf ihr Telefon. Ihr Magen zog sich so fest zusammen, dass sie dachte, sie würde sich womöglich übergeben. *Gerate nicht in Panik. Er wird kommen.* Sie griff nach ihrer Tasche, nahm die Tube mit Lipgloss heraus und trug noch etwas davon auf. Daisy wollte wenigstens sicher sein, dass sie gut aussah, wenn er erschien.

Nach einer Stunde griff Daisy nach ihrer Handtasche und ihrem Zimmerschlüssel. Vielleicht hatte Trevin gemeint, dass er sie in der Lobby treffen würde? Sie konnte wenigstens nachsehen gehen. Als sie unten ankam, hörte sie die Musik aus den fünfziger Jahren aus dem Ballsaal. Sie wanderte umher und ging sogar so weit, in den Ballsaal hineinzuspähen. Aber Trevin war nirgends zu finden.

War das Trevins Art, ihr zu sagen, dass es vorbei war, wegen dem, was gestern Abend mit ihrem Dad vorgefallen war? Aber wenn ja, warum hatte er sie dann direkt nach dem Aufeinandertreffen mit ihrem Dad angerufen? Sie hasste das alles. Sie hätte sich nie in diese angreifbare Position bringen dürfen.

Daisy schluckte und trat an die Rezeption. »Entschuldigung, ich würde gern wissen, ob Trevin Jacobs hier vielleicht eine Nachricht für mich hinterlassen hat?«

Die ältere Dame schaute auf. »Wie heißt du denn, Schätzchen?«

»Daisy Morris.«

»Mal sehen.« Sie blätterte in ihren Papieren. »Nein, tut mir leid. Keine Nachricht.«

Er hatte sie versetzt.

Ihr Herz zersprang in tausend Stücke. Trevin würde nicht kommen.

Er hatte ihr gesagt, dass er da sein würde, und war dann nicht aufgetaucht.

Schon wieder.

Einige Kameras blitzten vom Haupteingang der Lobby aus auf. Paparazzi. Daisy wich zurück und wünschte, sie könnte sich vor ihnen verstecken. Es war genau wie damals beim Homecoming-Ball. Wie sie alle Fotos von ihr gemacht hatten. Ihr todunglückliches Gesicht überall verbreitet hatten. Und nun stand sie schon wieder so da.

»Danke«, murmelte sie der Dame am Empfang zu. Sie war so dumm. Wie hatte sie denken können, dass er sie mochte? Menschen wie er änderten sich nicht. Sie gingen nicht mit gewöhnlichen Mädchen wie ihr aus. Na dann, wenn er es so haben wollte, dann würde sie jetzt ihren Plan durchzuziehen und ihn öffentlich zu blamieren.

Projekt Trevin Jacobs fertigmachen lief hiermit wieder auf Hochtouren.

Mal sehen, wie ihm das gefiel. Das morgige Interview mit *Entertainment Tonight* würde auf jeden Fall ein denkwürdiges werden. Sie suchte nach einem der Paparazzi, die sie gesehen hatte. Endlich fand sie ihn auf einem Sofa sitzend, einen Fotoapparat neben sich. Darauf prangte das *ET*-Logo. Genau der, nach dem sie gesucht hatte.

»Hey, ich habe Insider-Informationen über Trevin Jacobs. Treffen Sie mich morgen ungefähr zur Frühstückszeit am Haupteingang, und ich erzähle Ihnen alles, was Sie wissen wollen«, sagte Daisy.

»Moment mal, bist du nicht seine Freundin?«

»Jepp.« *Noch.* »Er hat gesagt, wir könnten morgen einem einzelnen Reporter einige Exklusiv-Informationen geben. Sorgen Sie also dafür, dass Sie da sind.« Wenn Daisy nicht kurz vor einem Nervenzusammenbruch gestanden hätte, wäre sie einfach sofort die Treppe hinaufgeeilt und hätte den USB-Stick mit dem Video geholt. Aber sie wollte nicht, dass er sie weinen sah.

»Nimmst du mich auf den Arm?«

»Nein, versprochen. Sie werden eine tolle Story bekommen.« Daisy eilte zurück in ihr klimatisiertes Zimmer und warf ihre Handtasche auf den Boden. Dann riss sie sich das Kleid vom Leib, knüllte es zusammen und schmiss es in den Müll. Anschließend ließ sie sich auf den Boden sinken und zog die Knie an die Brust. Wenn Trevin mit harten Bandagen kämpfen wollte, na schön, das konnte sie auch. Sie wiegte sich hin und her, während ihr die Tränen über die Wangen strömten. Wie hatte sie sich ihm bloß öffnen können? Sie hatte endlich nachgegeben und ihm vertraut, und das war der Dank dafür.

Daisy war fertig mit Männern. Für immer. Sie konnte weder den Schmerz noch die Enttäuschung gebrauchen. Wahre Liebe war ein Haufen Bullshit. So etwas existierte nicht. Sie vergrub den Kopf in den Händen und schluchzte.

Warum tat es dann so furchtbar weh?

Daisy verbrachte den Rest des Abends in ihrem Zimmer. Sie hoffte immer noch, dass Trevin anrufen würde. Dass er ihr beweisen würde, wie schrecklich sie sich irrte. Aber als es neun Uhr wurde, wusste sie, dass sie ihn nicht mehr sehen würde. Sie lag im Bett, während die Stunden verrannen. Ihre Augen brannten vom Weinen, und die Haut auf ihren Wangen war wund.

Irgendwann später kam ihr Dad herein, aber kein Trevin. Kein Anruf. Keine Nachricht. Kein Wort von ihm. Ihre Entscheidung stand fest: Ihr erster Eindruck von Trevin war richtig gewesen. Er war ein Aufreißer. Ein Lügner. Und jetzt würde er zum Staatsfeind Nummer eins werden.

Als Daisy am nächsten Morgen aufstand, las ihr Dad am Tisch die Zeitung.

»Morgen.« Er schaute sie über die Seiten hinweg ab. »Bist du gleich fertig, sodass wir zum Frühstück nach unten gehen können?«

»Morgen. Ehrlich gesagt hatte ich vor, in das Café ein paar Häuser weiter zu gehen. Ich will mir einen Cappuccino holen.«

Er runzelte die Stirn. »Triffst du dich mit Trevin?«

»Nicht heute Morgen. Ich habe andere Pläne.« Sie zuckte innerlich zusammen, als sie die Schärfe in ihrer Stimme hörte.

Er runzelte die Stirn. »Alles in Ordnung mit dir?«

»Es geht mir gut. Ich brauche nur etwas Koffein.«

»Vielleicht sollte ich mitkommen«, sagte er.

»Es ist das Café ein paar Häuser weiter. Ich verspreche, dass ich nicht lange weg sein werde. Und ich nehme mein Handy mit.«

»Daisy, es ist nicht so, dass ich dir nicht vertraue, mir gefällt nur die Idee nicht, dass du ganz allein durch die Gegend wanderst.«

»Zu Hause gehe ich ständig allein irgendwohin.«

»Na schön, aber ich will nicht, dass du zu lange weg bleibst«, erklärte er. »Und nimm das hier mit.« Er stand auf, griff in seinen Koffer und holte eine Schlüsselkette mit einer kleinen Dose Pfefferspray heraus.

Sie nahm sie entgegen. »Ähm, ist das nicht irgendwie zu extrem?«

»Nein. Entweder du nimmst es mit oder du bleibst hier.«

Sie seufzte. »Na schön, dann gib es mir.« Sie steckte das Pfefferspray in ihre Tasche, schnappte sich ihre Handtasche, schlüpfte in ihre Sandalen und ging zur Tür hinaus. Sie wanderte die Straße entlang, und eine warme Brise wehte zwischen den Gebäuden und Bäumen hindurch. Bevor sie das Café betrat, beschloss sie, sich den Plattenladen nebenan anzuschauen. Eine ältere Dame mit Haaren von der Farbe eines schmuddeligen Wattebäuschchens lächelte ihr zu.

»Morgen«, begrüßte die Frau sie.

»Hi.« Daisy winkte. Sie holte tief Luft und sah die Schallplatten durch. Ein bisschen ebbte der Stress ab. Hier fühlte sie sich zu Hause und konnte so tun, als wäre alles gut. Sie fand mehrere tolle Alben. Die meisten waren von Bands, mit denen ihr Grandpa sie vertraut gemacht hatte. Wie magisch angezogen ging sie zu dem Bereich für den Buchstaben J. Sie strich mit den Fingern über die Schallplattenstapel. Und dort, ganz unten, lag das letzte große Album von *Jive Times Five* aus dem Jahr 1960. Auf dem Cover war ein Foto von ihrem Grandpa, Slim, Foxy, Merle und Lawrence. Natürlich waren sie damals viel jünger gewesen.

Ihre Kehle schnürte sich zusammen, und sie versuchte, den Kloß hinunterzuschlucken. Sie drückte die Platte an die Brust und schloss die Augen. Gott, sie brauchte ihn in diesem Moment so dringend. Aber er war nicht hier. Er hatte versprochen, immer für sie da zu sein. Doch manchmal hatte das Leben andere Pläne für die Menschen.

Und wenn ihr Grandpa jetzt hier gewesen wäre, hätte ihm dann gefallen, was sie vorhatte? Vielleicht war es nicht die beste Idee, Rache zu üben. Vielleicht sollte sie Trevin eine Chance geben, das Geschehene zu erklären. War es nicht das, was ihr Grandpa ihr geraten hätte? Ein besserer Mensch zu sein? Keine voreiligen Schlüsse zu ziehen? Gott, warum wurde ihr schon bei dem Gedanken übel, dem Paparazzo den USB-Stick zu überlassen?

Weil du Trevin aufrichtig magst. Daisy öffnete die Augen und ging auf die Kasse zu. Aus einer Laune heraus beschloss sie, die Platte zu kaufen. Sie besaß bereits eine Ausgabe davon, aber heute musste sie sich ihrem Grandpa unbedingt näher fühlen. Musste sich an sein Lächeln erinnern. An seine Umarmungen und seine gütigen Augen.

Sie brauchte seine Kraft, denn ihre war beinahe verbraucht. Und nach dem heutigen Tag würde sie vielleicht nicht mal mehr in der Lage sein, sich auf den Beinen zu halten.

Daisy ging zur Theke.

»Oh, das ist eine gute Platte«, bemerkte die Frau. »Die *Jive Times Five* waren eine meiner Lieblingsbands, als ich ein kleines Mädchen war.«

»Es war die Band meines Grandpas«, antwortete Daisy und zeigte auf sein Foto auf dem Album.

»Wirklich?«

»Ja.«

»Das ist ja ein Ding. Seiner Enkelin zu begegnen, hier unten in Nashville.«

Daisy blieb noch ein Weilchen und plauderte mit der Frau, dann beschloss sie endlich, sich etwas Koffein zu besorgen. Sie nahm ihren Einkauf und ging ins Café. Der Duft von Kaffeebohnen und Schokolade erfüllte die Luft. Sie bestellte einen Vanille-Cappuccino und setzte sich an einen Tisch vor dem Fernseher. Als ein Foto von Trevin und ihr auf dem Bildschirm erschien, wie sie sich vor dem Tourbus küssten, hätte sie beinah ihren Kaffee ausgespuckt. Sie zog den Kopf ein und beschloss, lieber wegzugehen, bevor jemand sie erkannte.

Irgendwo im Hinterkopf fragte sie sich wieder, ob sie das Treffen mit dem Paparazzo immer noch durchziehen sollte. Wollte sie sich wirklich auf Trevins Niveau herablassen? Verdammt. Ihr Gewissen zeigte in letzter Zeit wirklich oft seine hässliche Fratze.

Sie sollte Lena anrufen. Sie hatte es am Abend zuvor tun wollen, aber nicht die Energie aufgebracht, über das Geschehene zu reden. Und sie war sich nicht sicher, ob Lena so früh schon auf sein würde.

Als sie sich dem Hotel näherte, sah sie Trevin mit Ryder und Miles in Begleitung zweier Leibwächter vor dem Eingang stehen. Sie schlüpfte hinter ein paar Büsche, und ihr Herz hämmerte laut. Am liebsten hätte sie ihm eine reingehauen. Auf der anderen Seite des Weges erblickte sie den Paparazzo, mit dem sie sich verabredet hatte. Aber sie konnte jetzt schlecht zu ihm laufen.

»Und, hast du dich bei Daisy für gestern Abend entschuldigt?«, fragte Miles.

»Noch nicht. Ich bin bei ihr vorbei, bevor ich hier runtergekommen bin, aber Beau hat gesagt, sie sei nicht da. Ich muss wirklich versuchen, sie vor dem Interview zu erwischen.«

»Tja, also, ich glaube nicht, dass du jetzt noch eine Chance hast, die Wette zu gewinnen«, meldete Ryder sich zu Wort. »Daisy wird dir nicht verzeihen, dass du sie versetzt hast. Also hast du es wohl nicht geschafft, sie dazu zu bringen, sich vor dem Ende des Sommers in dich zu verlieben, und schuldest mir die Freundlichkeit, Mia und mich einen Monat lang nicht zu verpetzen.«

»Du kannst nicht wissen, ob sie mir nicht doch verzeihen wird«, widersprach Trevin. »Ich hab bis zum Ende des Sommers Zeit, erinnerst du dich? Aber eigentlich ist es auch egal, ich bin sowieso fertig mit der Wette.«

»He, ihr müsst wieder reinkommen. Ihr müsst vor

eurem Interview noch in die Maske«, rief LJ vom Hoteleingang aus.

Als sie außer Sicht waren, trat Daisy aus ihrem Versteck. Ihr war speiübel, und sie riss ihr Handy aus der Tasche. Eine Wette? Die ganze Sache war eine Wette gewesen? Sicher, er hatte gesagt, dass er jetzt mit der Wette fertig sei, aber sie war der einzige Grund gewesen, warum er hinter ihr her gewesen war. Nichts von alledem war echt gewesen. Hass loderte in ihr auf. Sie war so dumm gewesen. Es war eine Sache zu denken, dass er sie einfach versetzt hatte, aber eine ganz andere, zu erfahren, dass sie ihm von Anfang an total egal gewesen war. Aber andererseits, warum hätte jemand wie Trevin überhaupt an jemanden wie ihr interessiert sein sollen? Mit bebenden Fingern wählte sie Lenas Nummer.

»Hallo?«, sagte Lena.

»Oh Gott, du hattest mit allem recht, Lena. Trevin ist ein Arschloch«, schluchzte Daisy.

»Daisy? Was ist los? Was ist passiert?«

Mit zitternden Beinen umklammerte sie den Griff ihrer Tüte aus dem Plattenladen. »Trevin hat mich gestern Abend versetzt. Und gerade habe ich ihn, Ryder und Miles belauscht. Trevin hat mich überhaupt nur gemocht, weil er eine Wette mit Ryder laufen hatte.«

»Oh, Daisy. Das tut mir leid. Was für ein mieser Dreckskerl. Der sollte mir mal nachts begegnen.«

»Es war alles nur Show.« Daisy gab sich alle Mühe, mit dem Weinen aufzuhören, aber je mehr sie dagegen ankämpfte, desto schlimmer wurde es. Sie bekam einen

Schluckauf. »I-ich habe immer noch vor, ihn fertigzumachen. Die ganze Sache war nur gespielt. Die Küsse, das Video ... *Seconds to Juliet* sind bloß ein Haufen verlogener Möchtegernmusiker, die Mädchen benutzen und sie dann wegwerfen.«

Hinter ihr keuchte jemand laut auf. Daisy erstarrte, dann fuhr sie herum und entdeckte den Paparazzo. »Lena, ich muss jetzt Schluss machen. Ich rufe dich später wieder an.«

»Ist alles in Ordnung?«

»Noch nicht, aber bald.« Sie legte auf.

»Wie meinst du das, sie sind verlogen?«, fragte der Paparazzo.

Sie wischte sich die Tränen aus den Augen. »Hören Sie, ich will jetzt nicht darüber sprechen. Nehmen Sie einfach den USB-Stick, okay?« Sie zog ihn aus ihrer Handtasche und reichte ihn dem Reporter. Dass sie damit ihre Schmach der Welt preis gab, war ihr nicht länger wichtig. Sie wollte, dass alle sahen, was für ein Arschloch Trevin in Wirklichkeit war. Wie leicht es ihm fiel, ein Mädchen zu versetzen und seine Träume platzen zu lassen. Die meisten seiner Fans wussten wahrscheinlich nicht mal, dass das passiert war, oder sie erinnerten sich nicht daran. Aber jetzt würde es in aller Munde sein.

»Was ist das?«

»Etwas, das Sie unbedingt weiterleiten sollten, bevor das Interview nachher beginnt.« Daisy eilte davon und schon jetzt machten sich Schuldgefühle in ihr breit. Aber sie musste Trevin wissen lassen, dass sie kein Spielzeug war, mit dem er sich vergnügen konnte, wann immer er wollte.

Daisy würde bis nach dem Interview weiter als seine Freundin posieren müssen. Sie würde ein Lächeln aufsetzen und so tun, als wäre alles in Ordnung. Und wenn es vorüber war, würde sie in dem Wissen fortgehen, dass sie ihre Rache bekommen hatte.

Adios, Trevin. Hallo, neue und geläuterte Daisy Morris.

Kapitel 20

Als Trevin aus dem Bus stieg, nahm er Daisys Hand. Schon jetzt standen unzählige Menschen hinter den dürftigen Absperrungen, die errichtet worden waren, um die Menge daran zu hindern, sich auf sie zu stürzen, und jubelten ihnen zu. Er hatte noch keine Chance gehabt, Daisy allein zu erwischen, um sich bei ihr zu entschuldigen. Sie war nicht zum Frühstück heruntergekommen, und beide Male, als er an ihre Zimmertür geklopft hatte, war sie nicht dagewesen. Und im Bus hatten die anderen Jungs scheinbar nicht verstanden, dass er ein wenig allein mit ihr sein wollte. Er hatte nicht genug Zeit gehabt, um sich bei ihr zu entschuldigen, bevor Beau ihnen gegenüber Platz genommen hatte.

»Trevin, wer ist das Mädchen an deiner Seite? Gehst du endlich wieder mit jemandem?« Einer der Paparazzi hielt Trevin und Daisy seinen Fotoapparat vors Gesicht.

»Kein Kommentar«, antwortete er.

Beau schirmte sie ab, als sie sich dem Eingang des Renaissance Nashville Hotels näherten. Sie würden dort ihr Live-Interview geben.

Trevin schaute Daisy an. »Alles okay?« Sie war heute extrem still gewesen, beinah abweisend, was wahrscheinlich seine Schuld war. »Hör mal, ich wollte mit dir über gestern Abend sprechen. Es tut mir aufrichtig leid, was passiert ist. LJ hat uns diese blöde Modenschau aufs Auge gedrückt. Ich habe heute Morgen versucht, bei dir vorbeizukommen, um mich zu entschuldigen.«

»Ist schon gut.« Sie zuckte die Achseln, dann wandte sie sich ab, um die Menge anzustarren. »Unglaublich, wie die alle durchdrehen«, sagte sie und musste die Stimme erheben, um die kreischenden Mädchen zu übertönen. »Ich begreife nicht, wie man sich daran gewöhnen kann.«

»Keine Sorge, sobald wir mit dem Interview durch sind, können wir in unserer behelfsmäßigen Garderobe im Stadion abhängen«, neckte er sie.

»Du meinst die Männerumkleide? Wahrscheinlich hängen in den Spinden noch übrig gebliebene Sackhalter der letzten Football-Saison.«

Er grinste. Wenigstens schien sie nicht so sauer zu sein, wie er befürchtet hatte. LJ musste sie erreicht haben, um ihr zu erklären, warum Trevin ihre Verabredung nicht einhalten konnte. Mehr als alles andere wollte er das wiedergutmachen. »Aber es gibt dort Duschen. Oder wenn dir das lieber wäre, könnten wir für eine Weile in den Tourbus, bevor die Show anfängt.«

»Aber gefälligst nicht allein«, sagte Beau neben ihm.

»Hey, du sollst mich vor dem Mob beschützen, nicht meine Gespräche belauschen«, protestierte Trevin. Er winkte der Menge zu, während Nathan stehen blieb, um ein Poster zu signieren, und Ryder das Shirt lüftete, um mit seinem Waschbrettbauch anzugeben, sein Markenzeichen.

»Treib es nicht zu weit, Junge.« Beau kniff die Augen zusammen.

»Was meinst du, sollen wir unseren Fans noch ein ehrliches Interview geben?« Miles warf einer Frau, die seinen Namen schrie, eine Kusshand zu.

»Ähm, nein. Es sei denn, du willst, dass LJ den ganzen nächsten Monat rummeckert, wir hätten unser Image ruiniert.« Trevin hoffte, dass sich heute alle gut benahmen. Aber man konnte nie wissen, wem vielleicht etwas herausrutschte, wenn man ihm eine bestimmte Frage stellte. »Lass mich raten, dein Miles-High-Fanclub hat dich dazu angestiftet, ein weiteres Enthüllungs-Interview zu geben?«

Miles zwinkerte ihm zu. »Nein, Alter. Warum musst du immer meinen Damen die Schuld geben?«

»Wahrscheinlich weil sie Online-Petitionen für allen möglichen Mist starten. Wie damals, als sie dich dazu gebracht haben, eins deiner Interviews ohne T-Shirt zu geben, und das eine Mal, als sie sich zusammengerottet haben, um eine Straße in Missouri nach dir zu benennen.« Er bemerkte die riesigen Leinwände entlang des Gehsteigs, auf denen die Fans ihr Interview würden verfolgen können. Am Morgen hatte eine Verlosung stattgefunden, bei der einige Fans Tickets für die Liveshow im großen Ballsaal gewonnen hatten.

»Du bist nur eifersüchtig, weil mein Fanclub einen besseren Namen hat als deiner: Trevin's Heaven.«

»Heaven, dass ich nicht lache.« Ryder schnaubte. »Ich glaube, die haben uns zwei verwechselt.«

»Träum weiter, Bro«, sagte Trevin.

Beau führte sie in den Ballsaal, wo bereits Stuhlreihen aufgestellt worden waren. Der Teppichboden sah aus, als gehöre er in ein Schloss, so elegant war er. Im vorderen Teil des Raums befand sich eine Bühne, auf der ein Tisch, fünf Stühle für die Band und ein Hocker für den Interviewer standen. Zwei große Bildschirme hingen von der Decke und die Kamera-Crew hatte bereits ihr Equipment aufgebaut.

»Ihr seid da!« Eine Dame mit braunen Haaren und einem schwarzen Kleid kam herbei, um sie zu begrüßen. »Ich bin Bridgett Shalhoun. Ich werde die Sendung moderieren.«

LJ trat vor. »Bridgett, schön, Sie wiederzusehen. Ich hoffe, Sie haben meine Nachricht bekommen und die Liste mit den abgesegneten Fragen vorliegen?«

Sie schenkte ihm ein breites Lächeln. »Ja, natürlich. Keine Sorge, ich werde nicht zulassen, dass Orlando sich wiederholt. Ich werde die Jungen einige Dinge fragen und dann die Zuschauer ein paar Fragen stellen lassen.«

LJ runzelte die Stirn. »Sind Sie sich sicher, dass das eine gute Idee ist?«

»Natürlich. Die Kids hier wollen mehr über die Jungen erfahren. Vertrauen Sie mir, die Resonanz wird großartig sein, wenn es zu einem echten Austausch zwischen ihnen und ihren Fans kommt.«

»Hey Jungs, lasst euch schon mal verkabeln und geht auf eure Plätze. Dann lassen wir die Fans rein«, sagte einer der Produzenten. »Bodyguards und Anhang können hinter der Bühne oder rechts an der Wand alles mitverfolgen.«

Trevin ließ Daisys Hand los und sah ihr nach, als sie sich neben DeMarcus an die Wand lehnte. Beau ging auf die Bühne und positionierte sich neben dem Vorhang.

Sobald ihre Mikrofone eingestellt und getestet waren, nahmen die Jungen ihre Plätze an einem Tisch ein, der mitten auf der Bühne stand. Die Türsteher ließen die Fans herein, die kreischten und auf und ab sprangen. Trevin liebte die Begeisterung der Fans für alles, was mit der Band zusammenhing. Wie sie die Social-Media-Kanäle nutzten, um neue Songs und Videos zu teilen und Stimmen für die Preisverleihungen zu sammeln. Und obwohl es manchmal ätzend war, weder Ruhe noch Frieden zu haben, liebte Trevin den Rausch, den er jedes Mal verspürte, wenn er auf die Bühne trat oder ein Interview wie dieses gab. Auf die wenige Freizeit, die er hatte, freute er sich umso mehr. Im Dezember würde er endlich Familie und Freunde wiedersehen und mehr Zeit für Daisy haben.

Sobald er daran dachte, lächelte er. Er konnte kaum glauben, dass er so etwas wie Zukunftspläne mit Daisy schmiedete. Aber es fühlte sich richtig an. Sie fühlte sich richtig an. Es war die beste Entscheidung dieses Sommers gewesen, Zeit mit ihr zu verbringen und sie kennenzulernen. Er konnte es kaum erwarten, dass das Interview endete, damit er wieder mit ihr zusammen sein konnte. Er hatte bereits ein Mitglied der Crew gebeten, einen privaten Bereich im Hotel zu organisieren, damit er Daisy zu einem Wiedergutmachungs-Date ausführen konnte. Er war sogar so weit gegangen, ein Streichquartett zu engagieren.

Bridgett gab dem Publikum noch einige Anweisungen, bevor sie auf Sendung gingen, dann setzte sie sich auf den Hocker rechts von der Band. Trevin saß an der Stirnseite des Tisches neben Miles. Sie hatten jeder eine Flasche Wasser vor sich, außerdem schwarze Permanentmarker, um nach der Show Fotos zu signieren.

»Drei, zwei, eins... und wir sind live auf Sendung«, sagte ein Mitglied der Crew.

Bridgett nahm ihr Mikrofon und lächelte. »Hallo und willkommen zu einer Sonderausgabe von *ET*. Heute haben wir *Seconds to Juliet* bei uns. Sie werden nicht nur einige eurer brennendsten Fragen beantworten, sondern auch erstmalig ihr neues Musikvideo zu *Let Me Make You Smile* vorstellen. Und wir haben heute ein ganz besonderes Publikum aus treuen Fans bei uns.«

Die Teenager in der Menge kreischten, als die Kamera über sie schwenkte – alle trugen ihre Band-T-Shirts, hielten selbstgemalte Plakate hoch und schwenkten kleine Puppen, die genau wie die Bandmitglieder aussahen.

»Es gibt ein brennendes Thema, das alle beschäftigt: Wir wollen etwas über euer Liebesleben erfahren. Ryder, fangen wir doch mal mit dir an. Du gehst gegenwärtig Mia Reyes, die in eurem Vorprogramm spielt. Wie läuft es denn so bei euch beiden?«

Ryder grinste. »Toll. Es ist umwerfend, sie mit uns auf Tour zu haben. Ich kann sie jeden Tag sehen, obwohl wir uns manchmal auch verpassen, wegen unserer unterschiedlichen Proben- und Trainingszeiten. Aber bisher findet sie sich mit mir ab. Ich weiß nicht, was ich sagen soll, abgesehen davon, dass ich schwer verliebt bin.«

»Was war denn dein bisheriges Lieblings-Date?«, hakte Bridgett nach.

»Ich bin mir nicht sicher, ob ich mich auf ein bestimmtes festlegen könnte – vielleicht der Besuch auf dem Jahrmarkt als wir Corn Dogs gegessen haben. Aber im Moment genießen wir einfach die gemeinsame Freizeit. Selbst wenn es bedeutet, dass wir es uns nur gemütlich machen, um einen Film zu sehen oder miteinander zu quatschen.«

»Will und Nathan, ihr seid im Moment beide Single, ist das richtig?«

»Ja, Ma'am. Single und auf der Suche.« Will zwinkerte.

Die Mädchen kreischten und Bridgett lachte. »Hört ihr das, meine Damen? Er ist tatsächlich zu haben. Und was ist mit dir, Nathan?«

Nathans Gesicht wurde knallrot. »Ja ... ich bin gerade mit niemandem zusammen.«

»Das bedeutet, dass zwei von euch Jungs hier zu vergeben sind. Miles, bist du immer noch mit Aimee zusammen?«

»Ja. Wir sprechen uns eigentlich jeden Tag und versuchen, so oft wie möglich zu skypen.«

»Es ist bestimmt schwer für dich, von ihr getrennt zu sein.«

»Das ist es, aber wir kriegen das hin.«

»Und du Trevin, ich habe durch die Buschtrommel erfahren, dass du seit Kurzem mit einem Mädchen namens Daisy Morris ausgehst.«

Trevin lachte. »Solche Neuigkeiten verbreiten sich schnell. Aber ja, ich habe vor Kurzem beschlossen, wieder jemanden zu daten.«

»Ich wette, du musstest dich überschwänglich entschuldigen, nachdem du sie versetzt hast«, sagte Bridgett. »Hat sie dich zu Kreuze kriechen lassen?«

Trevin runzelte die Stirn. »Sie meinen den Fünfziger-Jahre-Tanzabend? Ich hatte wirklich nicht vor, sie zu versetzen; wir mussten zu einer Modenschau.«

»Nein. Ich spreche nicht von dem Tanzabend. Wir haben das Video von dem Abend hier, an dem du nicht zum Homecoming-Ball aufgetaucht bist.«

Trevin erstarrte, während die Fernsehbildschirme Daisy auf der Veranda eines Hauses zeigten, neben einer Frau, von der er annahm, dass es ihre Mom war. Sie trug ein dunkelblaues Kleid, das sie immer wieder glatt strich, anscheinend vor Nervosität. Voller Entsetzen beobachtete er, wie ein Kurierbote ihr einen Umschlag brachte. Sie riss ihn auf und sah fassungslos auf den Brief in ihrer Hand.

Die Kameras zoomten auf ihr Gesicht ein. »Hat Trevin Jacobs dich versetzt?«, fragte ein Reporter. Aber Daisy rannte ins Haus.

Trevin saß benommen da. Himmel. *Er* war der Junge gewesen, der sie versetzt hatte.

Und er hatte es nicht einmal gewusst. Kein Wunder, dass sie nichts mit ihm hatte zu tun haben wollen. Jetzt würde er den verletzten Ausdruck auf ihrem Gesicht niemals vergessen – die Höllenqualen, die er ihr bereitet hatte.

Aber Moment mal, hatte LJ nicht gesagt, das Mädchen, mit dem er ausgehen solle, habe den Termin abgeblasen? Dass er die Video Music Awards machen könne, weil die Gewinnerin des Wettbewerbs einen festen Freund hätte und nicht mit ihm ausgehen wollte?

Trevin schluckte hörbar. Wie hatten sie so dumm sein können? Wie hatte *er* so dumm sein können? Er musste das aufklären.

»Wir hatten die Gelegenheit, abseits der Kamera mit Daisy zu sprechen, und sie war sehr offen und hat erzählt, was sie deinetwegen letztes Jahr durchgemacht hat. Nachdem sie uns diesen Videoclip gab, hat Daisy etwas über eine Wette zwischen dir und Ryder erwähnt und dass du sie nur wegen besagter Wette um ein Date gebeten hättest. Würdest du erklären, worum es sich bei dieser Wette drehte?«

Trevin schloss die Augen. Sie hatte ihn also benutzt. Sie hatte das alles getan, um sich an ihm zu rächen.

»Trevin, das Video scheint dich zu schockieren«, setzte Bridgett nach. »Wie fühlst du dich dabei herauszufinden, dass du Daisy so übel mitgespielt hast? Behandeln die Mitglieder von *Seconds to Juliet* Frauen immer so?«

»Kein Kommentar.« Sein Blick wanderte zu seinen

Bandkameraden, die alle genauso überrascht schienen wie er. Alle bis auf Nathan. Hatte er es die ganze Zeit über gewusst? War er deshalb so nett zu Daisy gewesen? Und wenn ja, warum hatte er es ihm nicht erzählt?

Endlich wagte Trevin es, in der Menge nach Daisy zu suchen. Aber er sah nur noch ihren Hinterkopf, als sie den Saal verließ. Oh Mann. Er hatte die Sache komplett verkackt. Aber sie war nicht viel besser. Sie hatte *S2J* ans Messer geliefert. Sie hatte den Paparazzi das Video gegeben. Alles, was in diesem Sommer zwischen ihnen geschehen war, war eine Lüge. Nicht nur von seiner Seite. Auch sie hatte nie die Absicht gehabt, wirklich mit ihm zusammen zu sein. Sie war ihm nur nähergekommen, um ihn zu verletzen.

Daisys Kehle schnürte sich zusammen, als sie das Video auf dem Bildschirm sah. Sie kniff die Augen zusammen. Sie hasste es, diesen Moment noch einmal zu durchleben, ihre Blamage vor aller Augen ausgeschlachtet zu sehen. Und dass Trevin nicht einmal gewusst hatte, was er getan hatte. Aber noch schlimmer war, dass die Paparazzi sie so porträtiert hatten, als habe sie die ganze Zeit über nur Rache gewollt. Zu Anfang mochte das so gewesen sein. Sie hätte das Video niemals weggeben dürfen. Der Ausdruck auf Trevins Gesicht hatte sie beinahe in die Knie gezwungen. Sie ertrug es nicht, ihn so zu sehen.

Sie eilte durch den Ballsaal und riss die Hintertür auf. Sie hatte keine Ahnung, wo sie hinging, aber hier wollte nicht bleiben.

Daisy rannte den Flur entlang, kam aber nicht sehr weit, ehe sie Trevins Stimme hörte. »Daisy, warte.«

Daisy starrte ihn an, dann schaute sie auf ihre Hände.

»Warum hast du mir nichts davon erzählt? Du hast den ganzen Sommer mit mir verbracht und kein verdammtes Wort gesagt.«

Tränen strömten ihr übers Gesicht, aber sie antwortete ihm nicht.

»Und anstatt mit mir zu reden und mir eine Chance zu geben, alles zu erklären, gibst du den Reportern dieses Bildmaterial, in dem ich wie ein Idiot aussehe?«

Ihre Augen wurden schmal, und sie starrte ihn nieder. »Ist das dein Ernst? Nachdem du mich im letzten Herbst versetzt hast und gestern Abend noch mal? Das ist es, was du mich jetzt fragst? Nach allem, was ich deinetwegen durchgemacht habe? Am Anfang wollte ich tatsächlich Rache, aber als ich dich dann kennenlernte, habe ich meine Meinung geändert – bis du mich gestern hast sitzen lassen und ich zu allem Übel noch herausfinden durfte, dass ich bloß irgendeine bescheuerte Wette bin! Weißt du, wie weh das getan hat? Ich meine, es war schlimm genug, dass du mich bei meiner Homecoming-Feier versetzt hast, aber das gestern, das war noch schlimmer. Die Jungs und du, ihr müsst euch ja über die Sache totgelacht haben. Es ging die ganze Zeit nur darum, wie ihr mich möglichst blöd dastehen lassen könnt. War irgendetwas von alledem jemals echt?«

»Hör mal, die Sache mit der Wette war nicht der Grund, warum ich mit dir zusammen war. Okay, am

Anfang vielleicht, ja, aber nicht während der letzten Wochen. Die Dinge hatten sich geändert.«

»Netter Versuch, aber ich falle nie wieder auf deine falschen Worte herein. Eins muss ich dir lassen, du warst wirklich überzeugend, als du den Song meines Grandpas gelernt hast. Gott, ich bin so bescheuert. So verdammt bescheuert.«

»Ich habe die Wahrheit gesagt. Und wenn du schon mit dem Finger auf jemanden zeigen willst, wie wäre es dann mit der dir selbst? Du hast mich zusammen mit der ganzen Band in die Pfanne gehauen. War alles, was *du* getan hast, nur gespielt? Die Küsse, die Zeit, die wir zusammen verbracht haben? War das Teil deines Plans, an dessen Ende du der Presse das Video übergeben wolltest? Damit das Ganze so skandalträchtig wie möglich wird?«

Als er sich zum Gehen wandte, rief sie ihm nach: »Wie fühlt es sich an? Genauso zum Affen gemacht zu werden wie ich, als du mich vor laufender Kamera hast sitzen lassen? Wie fühlt es sich an, zu wissen, dass alle dich beobachten und mit dem Finger auf dich zeigen werden? Jetzt, wo sie wissen, was für ein Mistkerl du in Wirklichkeit bist.«

»Ist alles nur deshalb geschehen? Auch die ganzen Streiche? Ich habe gedacht, es war Ryder, aber das warst alles du, oder? Du hast dich nur an mich rangemacht, damit du mich fertigmachen, mich demütigen konntest? Tja, es hat funktioniert. Du hast gewonnen.«

»Verdammt noch mal, Trevin, ich habe Mist gebaut. Aber du auch«, sagte Daisy. Ihre Herz schmerzte so sehr, aber sie griff nach seinem Arm. Sie musste sich beruhigen. Sie mussten sich beide beruhigen. Tränen stiegen ihr in die Augen, und ihre Sicht verschwamm.

Er schüttelte sie ab. »Spar dir das, ich brauche deine Ausreden nicht.«

Daisy schlug die Hände vors Gesicht und rannte aus dem Gebäude. Sie ignorierte die Fans und die Paparazzi, die ihr im Weg standen.

»Daisy«, brüllte ihr Dad hinter ihr her. Eine Sekunde später holte er sie ein und nahm sie fest in den Arm. »Warum hast du mir das nicht erzählt?«

Sie zuckte die Achseln und schluchzte in sein Hemd.

»Ich will nicht, dass du allein wegläufst; lass mich ein Taxi rufen, das dich ins Hotel zurückbringt. Wir können heute Abend reden, in Ordnung?«

»Okay.«

Einige Minuten später saß sie in einem Auto und fuhr zurück ins Hotel. Als sie dort ankam, bezahlte sie den Fahrer und rannte in ihr Zimmer. Dieser Sommer war fast genauso schlimm wie der, in dem ihr Grandpa gestorben war. Noch schlimmer war, dass morgen sein Todestag war. Also musste sie damit *und* hiermit fertigwerden. Warum hatte sie bloß den Plan geschmiedet, sich an Trevin Jacobs zu rächen? Beziehungsweise: Warum hatte sie jemals geglaubt, seine Gefühle wären echt? Sie wusste nur noch, dass sie nicht hier sein wollte.

Sie musste nach Hause.

Kapitel 21

Miles kam den Flur entlang. »Bist du okay, Kumpel?« Er sah Trevin an.

»Ich weiß nicht, Mann. Ich habe alles Mögliche vermasselt. Ich will nicht mal wissen, was die Leute im Moment reden. Ich sollte auf die Band aufpassen, und was machen wir jetzt? Wegen dieser Sache und wegen des Videos sehen wir aus wie ein Haufen Mistkerle.« Er seufzte. »Solltest du nicht da drin bei Bridgett sein statt hier draußen?« Seine Augen brannten, und er hätte am liebsten losgeheult. Aber er konnte jetzt wirklich keinen Zusammenbruch gebrauchen. Vor allem hier, so nah bei den Kameras. Er holte tief Luft, tigerte auf und ab und versuchte mit aller Macht, sich zusammenzureißen und so zu tun, als wäre sein Herz nicht in tausend Stücke gesprungen.

»Nö. Das Interview ist genau wie alle anderen, die wir geben. Außerdem bist du mein Freund, und ich wollte nach dir sehen.«

»Und ich will nicht, dass Miles wie der einzig Sensible hier rüberkommt, deshalb wollte ich auch mal nach dem

Rechten sehen.« Ryder kam direkt hinter Miles hergeschlendert, gefolgt von Will und Nathan.

»Was macht ihr da Leute? Habt ihr das Interview nicht zu Ende gebracht?«

»Wir machen eine Pause«, erklärte Nathan. »Wir sollen nach der Werbung unser Video vorstellen.«

Sekunden später kam LJ in die Lobby gestürmt. »Was zum Teufel ist los mit euch? Versucht ihr, eure Karrieren zu ruinieren?«

»Tut uns leid«, sagte Will. »Wir brauchen einfach einen Moment.«

»Oh, ihr werdet einen Moment bekommen, wenn wir mit dieser Sache fertig sind.« LJ zeigte auf die Tür. »Wenn ihr da reingeht und dieses Interview beendet, können wir unser Ansehen vielleicht noch retten. Aber nur wenn ihr in Topform und wieder so charmant wie sonst seid.«

Trevin schaute zu, wie seine Bandkameraden in den Saal zurückkehrten, während er blieb, wo er war.

Sein Zorn verselbstständigte sich und nahm Fahrt auf wie ein Monster-Truck, der auf eine Reihe von Autos zurast. »Würdest du mir mal erklären, warum zum Teufel du mich gestern Abend angelogen und behauptet hast, du würdest Daisy anrufen, weil was dazwischengekommen ist? Und wie du mich verdammt noch mal wegen des Wettbewerbs letzten Herbst belogen hast? Der Wettbewerb, von dem du behauptet hast, Daisy habe einen festen Freund und brauche kein Date mehr für den Homecoming-Ball? Hast du die ganze Zeit über gewusst, dass Daisy dieses Mädchen war?«

LJ seufzte. »Nein, ich hatte keine Ahnung. Ich schwöre es. Aber hör mal, ihr wart damals erst noch dabei, euch einen Namen zu machen. Ihr musstet die Video Music Awards machen, aber mir war klar, wenn du ein Date mit diesem Mädchen hättest, würdest du diese Chance verpassen, würde die Band diese Chance verpassen. Eigentlich solltest du mir dafür dankbar sein. Schau dir nur an, als was für eine Art von Mädchen sie sich entpuppt hat. Dieses Video den Paparazzi zu geben. Jetzt ist es aus und vorbei. Du musst dich auf unsere bevorstehenden Konzerte konzentrieren.«

»Das war eine ganz miese Nummer, selbst für deine Verhältnisse, Lester. Ernsthaft. Und nur damit du's weißt, komm nicht mehr zu mir, wenn du Informationen über die Jungs brauchst oder versuchst, irgendeinen Müll auszubügeln. Ich hab's satt, dein Hündchen zu sein.«

»Trevin, warte. Lass uns darüber reden.«

»Ich bin fertig mit Reden. Ich bin wegen der Band hier und das ist alles. Sie sind wie Brüder für mich, und ich werde weiter Musik mit ihnen machen und auf sie aufpassen, aber nicht, weil du mich darum bittest. Und wenn du was von ihnen willst oder Informationen benötigst, dann frag sie in Zukunft selbst.«

Mit diesen Worten trottete er zurück zum Interview, fest entschlossen, den Ruf der Band zu retten.

Als Trevin ungefähr eine Stunde später ins Hotel stürmte, wünschte er sich nichts mehr, als sich in seinem Zimmer zu verkriechen. Das einzig Positive war, dass sie es zumindest geschafft hatten, das Interview zu Ende zu bringen und ihr Video vorzustellen. Seinen Song. Bei dem er jetzt, nach allem, was passiert war, froh sein konnte, wenn ihn sich überhaupt jemand ansah.

Trevin rannte die Treppe hinauf in seine Suite. Sobald er die Tür hinter sich geschlossen hatte, ballte er die Fäuste, bedeckte die Augen und schrie: »Scheiße. Das kann doch alles nicht wahr sein.«

»Trev, hör mal, wir können das wieder hinkriegen, Bro.« Ryder, der hinter Miles stand, sah ihn an.

»Lasst mich erst mal einfach in Ruhe.« Er schnappte sich sein Handy, ging in sein Zimmer und wählte Carolines Nummer.

»Hey, großer Bruder«, antwortete sie. »Wow, ich bekomme zwei Anrufe innerhalb von zwei Wochen. Ich habe das Gefühl, etwas ganz Besonderes zu sein.«

»Carly, du musst zu mir herfliegen«, sagte er mit brüchiger Stimme und hoffte, dass er nicht in Tränen ausbrechen würde. Er war keine Heulsuse, aber im Moment fühlte sein Herz sich an, als hätte jemand es mit einer Schere in winzige Stücke geschnitten. Er setzte sich aufs Bett und vergrub den Kopf in den Händen. »Ich buche dir sofort ein Flugticket. Ich brauche dich einfach.«

»Was ist passiert?«

Seine Stimme zitterte, als er berichtete, was bei dem Interview und im vergangenen Herbst geschehen war. »Kannst du schauen, ob Mom dir erlaubt, heute Abend noch loszufliegen?«

»Hier, du kannst sie kurz selbst fragen.«

Trevin wusste, dass seine Mutter bemerken würde, dass irgendetwas nicht stimmte, wenn er mit ihr redete. Aber seine Mom drängte nicht auf Einzelheiten. Stattdessen sagte sie ihm, er solle den Flug buchen, und sie würde dafür sorgen, dass seine Schwester rechtzeitig zum Flughafen kam. Es tat gut zu wissen, dass seine Familie für ihn da war, obwohl sie so weit entfernt war. Dass sie ihn liebten, ganz gleich, welch unterirdischen Entscheidungen er traf. Er vermisste sie dadurch nur umso mehr. Er dankte seiner Mutter, beendete das Gespräch und kehrte er in den Wohnbereich zurück.

Miles schaltete den Film aus. »Okay, Kumpel, was ist mit Daisy passiert, bevor wir dazugekommen sind?«

»Ihr habt alle das Video gesehen. Ich glaube, es ist offensichtlich. Sie hat sich nur an mich rangemacht, um sich dafür zu rächen, dass ich sie letztes Jahr versetzt habe«, sagte er und sackte auf dem Sofa zusammen.

»Bist du dir sicher? Ich meine, sie scheint mir nicht der Typ zu sein, der so was tut«, wandte Nathan ein.

»Wirklich? Bist du blind und taub? Das Video hat alles gesagt. Aber hey, du solltest froh darüber sein. Jetzt kannst du mit ihr ausgehen«, antwortete Trevin.

»Ähm, habe ich irgendwas nicht mitgekriegt?« Nathan sah ihn an, als wäre ihm ein zweiter Kopf gewachsen.

»Du magst sie doch, oder? Ich meine, du warst mit ihr vor den Konzerten öfter zusammen.«

»Ich hab's dir schon mal gesagt, ich habe nie auf die Weise an sie gedacht. Aber hör zu, ich glaube ehrlich nicht, dass sie das so geplant hat. Ich meine, natürlich hat sie das Video weggegeben, aber sie muss einen guten Grund dafür gehabt haben. Denn als ich mit ihr geredet habe, wollte sie bloß, dass du dich von allein daran erinnerst und dich bei ihr entschuldigst. Und wie kommt es, dass ich der Einzige bin, der sich überhaupt an sie erinnert hat? Habt ihr damals die Ausschreibung für den Wettbewerb nicht gelesen und euch das Gewinnerfoto nicht angeschaut?«

»Du bist der Einzige, der sich um solchen Mist kümmert«, stellte Ryder fest.

»Aber du hast von dem Date gewusst, oder?«

»Hey, Nate, lass es gut sein«, warf Will ein. »Ich glaube, wir sollten vor unserem Konzert heute Abend noch ein paar Zombies töten.« Er schob ein Spiel in die Xbox. »Vom Zombie-Töten fühlst du dich immer besser.«

Trevin brachte es nicht übers Herz, ihm zu sagen, dass das in diesem Fall nicht funktionieren würde. Er war so blind und dumm gewesen. Der Sommer konnte nicht schnell genug enden. Beau sollte Daisy besser von ihrem Bus fernhalten, sonst würde er sich einen anderen Schlafplatz suchen. Aber insgeheim fragte er sich, ob Nate vielleicht recht hatte. Und die Dinge vielleicht nicht so schlimm waren, wie er dachte.

Daisy schaltete mutlos den Fernseher ein, setzte sich hin und starrte auf den Bildschirm.

Ihr Dad kam herein. »Wir fahren jetzt zum Konzert.«

»Ich ... ich denke, ich bleibe heute Abend einfach hier, wenn das okay ist.« Sie sah ihn nicht einmal an.

»Klingt gut. Bleib im Zimmer. Kein Herumstromern. Verstanden?«

»Ja. Ich bin nicht wirklich in der Stimmung, irgendwo hinzugehen. Ich werde einfach chillen und mir einen Film ansehen oder so was.«

»Okay, dann bis später.«

Er verließ den Raum. Er hatte nicht einmal herumgebrüllt wegen ihrer Rolle bei der Weitergabe des Videos, was es irgendwie noch schlimmer machte, dachte Daisy schluchzend. Sie hatte alles vermasselt. Dieser Sommer war eine Katastrophe, genau wie sie es erwartet hatte. Vielleicht nicht genauso, wie sie zuerst gedacht hatte – sie hatte nie geplant, sich in Trevin Jacobs zu verlieben. Sie hatte nur herkommen, ihn fertigmachen und wieder gehen wollen. Nicht sich gefühlsmäßig verstricken.

Sie griff sich ein paar Klamotten, stopfte sie in ihren Rucksack und holte dann ihre Handtasche. Sie wollte nach Hause. Daisy gehörte nicht hierher; sie hatte nie hierhergehört. Sie schob ihre Kissen so unter die Decke, dass es aussah, als würde sie schlafen. Dann suchte sie mit ihrem Handy nach dem nächsten Busbahnhof, den sie nur zwei Straßen weiter fand. Sie holte die Kreditkarte hervor, die ihr Mom für Notfälle mitgegeben hatte. Und, tja, dies schien ihr ein Notfall zu sein. Sie bestellte ihre Fahrkarte online und verließ das Hotel.

Als der Bus endlich nach langer Fahrt in den Grand Rapids Terminal einbog, war Daisy vollkommen erschöpft. Aber sie musste noch eine Sache erledigen. Sie winkte ein Taxi herbei.

»Wohin, Ma'am?«, fragte der Fahrer, als sie einstieg.

»Zum Oakenfield Friedhof bitte«, antwortete sie.

»Haben Sie die Adresse?«

Sie notierte sie auf einem Zettel aus ihrer Handtasche und reichte sie dem Fahrer. Er fädelte sich in den Verkehr ein und fuhr durch die belebten Straßen. Ungefähr fünfzehn Minuten später parkte er vor dem Haupttor, dessen schmiedeeiserne Spitzen wie gefährliche Pfeile in den Himmel ragten.

Daisys Augen brannten vom Schlafmangel, und sie zitterte, als sie sich vom Taxi wegschleppte. Sie war seit mehr als vierundzwanzig Stunden wach. Aber ihre Müdigkeit kümmerte sie nicht. Es zählte nur, dass sie jetzt hier war. Daisy ging den steinernen Fußweg des Friedhofs entlang. In der Mittagssonne warfen die Grabsteine Schatten auf das smaragdgrüne Gras. Eichen standen hoch aufgerichtet da und wachten über die Toten. Daisy nahm den vertrauten Pfad nach links, um einen kleinen Teich und eine Parkbank herum, vorbei an einer Engelsstatue und einem mit steinernen Tauben geschmückten Springbrunnen. Schon bald stand Daisy am Grab ihres Grandpas.

Heute war sein Todestag.

Tränen stiegen ihr in die Augen und sie setzte sich vor seinem Grabstein ins Gras.

»Oh, Grandpa, alles ist im Moment so verkorkst. Ich weiß nicht, was ich tun soll«, weinte sie. »Wenn du hier wärst, würdest du mir helfen. Du würdest nicht zulassen, dass ich so den Halt verliere. Ich vermisse dich so sehr und denke die ganze Zeit, ich würde mich daran gewöhnen, dass du tot bist, und dass es leichter wird, aber das wird es nicht.«

Sie fuhr sich mit den Händen übers Gesicht, um die Tränen wegzuwischen. Der Wind strich ihr über das Haar, als hätte jemand es sanft gestreichelt. »Ich wünschte, du könntest mir sagen, was ich tun soll.«

Aber die Toten antworteten nicht. Etwas, das Daisy nach vielen Besuchen am Grab ihres Grandpas gelernt hatte.

»Ich habe mich schon gefragt, ob ich dich heute hier sehen würde«, erklang plötzlich eine tiefe Stimme hinter ihr.

Daisy drehte den Kopf und erblickte Slim, einen der alten Bandkameraden ihres Grandpas. Seine kakaobraune Haut war verwitterter als bei ihrer letzten Begegnung. Aber er stand immer noch hoch aufgerichtet und dünn wie ein Schilfhalm da.

»Hey, Slim.« Sie stand auf und klopfte sich die Shorts ab, die sie seit gestern trug.

Er stellte einen Blumenstrauß vor den Grabstein und legte ein Blatt mit Klaviernoten daneben. Dann drehte er sich wieder zu Daisy um. »Es wird nicht leichter, was?« Seine Stimme brach.

»Nein.«

»Komm her, kleine Daisy.« Er umarmte sie fest und roch dabei nach Weichspüler und süßem Pfeifentabak. »Bist du allein hergekommen?«

»Ja.« Er sollte auf keinen Fall herausfinden, dass sie

aus Nashville fortgelaufen war. »Ich wollte unbedingt heute herkommen, um ihn zu besuchen.«

»Ich auch. Sag mal, ich wette, Rosa würde sich schrecklich freuen, dich zu sehen. Möchtest du auf ein Glas Limonade und eine Scheibe Zucchinibrot mit zu uns nach Hause kommen?«

»Klar.« Sie hob ihre Tasche vom Boden auf.

Slim betrachtete die Tasche, sagte jedoch nichts, und sie fragte sich, ob er wusste, dass sie nicht allein hier sein sollte.

Sie fuhren die kurze Stecke und parkten vor einem großen, weißen Haus, das von einem verblichenen blauen Bretterzaun umgeben war. Ein kleiner Blumengarten begrüßte sie, als sie das Tor aufstießen und den Weg zum Haus entlanggingen.

»Hey, Rosa, sieh mal, wen ich getroffen habe.« Slim legte seine Schlüssel auf die Ablage.

Der Duft nach frisch Gebackenem lag in der Luft und Daisys Magen knurrte. Eine rundliche, dunkelhäutige Frau kam herbeigeeilt. Rosa schlang die Arme um Daisy. Das Haar der Frau war zu einem grauen Knoten aufgesteckt und das geblümte Kleid flatterte ihr um die Waden.

»Daisy Morris, du bist noch hübscher als bei unserer letzten Begegnung. Wie ist es dir ergangen, Mädchen?«

»Gut. Ich habe im Plattenladen gearbeitet und mache nächstes Jahr meinen Highschool-Abschluss.«

»Du bist nächstes Jahr mit der Schule fertig? Es kommt mir vor, als wäre es gestern gewesen, dass Gerald mit dir auf dem Schoß in unserem Musikzimmer Klavier gespielt hat.«

Sie lächelte bei der Erinnerung. »Ja, Mom findet das auch schwer zu glauben.« Was sie daran erinnerte, dass sie ihre Mutter wahrscheinlich besser anrufen sollte.

»Das kann ich mir vorstellen. So, setz du dich doch mal hin, Schätzchen, während ich dir ein Glas Limonade hole.«

Slim gesellte sich zu ihr an den Tisch. »Weißt du, *Jive Times Five* kommen in dieser Woche zu einem Wiedervereinigungs- und Gedenkkonzert im Park zusammen. Wir könnten eine gute Klavierspielerin gebrauchen.« Er sah sie an. »Hättest du Interesse daran, für deinen Grandpa einzuspringen?«

Daisys Augen weiteten sich. »Ist das dein Ernst?«

»Ja, Ma'am. Mir fällt sonst niemand ein, der unsere Songs so gut spielen kann wie du.«

»Na ja, aber du weißt, dass ich nicht singen kann, oder?«

»Ach, du brauchst nicht zu singen, du musst nur spielen. Wir werden größtenteils unsere eigene Musik bringen, aber wir dachten, wir werfen auch ein paar moderne Stücke dazu, um das jüngere Publikum zu unterhalten.«

»Das würde ich liebend gern tun«, antwortete sie.

»Also seid ihr beide, du und deine Mom, wieder in der Stadt? Ich meine, sie hätte erwähnt, dass ihr beide über den Sommer fort sein würdet«, fragte Slim.

»Nein, ehrlich gesagt bin ich mit dem Bus hergekommen. Ich habe meinen Dad besucht.« Vielleicht hätte sie lügen sollen, aber aus irgendeinem Grund konnte sie sich nicht dazu überwinden, die Unwahrheit zu sagen.

»Hm ... nun, hast du einen Ort, an dem du bleiben kannst, oder gehst du in euer Haus zurück?«

Irgendwie hatte sie das Gefühl, dass er wusste, dass sie weggelaufen war. »Nein, ich hab meinen Haustürschlüssel vergessen, als ich vorhin aufgebrochen bin, deshalb komme ich nicht wieder rein.«

»Dann kannst du bei Rosa und mir bleiben. Wir haben immer noch die Gästezimmer fertig, falls mal Besuch kommt. Das wird uns Zeit geben, während der nächsten ein oder zwei Tage mit den Jungs zu üben.«

Versuchte ihr Grandpa hiermit irgendwie, die Dinge in Ordnung zu bringen? Ein Zeichen, dass sie hier sein sollte, bei den *Jive Times Five*? Sie war sich nicht sicher, aber sie spürte endlich, wie sie etwas ruhiger wurde. Sie war zurück in Michigan, zu Hause, wo sie hingehörte.

Kapitel 22

»Okay, nur damit ich das verstehe. Du erzählst mir gerade, dass du Daisy letztes Jahr versetzt hast«, sagte Carly.

»Irgendwie ja.«

»Da gibt es kein irgendwie. Entweder du hast sie versetzt oder du hast es nicht getan.«

»Hör mal, ich wusste, dass ich ein Date mit einem Mädchen haben sollte, das einen Wettbewerb gewonnen hatte. LJ hat uns ein Foto von ihr gezeigt. Aber unmittelbar vor dem Date hat er mich beiseitegenommen und behauptet, sie habe abgesagt, weil sie einen Freund habe, und dass ich jetzt mit dem Rest der Band zu den *Video Music Awards* solle, um einen Preis zu übergeben. Er hat gesagt, wir würden ihr ein signiertes Porträtfoto schicken. Ich hatte keine Ahnung, dass LJ vielleicht gelogen hatte. Der Hurensohn.«

»Hey, rede nicht so!«, mahnte Carly. »Okay, zurück zu Daisy. Also, nachdem du sie versetzt hast oder was auch immer, hat sie dir das Herz gebrochen, um sich an dir zu rächen, und jetzt geht das um die ganze Welt?«

»Ja.« Trevin brauchte daran nicht erinnert zu werden. Seine Augen brannten, weil er in der Nacht zuvor kaum geschlafen hatte. Wenn er Daisy nur aus dem Kopf bekäme ...

»Aber ich habe Fotos von euch gesehen und da habt ihr beide glücklich gewirkt. Ich meine, richtig, wahrhaftig glücklich. Und so was lässt sich nicht einfach vortäuschen, vor allem dann nicht, wenn man gar nicht weiß, dass man fotografiert wird. Also, was ist in der Zwischenzeit passiert?«

Trevin erzählte ihr, wie Daisys Dad sie im Bus erwischt hatte und dass er sie am nächsten Tag nicht einmal gesehen hatte.

»Okay, halt, stopp. Du hast mit ihr rumgeknutscht und dann später nicht mehr mit ihr geredet? Trevin, im Ernst? Für so dämlich hätte ich dich nicht gehalten!«

»Ähm, solltest du nicht auf meiner Seite sein?«

»Du hast mir gerade erzählt, dass du am nächsten Tag mit ihr verabredet warst und nicht aufgetaucht bist, und du hast nicht angerufen, um ihr mitzuteilen, dass etwas dazwischengekommen war. Kein Wunder, dass sie Panik geschoben hat. Du hast sie zum zweiten Mal versetzt, noch dazu nachdem du quasi Sex mit ihr hattest.«

Trevins Gesicht brannte. »Das war nicht meine Schuld. Wir mussten ins Tonstudio. Eigentlich sollten wir rechtzeitig zurück sein, aber LJ hat uns noch gezwungen, zu einer Modenschau zu gehen. Als ich endlich zurückkam, war es zu spät, um sie noch zu stören, und als ich am nächsten Morgen zu ihrem Zimmer gegangen bin, war sie nicht da. Oh Mann. Ich bin ein Arschloch. Ich hätte mir mehr Mühe geben müssen. Ich hätte einen der Leibwächter um ein Handy bitten sollen oder so was.« Wann hatte er sich in den größten Arsch der Welt verwandelt? Warum hatte er sich nicht mehr ins Zeug gelegt, um sie zu erreichen? Es war furchtbar. Ihm war hundeelend zumute, weil er ihr wehgetan hatte. Weil er derjenige war, der sie enttäuscht hatte, nachdem er versprochen hatte, genau das nicht zu tun. Und er hatte es sogar zweimal getan. Vielleicht nicht mit Absicht, aber es war trotzdem seine Schuld.

»Jepp.« Sie holte ihr Handy aus der Tasche.

»Was machst du da?« Trevin sah sie an.

»Das Video aufrufen.«

»Hör mal, ich habe es mir bereits angesehen.«

»Vertrau mir, okay?«, sagte Carly. Sobald sie das Video heruntergeladen hatte, rutschte sie näher an Trevin heran und drückte auf Play.

Er wand sich innerlich, als er eine völlig verstört wirkende Daisy neben ihrer Mutter auf der Veranda stehen sah. Den Schmerz und die Qual hatte sie seinetwegen erlitten, nachdem er sie unbeabsichtigt versetzt hatte. Ihm blutete das Herz. Er hätte so etwas niemals absichtlich getan.

»Ich ertrage es nicht, sie so zu sehen. Kannst du es ausschalten?«

»Verstehst du denn nicht? Nachdem du sie erst da und dann beim Fünfziger-Jahre-Abend hast sitzen lassen und sie dann noch Wind von der Wette bekommen hat, hatte sie jedes Recht, sich an dir rächen zu wollen. In ihren Augen hast du es verdient.«

»Ich weiß.«

»Aber nur weil sie wütend auf dich ist, heißt das nicht, dass sie nichts für dich empfindet. Ein Mädchen regt sich nicht so auf, wenn ihr jemand egal ist.«

Er lehnte sich zurück und seine Schwester nahm ihm gegenüber auf dem Sofa Platz. Miles saß währenddessen am Tisch und aß Pfannkuchen, die er beim Zimmerservice bestellt hatte.

»Also, was soll ich machen?«

»Na ja, magst du sie denn?«, fragte Carly.

»Ja, sehr«, flüsterte Trevin. »Vielleicht sogar mehr als das.« Stimmte das? Gingen seine Gefühle über *mögen* hinaus? Tat der Gedanke, dass sie ihn verraten hatte, deswegen so weh? Verdammt, er war begriffsstutzig. Warum war ihm das nicht schon früher klar geworden? Er hoffte, dass es noch nicht zu spät war.

»Dann krieg deinen Arsch hoch und hol sie zurück, bevor es zu spät ist.«

»Deine Schwester ist ziemlich herrisch, Kumpel«, bemerkte Miles.

Trevin schnaubte, sprang aber auf. Er musste Daisy finden. Sie mussten reden, je eher desto besser. »Du musstest nicht als Kind mit ihr im selben Haus leben.«

Genau in dem Moment stürmte Beau mit wildem Blick durch die Tür. »Ist Daisy hier?«

»Nein. Ich hab sie seit gestern Nachmittag nicht mehr gesehen«, antwortete Trevin.

»Sie ist nicht in unserer Suite. Ihr Telefon liegt auf dem Bett und die meisten ihrer Kleider liegen auf dem Boden. Aber ihr Rucksack fehlt und ihre Handtasche ebenfalls.«

Trevin schlüpfte hastig in seine Sportschuhe. »Keine Panik, ich laufe eben zum Café und in den Plattenladen, um zu gucken, ob sie da heute Morgen vielleicht hingegangen ist.«

»Das glaube ich nicht. Ihre Kissen waren unter die Bettdecke gestopft, damit es so aussah, als schliefe sie. Mein Gott, ich bin der verdammte Vater des Jahres. Ich besuche meine Tochter nie, brülle sie an und jetzt habe ich sie auch noch entwischen lassen.«

»Beau, beruhige dich. Ich rufe an, wenn ich sie finde.« Trevin eilte zur Tür, dicht gefolgt von Carly.

»Moment, lass dich von DeMarcus im Suburban da hinbringen; du kommst schneller voran, wenn kein Mob von Mädchen auf dich Jagd macht.«

»Ich helfe dir, nach ihr zu suchen«, erbot sich Carly.

In Trevins Magen hatte sich ein schwarzes Loch aufgetan. Er würde es sich nie verzeihen, wenn ihr etwas zustieß.

Sein erster Halt war das Café. Er stieg hastig aus dem Wagen, DeMarcus direkt hinter sich. Als er das Café betrat, holte Trevin sein Telefon aus der Tasche. »War dieses Mädchen heute hier?«

Die Barista starrte den Star überwältigt an, schaffte es aber endlich, etwas zu erwidern. »Nein, sie war nicht da.«

Einige Mädchen, die im Café saßen, zeigten auf ihn.

»Danke.« Er runzelte die Stirn und eilte zurück zum Wagen.

»Mach dir noch keine Sorgen, wir haben immer noch den Plattenladen vor uns.« Carly drückte ihm mit einer Hand den Arm.

Sie fuhren über die Straße und parkten vor dem Laden. Wieder führte sein Leibwächter ihn hastig hinein und blieb am Eingang stehen, um ein Auge auf womöglich heranstürmende Fans zu halten. Eine Türglocke erklang, als sie eintraten. Eine runzelige Frau schaute von der Kasse auf. »Kann ich euch helfen?«

»Ich hoffe es, Ma'am. Ich wollte gern wissen, ob Sie dieses Mädchen heute gesehen haben?«

Die Frau nahm das Telefon entgegen und lächelte. »Nicht heute, aber sie war gestern hier. Sie hat eine Platte von *Jive Times Five* gekauft.«

»Wissen Sie noch, wie spät es war?«, fragte Trevin.

»Es war vormittags. Ist alles in Ordnung?«

»Sie ist seit gestern Abend nicht mehr gesehen worden.«

Die Frau schnappte nach Luft. »Ach, das war so ein nettes Mädchen. Ich werde mich umhören, ob jemand anderes sie gesehen hat. Ich kenne noch ein paar Ladenbesitzer in dieser Straße.«

»Danke.« Trevins Hände zitterten. Was, wenn jemand sie mitgenommen oder entführt hatte? Oder wenn sie sich verirrt hatte oder verletzt war? Panik machte sich in ihm breit. Als er und Carly aus dem Laden kamen, hatte sich bereits eine kleine Menschenmenge angesammelt, und die Leute baten um Autogramme. »Tut mir leid, ich habe es heute sehr eilig. Ich werde versuchen, morgen alles nachzuholen.«

Sie zwängten sich schließlich in den SUV und fuhren die Straße entlang. Als sie ins Hotel zurückkehrten, wartete Beau mit Miles in ihrem Zimmer auf sie. »Sie war nicht da. Aber die Dame vom Plattenladen hat gesagt, sie habe sie gestern gesehen. Sie hat eine der Platten ihres Grandpas gekauft.«

Als Trevin dasaß, wurde ihm klar, dass heute der Todestag ihres Großvaters war. Er rieb sich die Schläfen. Dieses Video und die Tatsache, dass sie von der Wette erfahren hatte, hätten zu keinem schlimmeren Zeitpunkt passieren können. Und sie war auf sich gestellt und musste alles allein ertragen. Den Tod ihres Grandpas. Ihre Trennung.

Er wollte bei ihr sein. Nein. Er *musste* bei ihr sein.

»Wir müssen sie finden. Was ist, wenn ihr etwas passiert? Ich würde mir das nie verzeihen«, sagte Beau.

»Hör mal, wir können noch mal losziehen und uns vielleicht in der Stadt verteilen.« Trevin fuhr sich mit einer Hand durch die bereits in alle Richtungen abstehenden Haare.

»Nein, ihr habt ein Konzert; ihr müsst in der nächsten Stunde in den Bus steigen. Ich bleibe hier und frage bei der Hotel-Security nach, ob sie mir die Aufzeichnungen der Überwachungskameras zwischen gestern Nacht und heute Morgen zeigen können.«

»Wenn du willst, kann ich was posten und unsere Fans

helfen lassen, sie zu finden. Wenn wir ihr Bild ins Netz stellen, hat vielleicht jemand eine Spur für uns«, schlug Trevin vor.

»Ich habe es bereits auf dem Polizeirevier versucht, und dort hat man mir gesagt, dass sie noch keine vierundzwanzig Stunden vermisst werde und dass sie deswegen nichts tun könnten. Und da sie freiwillig gegangen ist, ist die Wahrscheinlichkeit noch geringer, dass sie etwas unternehmen werden.«

Eine Welle der Hilflosigkeit schlug über Trevin zusammen. Das hier war ein Albtraum. Beau verließ wieder den Raum und Trevin sackte auf dem Sofa zusammen. »Warum zum Teufel mache ich mir solche Sorgen um sie? Sie hat mir das Herz gebrochen.«

»Tja, wenn du meine Meinung hören willst«, sagte Carly lakonisch, »bist du in sie verliebt.«

Er blies langsam die Luft aus den Wangen. War das nach so kurzer Zeit möglich? Aber wenn er die Augen schloss, sah er nur sie – dieses perfekte Lächeln, das ihr Gesicht aufleuchten ließ, die Art, wie sie die Nase kraus zog, wenn sie fand, dass die Jungs sich ekelhaft benahmen. Er konnte jeden Blick deuten, mit dem sie ihn bedachte. Er liebte die Art, wie ihre Hand in seine passte, dass er in ihrer Nähe er selbst sein konnte. Und sie hatte sich ihm geöffnet, hatte ihm einen Teil von sich gezeigt, von dem er bezweifelte, dass viele Leute ihn zu Gesicht bekamen.

Carly hatte recht. Er konnte sich nicht vorstellen, von ihr getrennt zu sein, und das machte ihm eine höllische

Angst. Daisy Morris hatte sein Herz gestohlen. Und jetzt war sie fort, verschwunden. Er musste sie finden. Er musste sie zurückholen.

Slim, Foxy, Merle und Lawrence standen um das Klavier herum, während Daisy spielte. Ihr Kopf wippte vor und zurück, als sie in das jazzige Doo-Wop-Stück eintauchte. Slims Bassstimme übernahm die tiefen Töne und Merle bewegte sich in den oberen Tonlagen. Es war seltsam, auf dem Platz ihres Grandpas zu sitzen, mit *seiner* Band. Früher einmal hatte er genau auf dieser Bank gesessen und gespielt. Zum ersten Mal seit langer Zeit fühlte Daisy sich ihrem Großvater näher. Beinahe so, als könne sie die Hand ausstrecken und ihn berühren.

Foxy schlurfte mit den Füßen vor und zurück, als er einen der Tanzschritte vollführte. Er war größer als Slim. Seine dunkle Haut hatte die Farbe aufgebrühten Kaffees, und seine Haare waren grau. Lawrence hielt mit seiner knotigen weißen Hand seinen Gehstock fest umklammert, während er sich hin und her wiegte. Sowohl er als auch Merle waren im Laufe der Jahre geschrumpft und jetzt nur noch einige Zentimeter größer als Daisy.

Sie ließ sich vom satten Klang ihrer Stimmen umhüllen wie von Melasse. Dick und süß. Sie liebte es.

»Na schön, lasst uns eine kurze Mittagspause machen und danach proben wir weiter«, schlug Slim vor.

»Ihr klingt noch besser, als ich es in Erinnerung hatte«, sagte Daisy.

»Das liegt daran, dass wir eine tolle Klavierspielerin

haben.« Merle wuschelte ihr liebevoll durch die Haare. »Du hast definitiv die Gene deines Grandpas.«

Genau in dem Moment klingelte das Telefon. Rosa stand auf, um den Anruf entgegenzunehmen. »Hallo. Hi, Sue, ja, Daisy ist hier. Sie ist vor Kurzem angekommen. Ja. Natürlich kannst du mit ihr reden.«

Wie hatte ihre Mom sie gefunden? »Hallo?«

»Daisy, Gott sei Dank, es geht dir gut. Dein Dad hat mich in Italien angerufen, um mir zu erzählen, was passiert ist und dass du verschwunden bist. Schätzchen, warum hast du mich nicht angerufen? Du kannst doch nicht allein kreuz und quer durchs Land fahren.«

»Tut mir leid, ich... ich musste einfach da weg. Im Moment ist alles so verkorkst.«

»Willst du darüber reden?«, fragte ihre Mom besänftigend.

Also knickte Daisy ein und erzählte ihr alles. Von ihrem Versuch, sich an Trevin zu rächen, bis zu dem ganzen Video-Fiasko. Sie erzählte ihr, dass er einen der Songs ihres Grandpas auswendig gelernt hatte, um ihn für sie zu spielen, und sie berichtete von all den witzigen Dingen, die sie mit ihm unternommen hatte.

»Oh, Schätzchen, es tut mir leid, dass das passiert ist. Aber hör mir zu, nachdem ich mit deinem Dad gesprochen habe, glaube ich nicht, dass Trevin über die Sache mit dem Homecoming-Ball Bescheid gewusst hat. Dein Dad meinte, Trevins Manager LJ hätte behauptet, dass du abgesagt hattest.«

»Was? Bist du dir sicher?« Wenn das, was ihre Mom

da sagte, der Wahrheit entsprach, änderte das alles. Es ergab schließlich einen Sinn; es erklärte, warum er nicht die geringste Erinnerung an sie hatte. Und der Brief, den sie mit dem Porträtfoto bekommen hatte, war nicht einmal von Hand unterschrieben gewesen.

»Das hat dein Dad gesagt. Also vielleicht solltest du noch keine voreiligen Schlüsse ziehen. Sieh mal, Daisy, du hattest immer ein Problem, Männern zu vertrauen. Und das ist zum Teil meine Schuld.«

»Nein, Mom, das ist es nicht.«

»Oh doch. Ich weiß, dass ein Großteil deiner Bindungsängste daher rührt, dass dein Dad nie da war und Grandpa gestorben ist. Die Sache ist die, dein Dad hat sich meinetwegen ferngehalten. A-als dein Dad im Ausland war, hatte ich eine Affäre mit einem der Ärzte, mit denen ich zusammengearbeitet habe.« Ihre Stimme brach, und obwohl sie am anderen Ende der Welt war, spürte Daisy, dass sie weinte. »Ich ... ich weiß nicht, warum ich das getan habe. Aber da dein Dad so viel weg war, wurde ich einsam und brauchte jemanden. Es war nicht leicht, dich allein großzuziehen, und ich hatte sonst niemanden. Dein Dad kam von seinem Einsatz früher als geplant nach Hause und hat uns erwischt. Ich ... ich habe ihm so schlimm wehgetan, dass er nicht mehr zu uns kommen wollte.«

Daisys Kehle schnürte sich zu. »Mom? Wie konntest du das tun? Du hast das nicht nur Dad angetan, sondern auch mir! Ich habe fast mein ganzes Leben lang geglaubt, dass Dad mich nicht mag. Und dabei lag es die ganze Zeit an dir.«

»Es tut mir leid, dass ich es dir nicht früher erzählt habe. Aber es war mir peinlich, und ich wollte nicht, dass du mich dafür hasst, dass ich deinen Dad betrogen habe. Er liebt dich sehr, aber ich habe es ihm nicht leicht gemacht, uns zu sehen. Und ich hatte Angst, dass du, wenn du die Wahrheit erführest, vielleicht nicht länger bei mir bleiben wolltest. Also habe ich es dir manchmal nicht erzählt, wenn er angerufen oder dir etwas geschickt hat.«

Daisy kniff die Augen zusammen. »Ich verstehe nicht, wie du das vor mir verheimlichen konntest! Wie konntest du mich die ganze Zeit über belügen?« Sie umklammerte das Telefon so fest, dass ihre Hände zitterten.

»Ich weiß, glaub mir, ich habe die letzten paar Jahre versucht, deine Beziehung mit ihm wieder in Ordnung zu bringen. Es war meine Schuld und es tut mir so leid. Wenn ich die Zeit zurückdrehen könnte, um das alles zu ändern, würde ich es tun. Aber das ist einer der Gründe, warum ich anrufe, Daisy. Ich will nicht, dass du die gleichen Fehler machst wie ich. Nach dem, was du mir erzählt hast, hat Trevin dich wirklich gut behandelt, und ich denke, du solltest ihm die Chance geben, die Dinge zu erklären, bevor du ihn aufgibst.«

»Du solltest dich bei Dad entschuldigen«, sagte Daisy.

»Das habe ich bereits getan. Und ich werde es wieder tun. Eines Tages wird er mir vielleicht wirklich verzeihen. Aber hör zu, es ist okay, wenn du bei Rosa und Slim bleibst, aber du musst dich auch bald mit deinem Dad in Verbindung setzen. Okay?«

»Ja.«

»Ich hab dich lieb, Daisy.«

»Ich dich auch.« Obwohl sie ihre Mutter im Moment eigentlich nur anschreien wollte. Damit sie den Schmerz spürte, den Daisy erlitten hatte. Sie sollte sehen, wie kaputt sie wegen dieser Sache war.

Als sie aufgelegt hatte, wischte Daisy sich die Augen. Alles, was sie für wahr gehalten hatte, war eine Lüge gewesen. Ihre Mom und ihr Dad. Trevin.

Daisy stand von dem Stuhl neben dem Telefon auf und griff nach ihrer Handtasche. Eine Zeitschrift fiel heraus. Und mitten auf dem Cover war Trevins Foto zu sehen. Mit zitternden Händen hob sie die Zeitschrift auf.

»Wer ist der Junge?«, fragte Rosa und betrachtete die Zeitschrift in ihrer Hand.

»Er war mein Freund, aber ich habe es irgendwie vermasselt. Dinge gesagt, die ich nicht so gemeint habe.«

»Ach Schätzchen, du bist nicht die Erste, die schneller geredet als nachgedacht hat, noch wirst du die Letzte sein.«

»Er ist der erste Junge, bei dem ich je Schmetterlinge im Bauch hatte. Es ist, als müsste ich immer lächeln, wenn ich mit ihm zusammen bin. Ich weiß nicht, er versteht mich einfach. Und er liebt Musik genauso sehr wie ich.«

»Mh-hm.« Rosa lächelte. »Ich würde sagen, da ist wohl jemand verschossen.«

»Das ist eine Untertreibung.« Daisy lachte. »Ich kann weder essen noch schlafen oder mich konzentrieren, ohne dass sein Gesicht in meinem Kopf herumspringt. Irgendwie wie Popcorn, das zu lange über dem Feuer war.«

»Hm, klingt, als hätte dich der Liebeskäfer gebissen.« Rosa tätschelte ihre Hand. »Wahre Liebe ist so, sie beißt zu und will nicht loslassen. Sie macht dich verrückt, sie bringt dich zum Lachen, und manchmal bringt sie dich sogar zum Weinen. Aber so ist das mit der Liebe – sie ermöglicht es dir, etwas zu fühlen, Daisy. Und es hört sich so an, als hättest du alle möglichen Gefühle in deinem Kopf und deinem Herzen.«

Oh Gott, hatte Rosa recht? Daisy saß da und starrte auf das Coverfoto von Trevin. Er hatte sie also eigentlich gar nicht versetzt. Aber was war mit der Wette? Sie seufzte und ging im Geiste die Szene noch einmal durch. Wie er mit den Jungs im Garten rumgehangen hatte. Wie sie geplaudert und gescherzt hatten, als wäre die Wette keine große Sache gewesen. Als ihre Erinnerung zu diesem Tag zurückkehrte, wurde Daisy sehr still. Wie hatte sie das vergessen können? Als Trevin mit Ryder gesprochen hatte, hatte er ihm gesagt, er wolle die Wette beenden. Bedeutete das, dass Trevin auch Gefühle für sie hatte? Oder versuchte er nur, ihr weitere Demütigungen zu ersparen? Ihr wurde warm ums Herz und ein Kribbeln breitete sich von ihren Zehen bis zu ihrem Kopf aus. Sie vermisste ihn. Aber das war noch nicht alles. Sie fühlte sich ohne ihn nicht vollständig. Mist. Sie liebte ihn wirklich. Aber sie hatte es mordsmäßig vermasselt, und nun blieb ihr nichts anderes übrig, als zu versuchen, ihn zurückzugewinnen. Aber es durfte keine kleine Geste sein. Sie musste sich richtig reinhängen, bereit sein, sich lächerlich zu machen. Doch würde das genügen? Vielleicht war es zu spät. Aber vielleicht auch nicht.

Dann dämmerte es ihr.

»Hey, Slim«, sagte sie.

»Was ist los, Kleine?«

»Du hast davon gesprochen, dass ihr bei dem Konzert ein paar moderne Songs singen wolltet?«

»Allerdings. Warum, schwebt dir was Bestimmtes vor?«

»Ehrlich gesagt, ja. Ich kenne einen umwerfenden Song und der hat tolle Harmonien und eine super Melodie. Ich muss nur die Klavierstimme dafür finden«, fügte Daisy hinzu.

Sie nahm ihren iPod aus der Tasche und spielte Slim das Stück vor. Er summte den Refrain mit. »Oh, da sind ein paar schöne Läufe drin. Der Song gefällt mir. Hey, Merle, komm her und hör dir das an.« Die Männer reichten das Gerät herum und zu Daisys Überraschung gefiel der Song ihnen allen.

»Ich muss euch noch um einen weiteren Gefallen bitten. Darf ich den Leadgesang übernehmen? Ich weiß, ich habe eine schreckliche Stimme, aber ich versuche, jemanden damit zurückzugewinnen.«

»Sag nicht, dass unsere kleine Daisy verliebt ist?«, neckte Foxy sie. »Denkst du, dein Grandpa wäre mit ihm einverstanden?«

Daisy lachte. »Ja, das denke ich.«

»Na schön, dann sollten wir unserem Mädchen hier

unbedingt helfen«, entschied Merle. »Wir können den Backgroundgesang machen, und glaub mir, wir können jeden gut klingen lassen. Hab ich nicht recht, Jungs?«

»Und ob«, bestätigte Slim.

»Denkt ihr, ich könnte kurz euer Telefon benutzen?«,

»Natürlich, du weißt ja, wo es ist«, antwortete Rosa. Daisy wühlte in ihrer Handtasche nach Wills Nummer. Sie hatte sie auf die Rückseite einer Quittung geschrieben, als er ihr geholfen hatte, die Kekse für Trevin zu bestellen. Sie hoffte, dass sie den Zettel nicht weggeworfen hatte. Nach einigem Herumwühlen fand sie ihn endlich. Sie wählte und betete, dass er Empfang hatte, denn sie brauchte ihn, wenn sie das hier durchziehen wollte.

Er ging nach dem dritten Klingeln ran. »Hallo?«

»Will? Hey, ich bin's, Daisy.«

»Heilige Scheiße, wo steckst du?« Er schrie beinahe.

»Hast du gerade geflucht?«, fragte sie. »Du fluchst sonst nie.«

»Ja, tut mir leid. Aber hier sind alle ganz krank vor Sorge um dich. Dein Dad arbeitet mit der Hotel-Security in Nashville zusammen und mit den Cops, um dich zu finden. Er hat seit vierundzwanzig Stunden nicht geschlafen. Und Trevin ist ein komplettes Wrack. Er hat sogar während des Konzerts gestern Abend ein paar Tanzschritte vermasselt.«

»Sie machen sich Sorgen?«

»Ja, wir machen uns alle Sorgen. Du musst unbedingt deinen Dad anrufen und ihm Bescheid sagen, dass es dir gut geht.«

»Das mache ich, sobald wir fertig telefoniert haben. Ich rufe dich an, um dich um einen Gefallen zu bitten.«

Daisy kaute auf ihrer Unterlippe, dann weihte sie ihn in ihren Plan ein. »Was ich also wissen muss, ist, ob du es schaffst, Trevin entweder hierherzubringen oder ihn vor den Fernseher zu setzen, damit er das Video sieht, das ich posten werde.«

»Na ja, wir haben an dem Abend ein Konzert, deshalb sind wir nicht in der Lage, persönlich hinzukommen.«

»Ich werde mich extrem lächerlich machen, aber das ist nötig.«

»Verflixt, es tut mir schon fast leid, dass ich das verpassen werde. Aber ich verspreche, Trevin vor den Fernseher oder einen Computer zu setzen, wenn du mich wissen lässt, wann es ausgestrahlt wird.«

»Mache ich. Und Will, danke für alles. Eines Tages wirst du für irgendein Mädchen einen tollen Freund abgeben. Und du bist gar nicht so schüchtern, wie die Leute es denken.«

»Jetzt werde ich rot. Und ich bin ziemlich schüchtern, also verrate mich nicht, okay?«

Sie lachte. »Na schön, ich behalte dein Geheimnis, dass du nicht ganz so introvertiert bist, wie du vorgibst, für mich.«

»Hey, jetzt aber mal im Ernst, bitte melde dich bei Beau.«

»Mach ich. Nochmals vielen Dank.«

Als sie auflegte, war klar, dass sie ihren Dad anrufen musste. Sie hoffte nur, dass er ihr erlauben würde aufzutreten. Sie drückte die Tasten auf dem Telefon und lauschte, während das Handy ihres Dads klingelte.

»Hallo?«, erklang am anderen Ende der Leitung seine hektische Stimme.

»Dad?«

»Daisy, Gott sei Dank. Wo um alles in der Welt steckst du?«

»Ich bin in Michigan. Ich bin bei Slim und Rosa. Mir geht es gut. Und es tut mir leid, dass ich nicht früher angerufen habe.«

Am anderen Ende der Leitung hörte sie die Stimme ihres Dads brechen, als weine er. »Ich war ganz krank vor Sorge.«

»Ich weiß. Es tut mir leid. Und du sollst wissen, dass Mom mich vorhin angerufen hat. Sie hat mir alles erzählt, Dad. Dass es ihre Schuld war, dass du nie da warst.«

»Ach, es war nicht nur ihre Schuld. Ich hätte mehr um dich kämpfen sollen. Ich hätte nie zulassen sollen, dass mich ihre Affäre von dir fernhält.«

»Aber jetzt verstehe ich es. Und vorher habe ich es nicht verstanden. Ich hab dich lieb, Dad. Ich habe ein schrecklich schlechtes Gewissen, dass ich dich am Anfang des Sommers so mies behandelt habe.«

»Hör mal, das ist gelaufen. Ich verzeihe dir, und ich hoffe, dass du mir verzeihen wirst. Ich hab dich lieb und hoffentlich weißt du das.«

»Das tue ich.« Sie schniefte. Zum ersten Mal seit einer Ewigkeit begriff sie, dass sie ihrem Dad wirklich etwas bedeutete. Dass die Dinge sich vielleicht wirklich in Ordnung bringen ließen.

»Kannst du mir Slim kurz geben?«

»Ja, ähm, ich habe ihm nicht direkt erzählt, dass ich allein losgezogen bin.«

»Zu dem Schluss bin ich bereits selbst gekommen, sonst hätte er angerufen«, antwortete Beau.

»Slim, mein Dad möchte mit dir sprechen«, brüllte Daisy.

Slim kam in die Küche geschlendert und nahm ihr das Telefon ab. »Tachchen, Beau ... nein, das habe ich nicht gewusst ... mach dir keine Sorgen, wir haben uns gut um sie gekümmert.« Er erzählte von dem Konzert und wann es stattfinden sollte. »Du bist herzlich eingeladen, herzukommen und bei uns zu übernachten.« Slim winkte Daisy herbei und gab ihr das Telefon zurück.

»Dad?«

»Ich nehme den ersten verfügbaren Flieger. Du kannst für das Konzert morgen bleiben, aber danach brechen wir auf. Und wenn ich ankomme, werden wir uns erst mal hinsetzen und reden.«

»Ich verstehe«, sagte sie.

Als sie auflegten, sah Slim sie kopfschüttelnd an. »Deinetwegen, junge Dame, war dein Vater krank vor Sorge. Ich bin mir nicht sicher, wie du auf die Idee gekommen bist, einfach so davonzulaufen. Aber ich versichere dir, dein Vater ist ein anständiger Mensch. Ist es immer gewesen. Du musst ihm eine Chance geben, Daisy. Das hätte dein Grandpa auch gewollt.«

»Ich weiß. Und es tut mir wirklich leid, dass ich dich und Rosa da mit hineingezogen habe.«

»Das lässt sich nun nicht mehr ändern. Jetzt komm. Wir haben einen neuen Song zu üben.« Slim führte sie zurück ins Musikzimmer.

Kapitel 23

Trevin tigerte wieder mal in seinem Zimmer auf und ab. Er hatte nicht still sitzen können, seit sie herausgefunden hatten, dass Daisy verschwunden war. Miles, Ryder und Nathan schauten zu ihm hoch.

»Jungs, ich muss irgendwas Großes tun, um Daisy zurückzugewinnen. Ich habe richtig Mist gebaut.«

»Und ich sollte auf jeden Fall helfen, da ich das Arschloch bin, das dich zu der Wette überredet hat«, meldete Ryder sich zu Wort.

»Nur damit du's weißt, ich bin dir nichts schuldig geblieben. Ich bin nicht mehr Lesters Wachhund. Und es ist mir egal, was ihr macht. Wenn ihr euch mit euren Freundinnen wegschleichen wollt, dann nur zu.«

Ryder grinste. »Himmel, hast du Lester etwa gezeigt, wo der Hammer hängt?«

»Irgendwie schon.«

»Mensch Alter, verdammt, warum hast du uns nicht mitkommen lassen? Ich hätte Geld dafür bezahlt, das zu sehen«, beschwerte sich Miles.

»Okay, zurück zum Thema. Was kann ich tun, dass sie

zu mir zurückkommt?« Es musste etwas Großes sein. Um ihr zu zeigen, dass er sie liebte und sich nicht beirren lassen würde.

In dem Moment platzte Will ins Zimmer und sagte atemlos: »Okay, also, ich weiß, dass wir morgen ein Konzert haben, aber wir müssen unbedingt einen kleinen Ausflug machen.«

Trevin schaute ihn an. »Wovon redest du?«

»Hört zu, in Michigan findet so ein Wohltätigkeitskonzert statt, von dem ich gerade erfahren habe. Und es ist für eine wirklich tolle Sache. Eine, die mir sehr am Herzen liegt.« Er sah Trevin an. »Ich bitte euch fast nie, mal etwas für mich zu tun, aber da müssen wir dabei sein. Und Beau hat bereits zugestimmt, uns zu begleiten. Habe ich nicht recht, Beau?«

Beau trat hinter ihm durch die Tür. »Allerdings.«

»Was ist mit unserem Konzert morgen Abend?« Trevin sah die beiden fragend an.

»Du wirst rechtzeitig wieder da sein«, versicherte Will ihm. »Ich hab schon unsere Rückflüge gebucht. Aber wir müssen da unbedingt hin. Vertraut mir. Packt einfach eine Reisetasche und kommt, sonst sind wir nicht rechtzeitig da.«

»Toll, aber das bedeutet, dass ihr mir auf der Reise nach Michigan helfen müsst, irgendeinen Plan zu entwerfen. Ich muss Daisy zurückgewinnen.«

Beau warf ihm einen überraschten Blick zu. »Keine Sorge, Junge, du wirst deine Chance bekommen. Und jetzt lasst uns gehen.«

Daisy strich ihr *S2J*-T-Shirt glatt, auf dem Trevins Gesicht prangte.

»Bist du so weit?«, fragte Slim hinter ihr.

»So weit, wie ich je sein kann. Himmel, ich kann kaum glauben, wie nervös ich bin.«

»Das ist normal. Wir haben immer noch vor jeder Show Schmetterlinge im Bauch«, erklärte Slim.

Sie spähte in die Menge und war überwältigt, wie viele Menschen gekommen waren. »Ihr zieht wirklich gut die Fans an.«

»Das weißt du doch.« Merle grinste.

»Daisy?«

»Dad!« Sie wirbelte herum und umarmte ihn. Er war gestern Abend angekommen, und sie hatten Gelegenheit gehabt, ausführlich zu reden. Selbst wenn dieser Sommer sonst nichts Gutes mehr bringen würde, dann hatte er wenigstens bewirkt, dass sie die Beziehung zu ihrem Vater hatte kitten können. Ihr Vater hatte versprochen, dass er öfter zu Besuch kommen würde, und sie, dass sie sich ebenfalls mehr Mühe geben würde.

»Viel Glück da oben, Schätzchen. Ich werde vorn in der Mitte sitzen.«

»Wenn die Menge mich mit Tomaten bewirft, wenn ich anfange zu singen, musst du mir vielleicht Personenschutz gewähren und mich retten.« Sie lachte.

Schließlich trat jemand von der Handelskammer an den Bühnenrand, um *Jive Times Five* vorzustellen. »Wie Sie alle wissen, hat die Band vor einiger Zeit Gerald verloren, einen ihrer Mitspieler. Deshalb springt heute seine

Enkeltochter am Klavier für ihn ein. Ich hoffe, Sie haben alle Spaß an der Show.«

Bei diesen Worten nahm Daisy Slims Hand und ging mit ihm auf die Bühne. Er drückte ihre Finger. »Dein Grandpa schaut heute vom Himmel aus zu und lächelt – ich weiß es einfach.«

Daisy nickte. Sie setzte sich auf die Klavierbank und wartete auf Merles Signal zum Anfangen. Als er es gab, flogen ihre Finger über die Tasten. Sie beobachtete die Männer, die in einer Reihe standen und im Takt kleine Schritte von links nach rechts und zurück machten. Der satte Doo-Wop-Klang bereitete ihr eine Gänsehaut. Sie machte das nicht nur für Trevin, begriff sie, sondern sie ehrte auch ihren Grandpa und *Jive Times Five*. Eine Hommage an ihre Größe, an die Größe ihrer Ära. Und daran, dass ihre Musik zeitlos war.

Sie sangen mehrere Songs, bis Daisys großer Moment kam.

»Also, heute Abend haben wir eine ganz besondere Nummer im Programm«, begann Slim. »Wir sind vielleicht alte Kerle mit weißem Haar, aber wir mögen trotzdem moderne Musik. Also bitten wir Daisy, kurz vom Klavier wegzukommen, damit sie Ihnen von dem Song erzählen kann, den wir singen werden.«

Daisys Beine bebten unter ihr, als sie über die Bühne ging. Es waren viel mehr Teenager hier, als sie erwartet hatte, was ihr irgendwie seltsam vorkam. »Wer von euch kennt alles *Seconds to Juliet*?«

Mädchen im Publikum kreischten beinahe ohrenbetäubend. Daisy lachte. »Gut, ich bin froh, dass heute viele Fans da sind. Heute Abend wird *Jive Times Five* mich *Let Me Make You Smile* singen lassen – und um euch vorzuwarnen: Ich bin eine tolle Klavierspielerin, aber eine schreckliche Sängerin. Dies ist dem Jungen gewidmet, der den Song geschrieben hat, Trevin Jacobs. Ich weiß, wie viel der Song dir bedeutet, und ich wollte mich für alles entschuldigen. Ich hoffe, du kannst mir verzeihen, dass ich so ein Miststück war. Und ich bin bereit, mich öffentlich zu blamieren, um dir zu zeigen, *wie* leid es mir tut.« Sie steckte das Mikrofon zurück in seinen Ständer und setzte sich wieder ans Klavier. Sie spielte einmal den Refrain, bevor sie zu singen begann. Als sie in Schwung kam, stimmten *Jive Times Five* ein und verwoben ihre Stimmen mit Daisys, sodass sie nicht so schrill klang wie am Anfang. Aber als sie zum Rand der Bühne schaute, sah sie plötzlich Trevin dort stehen. Für einen Moment konnte sie sich nicht rühren. Tränen stiegen ihr in die Augen und ihr Herz hämmerte so heftig, dass sie dachte, es würde ihr die Rippen brechen. Sie hatte vergessen, wie süß er war. Seine dunklen Augen glänzten, die Lippen mit dem berüchtigten Lächeln ließen seine perfekten Zähne aufblitzen. Neben seiner hochgewachsenen Gestalt verblasste alles andere um sie herum. Ihre Blicke trafen sich, und selbst von hier aus spürte sie den Funkenregen, der zwischen ihnen niederging.

Oh Gott, er war hier. Hörte sie singen. Warum war er gekommen? Wollte er sich an ihr rächen? Oder war er aus einem anderen Grund hier? Sie drehte sich wieder zum Klavier um, entschlossen, dies nicht zu vermasseln. Er sollte wissen, was er ihr bedeutete. Sie musste diesen Song beenden und es musste super werden. Aber es fiel ihr schwer, sich zu konzentrieren, da er nur ein paar Schritte von ihr entfernt dastand.

Die Mädchen in der Menge kreischten lauter, und Daisy spähte hoch und sah Trevin mit einem Mikrofon auf die Bühne spazieren. Er setzte sich auf die Klavierbank neben sie und fiel in den Song mit ein, ohne auch nur für eine Sekunde den Blick von ihr abzuwenden. Er lehnte sich näher an sie heran und sang ihr ins Ohr. Er saß nicht nur neben ihr und half ihr am Klavier, sondern sang seinen Song für sie. Ihre Lippen zitterten, während sie versuchte, nicht zu weinen.

Er war zu ihr gekommen.

Als sie fertig waren, applaudierten alle und johlten und brüllten.

»Du bist hier«, flüsterte sie.

»Ich bin hier.« Er ergriff ihre Hand und drückte sie, bevor er Daisy vom Klavier wegführte.

Daisy und Trevin gesellten sich zum Rest der Band in der Mitte der Bühne und verbeugten sich. Auf dem Weg von der Bühne herunter hielt Daisy kurz inne, als sie die anderen Jungs von *Seconds to Juliet* entdeckte. Warum waren sie alle gekommen? Schließlich drehte sie sich zu Trevin um.

»Daisy ...«

»Trevin, oh Gott, das alles tut mir so leid. Ich habe kein Wort von dem gemeint, was ich gesagt habe. Es ist einfach so, ich war verletzt, weil ich dachte, du hättest mich damals versetzt, und dann wieder bei dem Tanzabend, und ich war furchtbar sauer. Aber ich habe dir nie die Chance gegeben, etwas zu erklären. Ich schwöre, ich habe nichts davon so gemeint«, sagte sie, ohne zwischendurch Luft zu holen. »Ich hoffe, wir können zumindest noch Freunde sein. Ich meine, ich wäre gern mehr, aber ich habe es wohl ruiniert.«

Trevin strich ihr über die Wange. »Eigentlich bin ich derjenige, der sich entschuldigen sollte. Ich war so ein Arschloch. Aber die Sache ist die, ich hatte wirklich nicht vor, dich beim Homecoming zu versetzen. Lester hat mir damals erzählt, du hättest abgesagt, weil du einen Freund hättest. Ich wusste es nicht besser, und es tut mir leid, dass ich mich nicht an dein Gesicht erinnert habe. Als du damals gewonnen hattest, hat Lester eine Mail rumgeschickt. Aber ich habe sie nicht besonders beachtet. Was total daneben von mir war. Ehrlich, ich glaube, Nathan ist der Einzige, der bei solchen Dingen aufpasst.« Trevin holte tief Luft, als könne er das alles nicht schnell genug hervorbringen. »Und bei dem Fünfziger-Jahre-Abend hat Lester uns direkt vom Tonstudio zu einer Modenschau geschleppt, wo wir auftreten mussten. Er hatte unsere Telefon konfisziert. Aber LJ hat behauptet, er würde dich anrufen und dir sagen, dass ich die Verabredung nicht einhalten kann, und wie du dich erinnerst, hat er sich nicht die Mühe gemacht, das zu tun. Ich bin am nächsten Morgen zu deinem Zimmer gegangen, um mich dafür zu entschuldigen, dass alles so chaotisch war, aber du warst nicht da. Und Gott, wo soll ich anfangen, um das mit der Wette zu erklären? Sieh mal, es war total mies, so was zu machen, und es ist mir völlig egal, ob ich die Wette gewinne. Tatsächlich habe ich sie bereits abgesagt und meine Wettschuld bei Ryder beglichen, indem ich mir LJ vorgeknöpft habe. Ryder hätte die Zusammenarbeit mit einem Musiker, den ich bewundere, an mich abgetreten, aber ich habe ihm schon gesagt, dass ich darauf verzichte.«

»Aber das war dir doch bestimmt wichtig.«

»Nicht so wichtig wie du. Also, bitte, verzeih mir.« Er streichelte ihr zärtlich über die Wange.

»Ich verzeihe dir, solange du mir verzeihst, dass ich das Video weitergegeben und diese miesen Sachen gesagt habe.«

»Ich verzeihe dir auch.« Er zog sie an sich. »Dangsineul salanghabnida.«

»Was?«

»Das bedeutet ich liebe dich auf Koreanisch.«

Ihr Puls summte in ihren Ohren und ihr wurde überall ganz warm. »Ich liebe dich, was ich liebe dich auf Englisch bedeutet«, erwiderte sie.

Er beugte sich vor, bis ihre Lippen sich trafen. Sie klammerte sich fest an ihn, die Arme um seinen Hals geschlungen. Sie wollte ihn nie wieder loslassen. Aber er zog sich zurück.

»Ich will niemanden sonst, Daisy. Ich weiß, dass wir härter an unserer Beziehung arbeiten müssen als andere, weil ich dauernd unterwegs bin, aber du bist es mir wert, und ich will eine Chance haben, zu beweisen, dass ich dir ein guter Freund sein kann.«

»Solange du akzeptierst, dass ich manchmal irgendwie neurotisch bin.«

»Ich mag neurotisch.« Er küsste sie auf die Nase. »Ach, übrigens, vielleicht kann ich dir Gesangsunterricht geben, und du kannst auf unsere nächste Tournee mitkommen.«

Daisy boxte ihm spielerisch gegen den Arm. »Jetzt verschaukelst du mich aber.«

»Ja, ich glaube, du solltest beim Klavier bleiben.«

»Meine Darbietung von *Let Me Make You Smile* hat dir also nicht gefallen? Ich fand, sie kam dem Original ziemlich nah.«

»Sie hat mir nicht nur gefallen, ich fand sie großartig. Sie war perfekt. Du warst perfekt«, sagte Trevin.

Daisy schaute auf und sah, dass der Rest der Band sie umringte.

»Du weißt, dass er das nur sagt, damit er dich wieder in den Tourbus schmuggeln kann, ja?« Will grinste.

»Und du musstest unbedingt diesen Augenblick ruinieren, was?« Trevin verdrehte die Augen.

»Wofür hat man Freunde? Ach, und falls du's vergessen hast, ich bin derjenige, der deinen Hintern nach Michigan geschleppt hat, damit ihr euch küssen und versöhnen konntet.«

»Na gut, das muss ich dir lassen«, räumte Trevin ein.

»Und ich sollte mich für die ganze Sache mit der Wette entschuldigen«, ergriff Ryder das Wort. »Das war eine ziemlich miese Nummer. Aber zu meiner Verteidigung muss ich sagen, dass ich Trevin nur dazu bringen wollte, kein Frosch zu sein und sich eine Freundin zu suchen, was funktioniert hat, also gern geschehen. Außerdem, Trevin, da Daisy sich in dich verliebt hat, hast du technisch gesehen die Zusammenarbeit mit Pierce gewonnen. Ich war ohnehin nie wirklich scharf darauf.«

»Ist das seine Art, sich zu entschuldigen?« Daisy sah Trevin an.

»Ja. Ja, ist es.« Trevin küsste sie wieder. »Hm, willst du dem Publikum eine Live-Version unseres ganzen Videos zeigen oder nur den Teil, wo wir uns küssen?«

»Nur den Teil, wo wir uns küssen.« Daisy war sich nicht sicher, was die Zukunft für sie bereithielt, aber es sah so aus, als würde sie wieder ein *Seconds-to-Juliet*-Groupie werden. Sie zog allerdings eine Grenze: Ihre Höschen würde sie nicht auf die Bühne werfen. Aber küssen, das war definitiv erlaubt.

Epilog

Daisy befestigte ein weiteres *S2J*-Poster an ihrer Wand. Trevins Gesicht schaute ihr entgegen, sein nasses T-Shirt klebte ihm an der Brust. Gott, sie würde ihn immer lieben. Er war nicht nur heiß, er war ihr Freund, und sie waren verliebt. Sie vermisste ihn wie verrückt. Sie warf sich auf ihr Bett und drückte sich ihr *Seconds-to-Juliet*-Kissen an die Brust. Sie konnte kaum glauben, dass es bereits September war und dass sie Trevin seit mehr als einem Monat nicht gesehen hatte. Na ja, abgesehen von ihren Video-Chats. Es war schwer, wieder zu Hause zu sein. Sie und ihre Mom arbeiteten immer noch an den Sachen, die im Sommer hochgekommen waren. Sie hatten vor zwei Wochen mit einer Therapie begonnen und hofften, dass es half, ihre Beziehung wieder in Ordnung zu bringen.

Aber am meisten hatte ihr Dad sie überrascht. Er hatte sie seit dem Ende der Sommertournee bereits zweimal abgeholt. Er wollte sie so oft wie möglich sehen, bevor die Jungen ins Ausland gingen. Er hatte sich beide Male ein Hotelzimmer genommen, damit sie dort einfach abhängen konnten. Und er hatte erwähnt, dass er sich vielleicht eine Wohnung in der Nähe der Stadt kaufen wolle, in der sie im nächsten Herbst aufs College gehen würde. Dann konnten sie versuchen, verlorene Zeit wettzumachen.

Daisy betrachtete ihr blaues Kleid, das an einem Haken an der Tür ihres Kleiderschranks hing. Heute Abend fand der diesjährige Homecoming-Ball statt, aber unglücklicherweise hatte Trevin anderswo ein Konzert. Lena hatte sie natürlich dazu überredet, mit ihr hinzugehen, weil Daisy bisher jeden Highschool-Ball versäumt hatte. Und da sie jetzt im Abschlussjahr war, sollte sie wohl besser noch ein paar Erinnerungen sammeln. Sie wollte jedenfalls nicht zurückschauen und irgendetwas bereuen.

»Daisy«, brüllte ihre Mom aus dem Wohnzimmer.

»Ja?«

»Hier ist ein Kurier mit einem Päckchen für dich.«

Sie seufzte und sprang aus dem Bett. Vielleicht waren es die neuen Poster, die sie für ihre Recycling-Kampagne bestellt hatte. Die Schule hatte zugestimmt, sie in den Korridoren aufzuhängen, um für eine grünere Schule zu werben.

»Ich komme.« Sie lief durch den Flur zur Haustür. Als sie auf die Veranda trat, schnappte sie nach Luft. Dort stand Trevin auf der obersten Stufe, gekleidet in einen schwarzen Anzug und mit einem Strauß weißer Gänseblümchen in der Hand. Sie kreischte. »Trevin! Oh Gott, du bist hier!«

Sie fiel ihm um den Hals und er zog sie an sich. Daisy atmete den vertrauten Duft seines Rasierwassers ein. Es war so lange her, dass er sie in den Armen gehalten hatte. Dass sie ihn gesehen hatte. Und nun war er hier.

Er drückte ihr Kinn hoch. »Und, willst du heute Abend mein Date beim Homecoming sein?«

Tränen stiegen ihr in die Augen. »Aber ich dachte, du hättest gesagt, dass du ein Konzert hast.«

»Das habe ich gesagt, weil ich dich überraschen wollte. Du weißt doch, wie ich auf Überraschungen stehe. Sie sind irgendwie meine Spezialität.« Winzige Fältchen erschienen um seine mandelförmigen Augen herum, als er ihr sein Tausend-Watt-Lächeln schenkte.

»Wirst du zurechtkommen, ich meine, ohne einen Leibwächter?«

»Ehrlich gesagt habe ich einen mitgebracht.« Er deutete auf ihren Dad, der am Fuße der Einfahrt stand.

Sie winkte ihm zu. »Ähm, du weißt aber schon, dass du dich dann benehmen musst, ja? Ich meine, mein Dad wird uns auf Schritt und Tritt folgen.«

Trevin kicherte. »Oh, wenn ich DeMarcus mitgebracht hätte, müsste ich mich also nicht benehmen? Dann sollte ich ihn vielleicht schnell anrufen.« Er legte die Blumen auf das Veranda-Geländer, legte Daisy beide Hände um die Taille und zog sie näher.

Daisy stellte sich auf die Zehenspitzen und legte ihm die Arme um den Hals. »Hast du deinen Bus mitgebracht? Wir könnten uns immer noch dort hineinschleichen, um ein wenig Zeit für uns allein zu haben.«

»Verdammt, ich wusste doch, dass ich was vergessen hatte.« Er streichelte ihr den Nacken. »Aber nur damit du's weißt, ich brauche mich nicht in einem Tourbus zu verstecken, um meine Freundin zu küssen. Tatsächlich habe ich gehört, dass Veranden wie geschaffen dafür sind.«

»Sei einfach still und küss mich endlich.« Daisy drückte ihre Lippen auf seine. Sein Mund war warm und süß und schmeckte nach Pfefferminz. Sie fuhr mit den Fingern durch sein Haar. Schon jetzt schnellte ihr Puls in die Höhe. Gott, sie hatte das vermisst. Ihn vermisst.

»Ihr zwei wisst aber schon, dass ich hier stehe, ja?«, machte ihr Dad sich bemerkbar.

Trevin stieß ein leises Stöhnen aus. »Hm, wir müssen vielleicht doch DeMarcus anrufen. Ich meine es diesmal ernst.« Er entfernte sich einige Zentimeter von ihr und streichelte ihr Gesicht. »Also, willst du dich für den Tanz fertig machen?«

»Bist du dir sicher, dass du da hingehen willst? Du weißt, wir könnten einfach hier abhängen und uns ein paar Filme ansehen.« Daisy zog seine Unterlippe zwischen die Zähne und biss sanft hinein.

Trevin zog scharf die Luft ein. »Wenn du das noch mal machst, geben wir Beau hier gleich eine Vorstellung, die er garantiert nicht sehen will.«

Daisy grinste. »Ich dachte, du hättest keine Angst vor meinem Dad.«

»Theoretisch nicht, aber praktisch möchte ich irgendwann gern Kinder haben.«

»Na schön, ich mache mich fertig. Wobei mir noch einfällt, ich muss Lena anrufen und ihr sagen, dass es eine Planänderung gibt.«

»Tatsächlich weiß sie das bereits.« Trevin lächelte.

»Ich habe ihr eine Nachricht geschickt, um dafür zu sorgen, dass du ein Kleid und so hattest. Und um das Datum zu bestätigen.«

»Moment mal, sie wusste Bescheid?«

»Ja, wir haben das geplant, seit ich dir in der letzten Woche, die du mit uns auf Tour warst, dein Telefon geklaut habe.«

»Warte, du hast mein Telefon geklaut?«

»Hey, ich hab mich bloß revanchiert! Erinnerst du dich an diesen kleinen Streich, den du mir gespielt hast?« Er zwinkerte ihr zu.

Daisy errötete. »Erinnere mich nicht daran. Aber hör zu, ich sollte mich jetzt besser anziehen.«

Während sie sich fertig machte, ließ Daisy ihren Dad und Trevin im Wohnzimmer warten. Als sie erschien, trug sie das blaue Kleid, das sie im letzten Herbst hatte tragen wollen. Es war so hübsch, und sie fand, dass es eine zweite Chance verdient hatte, genau so wie sie und Trevin.

Als er sie sah, weiteten sich seine Augen, und Daisys Herz schwoll an. Sie war plötzlich ganz schüchtern.

»Wow, du siehst wunderschön aus.« Er stand auf und ging zu ihr, um ihr den Arm anzubieten. »Bist du bereit?«

»Bereiter geht's gar nicht.« Nachdem ihre Eltern eine Million Fotos gemacht hatten, gingen sie nach draußen, wo eine Limousine auf sie wartete.

»Ich hoffe, es macht dir nichts aus, dass ich rumgeprasst und eine Limousine gemietet habe. Ich wollte, dass der Abend perfekt für dich wird.« Trevin verschränkte seine Finger mit ihren.

Daisy drückte ihm die Hand. »Das ist er schon.«

Sie wusste nicht, was die Zukunft bereithielt, aber eines wusste sie mit Sicherheit: Sie wollte, dass Trevin Jacobs ein Teil davon war. Weil dieser freche Frontmann ihr Herz erobert hatte. Oder besser gesagt, er hatte es gestohlen, als sie gerade einmal nicht hingeschaut hatte.

Danksagung

Als erstes ist ein Wahnsinns-Halloooo an meine Backstage-Pass-Schwestern fällig, an Lisa, Ophelia, Suze und Erin. Es hat viel Spaß gemacht, mit euch zusammen an dieser Serie zu arbeiten. Wer hätte gedacht, dass aus ein paar Tweets über unser Faible für Boy Bands eine Buchserie würde? Danke für diese unvergessliche Reise (und mengenweise anregende Fotos von unseren Boy-Band-Hotties).

Ein dickes Danke auch an Stacy, die unsere Boy-Band-Idee heiß fand und gefördert hat. Und unsere Stories so ungefähr eine Million Mal gelesen hat.

Große Ehre gebührt auch Heather und Amber. Sie haben sich in all unsere Boy-Band-Chats auf Twitter und Facebook eingeklinkt und sind von Boy Bands ganz hin und weg! Ihr habt total, was echte Fans ausmacht!

Und wo wären wir ohne all unsere geliebten Boy Bands selbst? *NKOTB, BSB, One Direction, N'Sync, Boyz II Men*... (um nur einige zu nennen).

An meine fabelhafte Kritikergruppe YAFF: Noch einmal, meine Damen, ihr seid fantastisch. Ich weiß nicht, was ich ohne euch täte.

Und zum Schluss ein Dankeschön an Jenn und Fran,

meine reizenden Agentinnen. Danke für eure Unterstützung und Ermutigung und dafür, dass ihr immer hinter mir steht, ganz gleich, wie verrückt die Geschichte ist, die ich gerade schreiben will. Ihr rockt!

Ophelia London
Backstage –
Ein Song für Aimee

352 Seiten, ISBN 978-3-570-31188-2

sind die heißeste Boyband seit One Direction: Die fünf Jungs von Seconds Juliet sind der Traum eines jeden Fangirls. Und unerreichbar. Doch dann treffen Miles, Ryder, Trevin, Will und Nathan auf fünf Mädchen, die ihre Welt für immer verändern ...

Miles Carlisle ist der Traum jeden Mädchens. Er sieht super aus, hat einen süßen, britischen Akzent und seine Boyband Seconds to Juliet ist megaberühmt. Aimee Bingham schwärmt für den besten Freund ihres großen Bruders, seit sie denken kann. Doch Miles hat sie nie wahrgenommen. Bis sie im Sommer drei Wochen mit der Band auf Tour ht. Auf einmal ist Aimee auf Miles' Radar. Haben Miles und Aimee eine Chance, die große Liebe zu entdecken?

www.cbj-verlag.de

Lisa Burstein
Backstage – Mia auf Tournee

288 Seiten, ISBN 978-3-570-31189-9

Sie sind die heißeste Boyband seit One Direction: Die fünf Jungs von Seconds to Juliet sind der Traum eines jeden Fangirls. Und unerreichbar. Doch dann treffen Miles, Ryder, Trevin, Will und Nathan auf fünf Mädchen, die ihre Welt für immer verändern ...

Ryder Brooks lebt den Traum: Ruhm und Mädchen. Doch eigentlich will er seine eigene Musik schreiben, nicht die eingängigen Songs für Seconds to Juliet. Dafür muss er sein Leben ändern, und bekommt eine Tutorin, die absolut heiß ist. Mia steht zwar total auf Ryder, doch das würde sie nie zugeben. Mit einem Trick zwingt Ryder sie, sich als seine Freundin auszugeben, und Mia ist stinksauer. Doch manchmal braucht auch ein echt Badboy ein paar Streicheleinheiten – und eigentlich ist er ja ziemlich süß ..

www.cbj-verlag.de

Zoe Sugg alias Zoella
Girl Online

448 Seiten, ISBN 978-3-570-40332-7

Unter dem Namen Girl Online schreibt die 15-jährige Penny einen Blog, dessen Fangemeinde immer größer wird. Über Jungs, über ihre verrückte Familie – und über die Panikattacken, die sie seit einiger Zeit immer wieder bekommt. Im wirklichen Leben hat Penny dagegen nur megapeinliche Auftritte. Da kommt die New-York-Reise ihrer Eltern gerade recht. Penny darf mit und trifft den hinreißenden Noah, in den sie sich sofort verliebt. Die beiden verbringen Weihnachten und ein unvergessliches Silvester zusammen. Doch erst als sie wieder nach Hause kommt, erfährt Penny, dass Noah ihr nicht alles erzählt hat ...

www.cbj-verlag.de

Wendy Mass
Das Leben ist kurz, iss den Nachtisch zuerst

352 Seiten, ISBN 978-3-570-40079-1

Jeremy Fink steht vor einem unglaublichen Rätsel: Eine verschlossene Holzkiste, die den Sinn des Lebens verspricht – das ist alles, was ihm sein verstorbener Vater zu seinem 13. Geburtstag hinterlassen hat. Doch die Schlüssel dazu sind spurlos verschwunden. Neugierig machen sich Jeremy und seine beste Freundin Lizzy auf die Suche danach – und geraten in eine abenteuerliche Odyssee quer durch New York. Doch was sie am Ende der Reise finden, übertrifft alles, was sie jemals zu hoffen gewagt hätten.

www.cbj-verlag.de